中·华·诗·词·游·学·馆

郑易焜 ZHENG YI KUN 著
石任之 SHI REN ZHI 丛书主编



# 中原
# 佳气郁葱葱

ZHONG YUAN
JIA QI YU CONG CONG

沈阳出版发行集团
沈阳出版社

图书在版编目（CIP）数据

中原佳气郁葱葱 / 郑易焜著 . —沈阳：沈阳出版社，2017.4

ISBN 978-7-5441-8615-5

Ⅰ . ①中… Ⅱ . ①郑… Ⅲ . ①诗词—作品集—中国—当代 Ⅳ . ① I227

中国版本图书馆 CIP 数据核字（2017）第 208836 号

图片来源：昵图网　百度网　书　格
摄　　影：王凌勇　李培华　天淡云闲　孔繁尘　刘　佳　崔　崚　周　倞　岑　岑
王云珊　田　野　陆　薏　鱼　儿　郭　峰　梁明健　张溢中

---

出版发行：沈阳出版发行集团 | 沈阳出版社
（地址：沈阳市沈河区南翰林路10号　邮编：110011）
网　　址：http://www.sycbs.com
印　　刷：辽宁泰阳广告彩色印刷有限公司
幅面尺寸：155mm × 215mm
印　　张：16
字　　数：210千字
出版时间：2018年1月第1版
印刷时间：2018年1月第1次印刷
责任编辑：萧大勇　高玉君　代雪华
特约编审：滕建民　张　方
封面设计：R润泽文化
版式设计：R润泽文化
责任校对：杨　静
责任监印：杨　旭

---

书　　号：ISBN 978-7-5441-8615-5
定　　价：45.80元

联系电话：024-24112447
E - mail：sy24112447@163.com

# 中华诗词游学馆·序一

余习闻迦陵师说诗，尝叹随拈一篇，滔滔和雅。心窃慕之，辄取所喜者数篇，伸纸为草，欲有所说，而终不能下一字。方读若有，欲说则无，嗟夫，才之难若是也！乃弃著述业，日惟泛览前人书，差足为乐。忽然四十无闻，遂至放诞，偶以吟写为消遣。及观今少年子所作，则怅然若失，嗟夫，才之不可及亦若是也！

生虽非才，而时能乐，时能放诞。何耶？见今才不及吾者，下笔辄数十万言，其实无一语道着也。览前人书，数十字间，遂传个中意，窃乐焉。又见今之衡才，不问道着，固未肯屑屑与之较也，亦未免乎放诞焉。知迦陵师之不能企，与今之才不足匹，名心早绝矣。

而好奇之心时不免焉。今观少年所为韵语，能识其名号者，若怀露斋、笑人岑寂、一斛，皆是也。二三子有说诗之作，任之请为之序。余览焉，盖略以地志经纬之，复加议论纵横之，既有才矣，又足运其才，后生良可畏也。其斐然之思，翩然之乐，含毫命素，沛然流出。乃述吾才之俭与今世之陋，一则羡二三子之才，一则警世之不足慕。略笔烟霞，可免深负二三子之文章乎。

丁酉六月初七日，我瞻室主人识。

钟　锦

# 中华诗词游学馆 · 序二

有关诗的意义，孔子曾围绕《诗经》讲过很多。孔子说："温柔敦厚，《诗》教也。"朱自清将诗教的核心总结为有关人事的"德教、政治、学养"，关于天道的阐释，关于历史、制度、风俗的认识，都要从诗教上生发和赋予意义。孔子说："不学《诗》，无以言。"又说："小子何莫学夫《诗》？《诗》可以兴，可以观，可以群，可以怨。迩之事父，远之事君，多识于鸟兽草木之名。"可以通过欣赏诗歌激发思辨提升志趣；可以通过诗歌认识自然与社会，个人与时局；可以通过诗歌与他人交流；也可以表达、宣泄自我的情感。孔子诗教的根本目的是塑造理想人格。而在塑造过程中，又可以从中获得种种知识，从草木鸟兽虫鱼到器物服饰名山大川，乃至历史得失；更重要的是，形成健全且高尚的审美。没有审美的学养与人格是可疑的；反之，没有学养与人格，审美则难以成立。

诗歌之美是不可摧毁的，至多只能无视。莎士比亚曾放言"王公大族的云石丰碑或镀金牌坊终将朽败，惟我强劲的诗章万寿无疆"，是对诗歌力量最虔诚的赞颂。先贤推崇诗的言论太多，而在写这段序文时首先蹦入脑海的，却是一篇科幻小说——刘慈欣的《诗云》。在我尚可称为少年的时代读到这篇小说时，几乎立刻抓住了内核——智慧生命的艺术创作的不可取代，这是一个理工男内心的一丝惶恐与敬意：携着更高科技的恐龙归来后，人类作为高级食物被豢养，因为恐龙们喜欢有嚼口的零食，因此大部分人可以活到六十岁之后。恐龙们发现，一个名叫伊依的教师教出来的学生风味独特，便把他当作贡品献给了更高级的智慧体——"李白"。"李白"为了获得比李白更伟大的诗篇，利用技术创造了一片直径一百亿公里、包含着全部可能的诗词的星云，却无法通过技术编制诗词识别软件，因此阅读不到自己的创造。伊依或许是意义的谐音，小说也确实是对人类身为智慧生命存在意义的叩问。六十岁出栏的设定，不妨视作大刘对人寿几何的调侃。那么在这段对宇宙而言弹指之间而对自己而言有些漫长的生命中，一个自由有限的人可以做些什么？什么是你我的生命有别于其他生命存在的关键？虽然那些使得伊依的学生味道与众不同的诗歌，并不能让他们免于人类最后必然的归宿，但在万千种生命的可能中，有诗的参与，确实能使人在认识表达自我与外物时更准确更艺术，甚至使人免于低级的苦恼与困惑。

而在人类的生命历程中，青春有种特殊的魔力，甚至能将所见所闻转化为天分转化为人格。科学乃至艺术的魅力，如果不在这个时期接触到，也许就会永远错过。《中华诗词游学馆》丛书的三个作者都是“90后”的年轻诗人，但他们对诗词的理解与热爱程度，是许多人所不及的。他们对诗词深刻理解的基础在于深厚的诗词原始文本阅读积累，而从浅层次的阅读中生长出来的分析，显然难以支撑起对这种古老的文学体裁的真正体悟。一个简单的例子，杜甫的《北征》诗开头“皇帝二载秋”，为什么用“二载”而非“二年”？仅从文学出发是得不到答案的，大家可以在书中看到为什么用“载”字的原因。这套书的每一篇文章、每一首诗的鉴赏，都建立在作者对经典的咀嚼吸收之上，建立在他们对古典诗词深沉的热爱之上。而谈到热爱，诗歌有一种销魂蚀骨的力量，真正的热爱者，积累到一定程度，必然会产生创作实践。也正因此，合格的古典诗词的诠释者，应该有一定的创作经验及水准。假如连粗通诗词格律都做不到，又如何能揭出诗词的真义呢？遣词造句是因格律需要或是典故和神理意境，种种近乎玄妙的道理，看来不可捉摸，而在有创作经验的作者眼中，却是有迹可循的。所谓顾曲周郎，风度所依托的，正是内行的门道。

壮美中华，山川江海奔涌着诗情画意，展现着一篇篇美不胜收的华彩诗篇，青少年既要读万卷书，又要行万里路。三位“90后”诗词小达人动笔写作此书之前，早已有了多年的阅读积累与不俗的创作成就，他们是已逝的古代诗人最理想的读者和传承者，所以他们放笔写来，无不驾轻就熟，尽去时下多数诗词读本隔靴搔痒、人云亦云之弊。而书中除了赏析诗词的美好，还有关于历史地理的辨析。我们更可以看到，青年诗人如何以笃实严谨的态度，旖旎清健的笔触，将舆图史籍并入诗词，细数朱楼翠阁铁马金戈悲欢歌哭兴亡今昔。后生可畏，以理性去约束激情，是写作者极为理想而难以达到的状态。这一点，他们已经做到。在当今生活节奏日益加快信息日益碎片化的时代，也许人之为人，有异于机械和其他生命的关键之一，就在可以用心去理解甚至创造和延续诗歌带给我们的美好吧。

石任之

二〇一七年八月于北京

石任之　旧体诗人，师从词学泰斗叶嘉莹先生，南开大学中文系博士，扬州大学青年教师，国家图书馆古籍保护中心博士后。主要从事词学与近代文学研究。著有《未凉灰集》，唐诗集句合译出版《莪默绝句百衲集》。2016年担任“海岳杯”诗词大赛词部评委。为歌剧《神女》作词，获得2015年国家艺术基金重大项目。受钱学森之子钱永刚教授之邀，撰写科普书籍《重读钱学森》，入选公安部机关党委推荐书目。

# 目录 contents

中原又称中土、中州，狭义的中原指河南全境，广义的中原泛指黄河中下游的部分地区，还包括山西部分地区、安徽北部、河北西南部、山东西部等。中原是华夏民族之根，汉民族文化兴起的源头，这里曾有“忆昨雄都旧朝市，轩车照耀歌钟起”波澜壮阔的繁华气象，曾有“翠辇不来金殿闭，宫莺衔出上阳花”朝代衰亡的悲哀感伤；曾有“黄金白璧买歌笑，一醉累月轻王侯”的风流不羁，曾有“洛阳城里见秋风，欲作家书意万重”的离情别绪。这是怎样的地方？见证了多少朝代的兴亡更替，酝酿了如此复杂纷繁的情感。拥有厚重的历史底蕴、灿烂接续的文明的中原催生出耀眼如星辰的诗文巨擘，他们挥动如椽巨笔，留下了不朽的诗篇和光耀万世的文章。

曹丕在《典论·论文》中多次提到作家的性格修养与作品风格的关系，同时也指出一个地区的地域特征和民俗风情等对作家和作品的风格也会产生一定的影响，而作家、作品的风格往往又鲜明地展现出这个地方的风土人情和文化特征。那么中原的诗人，他们的诗篇体现出一种怎样的风格呢？笔者看来，他们的诗歌虽各具面貌，丰富多彩，但是，中原关中地区的诗人，尤其在唐代，他们的诗歌更多地展现出一种积极进取、昂扬乐观的精神风貌，这在盛唐体现得最为明显。中晚唐诗气格衰弱，自然和时代背景有关，然而亦有如李益这样创作了许多边塞诗的诗人，取境苍凉阔大，也可以说是“盛唐遗音”。

虽然本册书涵盖的地域为中原地区，但也有一些陕西关中地区“上榜”。这是因为长安作为唐代的政治经济文化中心，太多的诗词大家聚居此地，留下不可胜数的名篇佳作，且关中地区与中原紧邻，人文典故众多，文风气象相似，倘使真的略过，视众多名胜与佳作于不见，将使本书减色不少，终究觉得有一丝缺憾，是以选取了陕西最具代表性的地方纳入本书之中，也真心地恳请读者辨明指正。

**郑易焜** 男，1991 年生，字焯行，陕西西安人。西北大学古代文学硕士在读，陕西省诗词学会会员，学诗词十余年，留存百余篇，曾获 2015 全球华语大学生短诗大赛佳作奖、2016 中华大学生研究生诗词大赛研究生词组优秀奖，有《眼前词》。

# 武灵丛台：武灵旧垄今安在

## ——军事天才也会感情用事

### 丛台歌

宋·贺铸

累土三百尺，流火二千年。
人生物数不相待，摧颓故址秋风前。
武灵旧垄今安在，秃树无阴困樵采。
玉箫金镜未销沈，几见耕夫到城卖。
君不见丛台全盛时，绮罗成市游春晖。
一从雕辇闭荒草，萧散行云无复归。
韶魂想像风流在，晴华露蔓犹依稀。
盘纡棘径撩人衣，禾黍晚成貊貉肥。
层檐碧瓦碎平地，梦作鸳鸯相伴飞。
登临吊古将语谁，城郭人民今是非。
指君看取故时物，南有清流西翠微。
彷徨华表不忍去，岂独辽东丁令威。

提起贺铸，大多数读者会想到的是他的词。而在古人看来，他的诗写得也非常好。这首《丛台歌》是一篇乐府古诗，诗中极写盛衰之无常，今昔变化之感，所咏对象是武灵丛台。武灵丛台相传始建于战国赵武灵王时期，是赵王检阅军队、观赏歌舞的地方，诗有题注，可知丛台在宋代时仍“高有十仞”。宋神宗元丰四年（1081），诗人同好友杜俨仲一起路过丛台，写下了这首诗。

开篇两句写丛台的高峻和历史之久。相传赵武灵王筑台起地三百尺，所以说“累土”。“流火”句用典，殷周时期，武王伐纣从孟津渡过，有白鱼跳入王船之中，后有火覆盖武王帷幕，变赤乌飞去。又《诗经·豳风·七月》中“七月流火，九月授衣”，指暑去转凉，与下文秋风相接。用在此处指武灵丛台由最初建立到现在已经延续很久了，二千年是虚指，取整数，其实只有约一千五百年。在这么悠久的历史长河中，不知过去了多少人，万物生息变化，而那丛台依旧，却在秋风萧瑟中愈加衰颓。下句宕开一笔，转写武灵旧垄，诗人看到眼前凄凉的景象，不由联想起一代英主赵武灵王，武灵王旧坟冢于今已不知何处，坟冢旁边的干秃秃的树甚至连樵夫都不去理睬。“玉箫”用“萧史弄玉”典故，汉刘向《列仙传》载：萧史善吹箫，能招孔雀白鹤，秦穆公有个女儿叫弄玉，后来嫁给了萧史，二人双宿双飞。“金镜”当用“破镜重圆”典，南朝陈将亡时，陈驸马徐德言和妻子乐昌公主分离，二人各执铜镜一半以作日后重逢信物，约定每年正月十五去街市卖镜以此来取得联系，后来徐德言果然从一老者手中购得半面铜镜，最终找到了妻子。“玉箫”“金镜”合用，却不取典故的意思，仅用作旧事物意，旧址遗物被耕夫捡到，去城里卖来换钱，写至此处，岁移时换，丛台破败之貌尽收眼底。

◎如今的武灵丛台

“君不见”句转写丛台当年之繁华，与如今景象形成鲜明对比。赵王死后辇车不见，只余荒草丛生，飘浮不定的行云一去亦不归来，怅惘之情溢于言表。面对故垒，不禁思绪万千，当年赵王在此检阅士兵，是何等雄姿英发，如今露华蔓草，分明犹在。汉代有一首挽歌叫《薤露》，将植物上的露水与人的生命作对比，露水干了明朝还会落下，但人只有一次生命，死后就不会复生了，这一句正用此意。行走在武灵丛台中，荆棘遍布，撩刺衣服，禾黍离离，野兽成群，屋瓦零落，旧梦如鸳鸯一样相伴而飞去。“登临”一句戛然将此情此景收住，城郭仍在，人事已非，还有什么旧物呢？南边的流水西边的山峰依旧，今昔之感，凄然而生。“华表”“丁令威”用化鹤归来典故，丁令威是辽东人，学道于灵虚山，一日化鹤归来，落于城门华表柱上，有一名少年用弓射他，丁令威就飞走了，徘徊在空中高唱：“有鸟有鸟丁令威，去家千岁今始归。城郭如故人民非，何不学仙冢累累。”这是一个很常见的典故，后来多用此表达物是人非，今昔变化之感。作为一个常人，见到这样景象不忍匆忙离开，免不了要凭吊一番，岂能独有化鹤归来的丁令威为之伤情呢？

## 黄帝以后第一人

武灵丛台位于邯郸市丛台公园内，当建于战国赵武灵王在位时期的公元前 325 年至前 299 年，距今已有两千多年的历史，是赵武灵王胡服骑射所在地，也是训练军队的地方。在这两千多年的历史长河中，丛台经过多次破坏修缮，现在所能见的遗址多是明清两朝重修的。因为其独特的历史价值和秀丽风光，无数文人墨客前来凭吊，现在在丛台公园还能见到不少镌刻的诗作。

赵武灵王叫赵雍，是一个真正有雄才大略的人，历代对他不乏溢美之词，国学大师梁启超则直接称他为“黄帝以后第一伟人”。我们知道黄帝在中国人心目当中的地位，武灵王凭什么能与他相提并论呢？若翻检史书，看看当时赵国的处境，再联系武灵王做出的贡献，就不难理解了。

赵敬侯时期，赵国将都城从中牟迁到了邯郸，都城选址一步步往中原靠近也表明了赵“逐鹿中原”的雄心。然而赵所处的地位实在是非常不利，名将乐毅之子乐间就曾说过：“赵，四战之国也，其民习兵，伐之不可。”所谓四战之国，即赵所处境地四面皆可作战，当时南方有魏，西边有强秦，东有齐，北方有林胡、楼烦，就连在邯郸东北的中山小国也时不时威胁赵国领土，在这种情况下，赵武灵王即位了。

◎赵武灵王丛台遗址碑／岑岑 摄

赵武灵王即位时年仅十五岁，父亲赵肃侯刚刚死去，秦、楚、燕、齐、魏以吊唁的名义派遣国内精锐之师，伺机图赵。虽处境十分险恶，武灵王却巧妙地化解，闯过了这一关后，武灵王就施展各种手段，证明他就是一个军事天才。赵武灵王三年，在北方修筑鄗城，靠近中山国边境；武灵王十七年，到九门修筑野台，一步步对中山国施加压力。又过了两年，在信宫举行盛大朝会，武灵王做出了一个大胆的决定，那就是施行“胡服骑射”。他分析道：“中山国在我们腹心……没有强大的兵力，这样下去国家就要灭亡，要获得高出世人的功名，就要敢于背离习俗，我决定穿胡人服装。”赵武灵王对形势分析正确，要想稳定局势，能有所作为，那么一定要先消灭掉心腹之患中山国，而赵国北边与胡境接壤，所受冲突比秦国、燕国更为厉害，“胡服骑射”绝不是简单的变装易俗，而是要全民皆兵，“以骑射教百姓”，学习胡人行军作战经验，以彼之道还施彼身，彻底将胡人赶走。“胡地中山，吾必有之”，武灵王此话是何等霸气自信！

变风易俗谈何容易，武灵王的新政起初受到了不少大臣的反对，比如公子成就认为中国人都是相当聪明能干的，圣贤教化，仁义施行，这些都是外来蛮夷效法的地方，如今你却变更教化服装，反倒学起蛮夷来，实在叫人无法理解。为了此事，武灵王还专门跑去找公子成苦口婆心地劝解一番，大概意思就是圣人认为如果可以利国，则方法不必一致，为了便于行事，礼制服装可以不同，现今胡服则有利于应对各国进攻，还可以报中山国之仇。公子成被说动了，武灵王也在大臣肥义的辅佐下顺利施行胡服骑射，招募士兵。

赵武灵王实施军事改革后，第一个目标就是中山国，自武灵王二十一年即公元前 305 年第一次大举进攻中山，到公元前 296 年中山国灭，历时九年终于解决掉了这个心头大患，自此版图北至燕、代，西通云中、九原，太行山一脉被彻底打通，赵国的疆域连在一起，多年来积攒的雄厚实力和骑兵作战经验也足以应对其他各诸侯国了。

## 感情用事的军事天才

赵武灵王南征北战为赵国开疆扩土，让赵一跃成为军事强国，这确实是大功一件，但英雄也有弱点，他感情用事，最终造成内乱并害死了自己。

武灵王最大的失误就是在立储的选择上。武灵王五年时，他迎娶韩国宗亲之女为夫人，生下一个儿子，叫赵章，并立章为太子。十一年后，也就是武灵王十六年，他在游览大陵时做了一个梦，梦见一位十分美丽的少女弹琴并唱了一首歌。武灵王被少女迷住了，屡次向大臣谈起他做的梦。大臣吴广听说后，通过夫人把自己的女儿娃嬴献给了武灵王，武灵王对娃嬴特别的宠爱，后来封她为惠后。武灵王爱惠后甚至到了数年不出门的地步。惠后给武灵王生了个儿子，叫赵何，因为对惠后的宠爱，武灵王废了赵章，立赵何为太子，并在武灵王二十七年，将王位传给了赵何，即惠文王，他又命大臣肥义作新王的师傅，自己则自称为主父。就是这个决定，酿成了日后的悲剧。

赵章跟随父亲南征北战立下赫赫战功，本来是作为储君的，结果莫名其妙被废，又眼睁睁看着弟弟继承王位，心里很是不平衡。一天，赵惠文王就是赵何主持朝拜，赵章也来了，主父武灵王则在一旁暗中观察宗室和群臣，看到赵章一副垂头丧气的样子，心生怜悯，本打算将赵国一分为二，让赵章去当代地的国君，结果在他还犹豫未决的时候，便出了乱子。

朝拜没过多久，主父和惠文王出游沙丘时赵章带兵作乱，公子成和李兑杀死了公子章并将主父围困起来，结果一代天骄赵武灵王被困三个多月，饿死在沙丘宫之中。武灵王在处理储君问题上，无论是做法还是想法都十分幼稚。首先，立嫡不立庶，何况赵章还是长子，武灵王却仅凭个人喜好，随意撤下太子，换了个年少不知事的儿子上去。其次，在处理二子矛盾关系上并没有做好，还天真地以为分为两国可以解除这种对立紧张关系，如果真按他想的那样实行恐怕会闹出更大的乱子。

# 芒砀山：芒砀云端抱天回

## ——高祖斩蛇定天下

### 公莫舞歌

唐·李贺

方花古础排九楹，刺豹淋血盛银罂。
华筵鼓吹无桐竹，长刀直立割鸣筝。
横楣粗锦生红纬，日炙锦嫣王未醉。
腰下三看宝玦光，项庄掉箾拦前起。
材官小臣公莫舞，座上真人赤龙子。
芒砀云端抱天回，咸阳王气清如水。
铁枢铁楗重束关，大旗五丈撞双镮。
汉王今日须秦印，绝膑刳肠臣不论。

《公莫舞歌》是乐府古题，相传项庄得到范增的授意舞剑，意图杀死刘邦，而项伯用袖子挡着，使他不能刺伤未来的汉高祖，而且还对项庄说："公莫！"就是说你不要害沛公，题名即由此来。这篇诗前有小序，诗人在序中说："贺陋诸家，今重作《公莫舞歌》云。"以前虽有不少此类诗篇，但李贺对诸家诗作都不甚满意，所以写下了这篇《公莫舞歌》。

诗的前六句一直在渲染鸿门宴中杀机隐伏的景象，写得颇为生动传神。刻花的石墩上排列着九根柱子，形容房室大，"刺豹"即军中刺杀虎豹淋血，注入银质器皿中放饮。这宴席中没有桐竹丝弦之声，只有直立的长刀，倘若挥动起来如筝弦被割裂，发出凄厉的声音。前四句全是诗人想象之景，

◎ 芒砀山汉墓景区一隅 / 天淡云闲 摄

却写得如在目前，且用词造句十分独特，如用“刺”“割”这些词，金属感强烈，读之使人觉得笼罩在一片刀光剑影之中。门楣上的粗锦生出了鲜红的色泽，这是烈日长时间炙烤的结果。项羽一杯接一杯地饮酒，仍未醉去。“腰下”一句切入正题，史载范增多次示意项羽对刘邦下手，“举所佩玉玦示之者三”，项羽默然不应，范增示意项庄让他下手，于是项庄假装舞剑，伺机刺杀刘邦。后面两段诗人转换叙述视角，站在刘邦臣子一方，理直气壮地道：“你们这些材官小臣都不要轻举妄动，座上可是真正的天子呢。你看当年芒砀山的祥云还未散去，仍然在天空中萦回，咸阳王气旺盛，正是因为汉王来了。铁枢铁楗锁住的雄关，已经被举着五丈大旗的汉军撞破，汉王刘邦今日掌管秦印是应当的，我挖断膝盖断开肠子保护他也在所不惜。”八句一气而下，大开大合，将樊哙、项伯这种不畏强暴、敢于做斗争助刘邦脱险的决心抒写得淋漓尽致。宋代文人刘辰翁评曰：“抱天语奇俊，俯仰甚称事情，复作项伯口语，尤壮。”称赞了李贺此诗用语“奇俊”，而后两段模仿项伯口语写出，格外豪迈壮阔。这首诗无论在写作风格还是内容安排上，都能体现李贺诗歌奇崛的特色。

## 连始皇也压不住的天子气

芒砀山古称砀山，位于今河南省永城市，是豫东平原山唯一的山群，风景优美秀丽，名胜古迹众多。除了汉高祖刘邦斩蛇起义处外，尚有孔子避雨讲学的夫子崖、夫子山，秦末起义首领陈胜的墓冢，汉代梁孝王刘武家族墓葬群“斩山作廓，穿石为藏”更星罗棋布，来到这里可以亲自触摸、感受那尘封千年的历史和来自先秦两汉的温度。

◎刘邦像

提到芒砀山，不能不提汉高祖刘邦。相传刘邦还未出生时，他的母亲刘媪曾在大泽的岸边休息，做梦与神人交合，一条蛟龙盘在她身上，后来她就生下了刘邦，高祖的父亲也就这样莫名其妙地被神戴了绿帽子。当然这只是传说，如果翻检史料不难发现，古代很多名人都是因母亲“感神而孕”来到这个世上的。刘邦生得“隆准而龙颜，美须髯”，且左屁股上有七十二颗黑痣。这已经够神奇了吧，但我们再往下读《史记》就会发现刘邦起兵之经历真是奇之又奇。本文的引诗中有“芒砀云端抱天回”句，这是一则很有名的典故，据《史记》中记载：“秦始皇帝常曰‘东南有天子气’，于是因东游以厌之。高祖即自疑，亡匿，隐于芒、砀山泽岩石之间。吕后与人俱求，常得之。高祖怪问之。吕后曰：‘季所居上常有云气，故从往，常得季。’高祖心喜。沛中子弟或闻之，多欲附者矣。”秦始皇是个很敏感的人，他总觉得东南方有“天子气”，于是亲自跑到东方去镇压。刘邦觉得秦始皇是针对自己，就躲在芒砀山一带的深山湖泽之中，反倒是他妻子吕雉能经常找到他，后来吕雉告诉他缘故，是因为刘邦躲藏的地方经常有云气，所以一眼就能发现。这大概就是“天子气”吧。

芒砀山给刘邦提供了隐蔽之所，同时也给刘邦提供了起兵定天下的契机。刘邦居住地有祥云笼罩，吸引了大批跟随者，他又在芒砀一带斩了条大蛇，使“诸从者日益畏之”，成功树立了威信。现在芒砀山南麓还有为汉高祖刘邦斩蛇立下的碑记，《史记》和《汉书》上都记录了这件事情。刘邦当初还是亭长的时候，押送一批徒役去骊山，半路上人都跑光了，只有十几个人愿意跟随他。他们从小路穿过一片沼泽地，前面的人报信说有条大蛇挡住了去路，刘邦借着酒劲将大蛇砍成两段。后来遇到了位老妇在夜里哭泣，问她为什么哭，老妇回答说自己的儿子是白帝之子化为蛇，被赤帝之子杀了。人们这才意识到刘邦就是赤帝之子。这则颇具神话意味的故事却令后代不少人深信不疑，甚至还有人专门就这件事阐释一番。汉代有个叫应劭的学者就解释说，秦襄公居西戎，以少昊之神为主，祭祀白帝，少昊是金德，赤帝是尧的后代，刘邦杀蛇意谓汉要灭秦，因为秦自称水德，汉初年时定自己为土德，这都是错误的，直到光武帝时期才改正过来。应劭这段话涉及阴阳五德之说，五德指“土、木、金、火、水”，这五种德前后接替，生生不息，后人就以这五种德来附会王朝历运。秦尚黑，黑为水，故为水德，水后是土，汉就自命为土德了，但是应劭推论得出秦为金德，汉应该是火德才对，汉光武帝时期也改其为火德了。

抛开这种类似传说的故事，我们同样能看到芒砀这一片地方对刘邦定天下是有很大影响的。史籍记载刘邦起兵于沛县，就是他自己的家乡，芒砀离沛县非常近，也就一百来公里，有学者统计，从砀地加入刘邦集团的主要追随者就有十三人，仅比从沛加入者少一人。这十三人中不乏有“以中涓从起砀”的颍阴侯灌婴、“以舍人从起砀”的博阳侯陈濞等人，他们为汉建功立业，所以说芒砀山真是刘邦的福地。

## 枪打出头鸟：陈胜的悲剧

埋葬在芒砀山中有一人不容忽视，他就是陈胜，中国历史上第一位农民起义领袖。他的起义无疑有划时代的意义。陈胜和刘邦一样，都与芒砀山有着不解之缘，但两个人结局却截然不同，刘邦最后当了皇帝，陈胜成了众多秦末起义军中的牺牲品之一，功败垂成，被车夫害死，最终埋在芒砀山下。刘邦当上皇帝后还在砀安置了三十户人家专门看守陈胜墓地，直到汉武帝时还年年杀牲祭祀他。

通览中国史书，不难发现这样一个现象：在改朝换代之时，往往最先起义的那个最后都没有什么好下场。远的如陈胜、吴广不得善终，张角带领黄巾军起义，病死之后起义军失败，他也惨遭破棺戮尸。近的如李自成农民起义，甚至一度打入北京城，最后战败覆亡。又如太平天国，天京陷落，洪秀全病逝。不可否认，这些最初的农民起义者确实有胆识、有魄力，不甘心被剥削压制，敢于起兵反抗，他们的斗争也为后来者铺垫了道路，但是，他们的命运悲剧也印证了中国的一句古话："枪打出头鸟。"就拿陈胜来说，太史公分析他失败的原因时举了个例子，陈胜称王之后，一些与他曾经共事的人听说他做了王

◎芒砀山汉梁王墓群文保碑／天淡云闲 摄

纷纷去投靠他，过后这些人因为出入宫殿放肆并且讲陈胜的旧事，就都被处死了。《史记索引》中记载陈胜称王后，岳父和妻子的兄弟都去找他，陈胜却以一般礼节招待他们，以致他岳父非常生气，诅咒道："依仗强势对长者傲慢，不能长久！"于是不辞而别。陈胜失败的原因，可以归结为四个字：居功忘本。最初陈胜是一个有着大志向的人，"燕雀安知鸿鹄之志哉"，可是在起义取得一些成绩后就居功自满，在碰到秦国主力章邯军队时就节节败退，甚至还发生内讧，另一名领袖吴广被杀，陈胜竟然赐给杀吴广者田臧大印，任命他为上将军。正是陈胜这种居功自傲、不分黑白的做法导致人心涣散，他也被车夫庄贾所杀。

陈胜起义是伟大的，除了自身局限性导致失败以外，还有一个重要原因就是作为第一个农民起义军领袖，他太醒目了，也成了众矢之的。太史公评价道："陈胜虽已死，其所置遣侯王将相竟亡秦，由涉首事也。"陈胜虽然死了，但他所封置的王侯将相最终灭掉了秦朝，陈胜是首举大事的人，还是值得肯定的。

# 颍州西湖：轻舟短棹西湖好

## ——文豪们的中原西湖情结

### 采桑子

（其一）

宋·欧阳修

轻舟短棹西湖好，绿水逶迤。芳草长堤，隐隐笙歌处处随。

无风水面琉璃滑，不觉船移。微动涟漪，惊起沙禽掠岸飞。

北宋大文学家欧阳修曾写了十首《采桑子》以歌咏西湖景色，可见其对西湖的热爱。不过别以为他写的是杭州西湖，这里写的是中原的西湖，即颍州西湖。就像很多城市都有东山，西湖也并不止一处。颍州西湖位于今安徽省阜阳市颍州区，与杭州西湖、惠州西湖并称中国三大西湖，在宋代尤其有名，流传着许多文人佳话轶事。据统计，在古代描写颍州西湖的诗篇就多达二百五十余首。这十首西湖词是欧阳修晚年的代表词作，本文选其一。

这首词描画出春日西湖美景图。词上片即点出西湖，词人乘着轻舟，划着短桨，在湖上游赏，只见绿水逶迤，芳草也长满了长堤，隐隐中似乎听到了笙歌响起，也不知道是在哪里，只觉这歌声处处跟随。词人从视觉和听觉两处落笔，不仅刻画了西湖秀丽景色，还流露出恬淡安然的心情。下片接着从乘船写起，没有风的时候，水面澄澈得像镜子一般，平滑安静，划船缓慢行驶，竟不觉得船在移动。船桨稍微搅动水波泛起涟漪，惊起沙禽掠岸飞走，没想到这么小的动静却能引起如此大的反应，愈衬托出西湖之幽静，这种“以动衬静”的手法在古诗词中颇为常见。整首词风格清丽婉转，煞是动人。

这十首词前面有一个小序，最能体现词人之心境，节录于下：

况西湖之胜概，擅东颍之佳名。虽美景良辰，固多于高会；而清风明月，幸属于闲人。并游结于良朋，乘兴有时而独往。鸣蛙暂听，安问属官而属私；曲水临流，自可一觞而一咏。

词人以闲人自比，流连于这西湖美景之中，闲时可约上几个良朋好友共游，就是突然有了兴致也可以独自前往。这声声蛙鸣，管它是为官叫还是为私叫呢。坐在流水旁，一边喝酒一边吟咏诗词是多么潇洒快活。

## 文人雅事特别多

颍州位于安徽省，现在称阜阳，属于皖北地区，也是中原城市。这里与河南接壤，在北宋时其地理位置离当时的中心城市开封、洛阳不远，因此有不少当朝大臣都在此任过官，如晏殊、欧阳修、苏轼、吕公著等都曾知任颍州，而颍州西湖便成了这些文人墨客经常造访的一处地方。

宋仁宗庆历六年（1046），梅尧臣离开了汴京，当年九月来到阜阳。那时名臣晏殊恰巧也以工部尚书的身份知颍州，二人相见。晏殊在西湖上设宴给梅尧臣接风，那天二人都喝了许多酒，自然也聊了聊诗。梅尧臣写过一首五言律诗《以近诗赞尚书晏相公，忽有酬赠之什称久甚过，不敢辄有所叙，谨依韵缀前日坐末教诲之言以和》来记录这件事。

尝记论诗语，辞卑名亦沦。宁从陶令野，不取孟郊新。琢砾难希宝，嘘枯强费春。今将风什付，可与二南陈。

诗题很长，“缀前日坐末教诲之言以和”就是在诗中附录那日与晏殊在西湖谈诗时，晏殊“教诲”的言语，如在第二句“辞卑名亦沦”下面自注“公曰名不盛者辞亦不高”，第三句“宁从陶令野”下面自注“公曰彭泽多野逸田舍之语”，第四句“不取孟郊新”下面自注“公曰郊诗有五言一句全用新字”。可见当日论诗的主题是围绕文人的地位与辞章的关系及孟郊和陶渊明孰优孰劣进行的。古代文学研究家朱东润曾写了一部《梅尧臣传》，对这件事有生动阐释。笔者才疏学浅，又不能直取先生之言，只能参照原诗再复述一下他们论诗的经过。

梅尧臣在诗中说：“尝记论诗语，辞卑名亦沦。”可见晏殊认为一个人的辞章和他的名声是有很大关系的，如果这个人写的文辞很卑下，那么名声一定也不好。下句“宁从陶令野”，“陶令”指的就是陶渊明，“野”这里解释为“质朴”的意思。“不取孟郊新”，孟郊是中唐诗人，他写诗喜欢用一些生僻的新词，开辟“韩孟诗派”，晏殊在这里谆谆劝导：“小梅啊你要知道，宁肯学学陶渊明那种写田舍隐逸的平实诗风，也不要学孟郊刻意求新，他有的诗一句五个字都是新字，非常不好。”晏殊接下去又说，“写诗啊，从砂土中取宝、枯树中探春都是没有用的。”意思是强调那些写诗刻意求新的人，也不过是从原有的旧诗中翻出新意罢了。晏殊是梅尧臣的前辈，梅尧臣洗耳恭听，不敢反驳。不过从当时一些诗话当中可以看到晏殊对梅尧臣的诗作是非常赞赏的。欧阳修《六一诗话》中就说晏殊文章名满天下，

◎颍州西湖烟雨

更喜诗，尤其爱引荐后进，他非常喜欢梅尧臣“寒鱼犹著底，白鹭已前飞”和“絮暖鮆鱼繁，露添莼菜紫”两联。

另一位大文豪苏轼也曾去过颍州西湖，第一次是宋神宗熙宁四年（1071）赴职杭州通判途中改道颍州，第二次是宋哲宗元祐六年（1091）知任颍州。我们先来说第二次。苏轼第二次到颍州时已经五十六岁了，他写过一首诗，诗题中说：“轼在颍州，与赵德麟同治西湖，未成，改扬州。三月十六日，湖成，德麟有诗见怀，次其韵”，可见当时颍州西湖疏于管理，可能已经出现淤塞的情况，苏轼的目的就是浚通西湖，可惜湖还没浚通就被改任扬州了。后来湖疏导好后赵德麟给他写了首诗，苏轼也次其韵赋诗一首，苏轼的诗中有“大千起灭一尘里，未觉杭颍谁雌雄”，将颍州西湖和杭州西湖作对比，也难以判定二者之高下。

苏轼第一次去颍州是和他弟弟一起，目的就是看望自己的恩师欧阳修。宋仁宗嘉祐二年（1057），苏轼与苏辙同登进士第，主考官就是欧阳修，那年苏轼的文章《刑赏忠厚之至论》得到欧阳修极大称赞，欧阳修以为是弟子曾巩写的，为了避嫌将苏轼黜为第二，其实应该是第一。苏轼、苏辙二兄弟到了颍州后，告老退隐的欧阳修于颍州西湖

◎颍州西湖日落

设宴招待了他们，这年苏轼三十六岁，欧阳修六十五岁，在《陪欧阳公宴西湖》一诗中写道："插花起舞为公寿，公言百岁如风狂。"苏轼为了逗老人家开心，还在头上插花为欧阳修起舞，"朅来湖上饮美酒，醉后剧谈犹激烈"，他们酒醉之后还在一起谈天畅聊，欧阳修这一日仿佛回到了青年时，脸上泛起了红光。这次宴集，苏辙也以一首诗记录下来，其中有"公年未老发先衰，对酒清欢似昔时。功成业就了无事，令名付与他人知。"写出了欧阳修退隐颍州后恬淡不干世俗名利的心境。

## 欧阳修晚年在颍州

宋神宗熙宁四年（1071），欧阳修久患眼病、糖尿病，体力衰竭，也厌恶了官场上的是非斗争，想要找个地方歇歇，他想到了颍州，这块令他无数次魂牵梦萦的地方，于是立刻上书祈求告老，皇帝也答应了他的请求，当年七月，欧阳修回到了颍州。

其实早在宋仁宗皇祐元年（1049），欧阳修就曾在颍州任职，他初次到颍州时瞬间就被西湖的美景所吸引并"将卜居焉"，意思是打算在这里建造个居所，并留有一首《初至颍州西湖》诗：

平湖十顷碧琉璃，四面清阴乍合时。柳絮已将春去远，海棠应恨我来迟。　啼禽似与游人语，明月闲撑野艇随。每到最佳堪乐处，却思君共把芳卮。

读了这首诗我们就可以体会到欧阳修看到西湖是什么样的心情，"柳絮已将春去远，海棠应恨我来迟"。唉，柳絮飘尽，春日已过，我才来到这里，殿春的海棠花都遗憾我来迟了呢。写得生机盎然，活灵活现。从诗里我们也能看到欧阳修是非常喜欢饮酒的，几乎每游西湖必要喝酒。"却思君共把芳卮"，"芳卮"是美酒的意思。晚年在西湖居住时，苏轼、苏辙来找他也是喝酒。可惜初次到颍州并没有待多久，仅过了一年，欧阳修就改任应天府兼南京留守，北宋的南京就

◎颍州西湖之秋

是现在的商丘。欧阳修得知消息后叹了口气，又北上回到了河南。后来欧阳修曾有数次回归颍州的经历，但彼时都是有官职在身，世俗的羁绊不能让他完全放松身心地融入自然，终于，这次告老回颍了却了夙愿，颍州也成为他人生的终点。

回到颍州后，欧阳修有感自己时日无多，推掉所有俗务，全身心沉浸在颍州自然风光之中。颍州的宅子在熙宁元年就已经建好了，熙宁五年（1072），八十岁高龄的赵概从应天府赶来拜访欧阳修，颍州知州吕公著也来了，这年欧阳修六十六岁，吕公著五十五岁。欧阳修将他们二人安顿在自己住所西边的会客室，三人相聚皆已白首。吕公著有感于此室题匾“会老堂”三字，三人相视大笑。今日会老堂景点仍存，不过已是后来仿建的了。

这年阴历七月，欧阳修在颍州家中离世，颍州西湖美景和文化付与后人闲谈。

## 汴京纪事

（其二十）

宋·刘子翚

辇毂繁华事可伤，师师垂老过湖湘。
缕衣檀板无颜色，一曲当时动帝王。

北宋靖康元年，金军攻破东京，俘虏了宋徽宗、宋钦宗父子及赵氏皇族、后宫妃嫔与公卿朝臣等三千余人，押解北上，史称“靖康之耻”。这是一场天翻地覆般的大灾难，它给当时文人的心灵造成了难以愈合的伤痛。刘子翚是宋代理学大家，也是朱熹的老师。他在《汴京纪事》二十首中，寄托了对故国沦亡的无限哀痛。此篇所选即为其一。“辇毂繁华”是对北宋盛世景象的追忆，“辇毂”为汴京城的代称。“师师垂老过湖湘”，则指曾在汴京色艺冠绝一时的名妓李师师，汴京城破时，她流落到南方，辗转在湖湘之地，容颜憔悴不堪。（也有李师师不愿受辱，以死殉国之说。）“缕衣檀板无颜色，一曲当时动帝王”，是说李师师那曾经惹得帝王沉醉的歌喉檀板，也无复婉转动人的风采。作者由此以李师师一人的身世遭遇，来折射王朝倾覆的悲剧。红颜易老，江山易改，唯有那一江见证着沧桑岁月的碧水，满载历史的云烟，悠悠东流。

## 汴京城与青楼文化

汴京，又称东京、汴梁、大梁，就是现在的开封，在今河南境内，位于黄河中下游平原东部。战国时期，魏国建都于此，因称大梁。五代十国时期，后梁、后晋、后汉及后周都将开封作为国都。公元960年，赵匡胤发动陈桥驿兵变，黄袍加身，定都开封，称为东京。开封由此迎来最为浓墨重彩的一页历史。

北宋时期，天下承平日久，人物繁阜，城市经济尤为兴盛。孟元老曾在《东京梦华录》中追忆政和年间汴京城的繁荣景象："垂髫之童，但习鼓舞；班白之老，不识干戈。时节相次，各有观赏。灯宵月夕，雪际花时，乞巧登高，教池游苑。举目则青楼画阁，绣户珠帘。雕车竞争驻于天街，宝马争驰于御路，金翠耀目，罗绮飘香。新声巧笑于柳陌花衢，按管调弦于茶坊酒肆。"市井文艺与消费性商业都会的繁荣，也促进了青楼行业的兴盛。宋代青楼沿袭唐代制度，大抵分为官妓、营妓、市妓，官妓供奉官员，营妓专门为军队服务，市妓则隶属教坊。除此之外，还有大量私妓。相比于唐代，宋代青楼规模更大，《东京梦华录》记载汴京城里的娱乐场所——瓦子，就有八座。南宋周密的《武林旧事》记载临安城里青楼达三十三所。青楼女子多能歌善舞，兼通诗词书画，且巧言笑、解风情。文人与青楼妓女相交已成社会风气，对文人来说，他们的诗词可通过歌妓于社会广泛流传，而妓女也需文人的题咏来提高身价，于是而形成了独特的青楼文化，产生了许多以青楼、妓女为主题的诗词、小说、话本、戏曲等。如科举落第后奉旨填词的柳永，徘徊于烟花巷陌间，浅斟低唱，与妓女结下深厚的感情，为妓女们写下大量的词章。柳永半生浪迹，穷困潦倒，据传在他去世后，由妓女们资助安葬，并形成了在清明时歌姬们相约去柳永墓地祭扫的传统，称为"吊柳会"。其他著名的宋代文人，如晏几道、张先、苏东坡、秦少游，都有交好的妓女，并有许多赠给妓女的词作。

从来是佳人与名城最相宜，名城孕育佳人，佳人为名城添色。如钱塘之于苏小小，洛阳之于甄宓，名妓李师师也为汴京城添上了一抹旖旎的色彩，她与宋徽宗的情事，被后世文人一再演绎。据说宋徽宗久慕李师师的才貌，为能经常出宫相会，竟挖了一条地道直通李师师的住处。词人周邦彦有词《少年游·感旧》很有名：

并刀如水，吴盐胜雪，纤指破新橙。锦幄初温，兽香不断，相对坐调笙。　　低声问向谁行宿，城上已三更。马滑霜浓，不如休去，直是少人行。

宋人比较喜欢八卦，单看这首内容是写男女分别，女子挽留男子说："浓霜滑马蹄，不如别去了，即使有夜行人也很稀少。"倘若再翻些笔记小说，就会发现，这首词其实引出的是宋徽宗、周邦彦、李师师的风流韵事，这在宋代张端义的《贵耳集》、周密的《浩然斋词话》、陈鹄的《耆旧续闻》等书中都有记载。虽然文字有些出入，但讲的内容都差不多。有一天，宋徽宗跑去找李师师，正好周邦彦在和李师师约会，他突然听闻徽宗来了，吓得赶紧躲到床下。宋徽宗不知道，拿了一个新橙子，告诉师师这是从江南摘来的，二人欢谑调情被周邦彦听得清清楚楚，于是周邦彦就填了这首词讲此事。后来李师师唱这首词，

◎今日汴京开封府／孔繁尘 摄

徽宗听到问是谁写的，当得知是周邦彦写的后又羞又怒，随便找个借口把周邦彦发配流放了。过了一两天徽宗又去找师师，却发现师师不在，等师师回来后才知道原来是去送周邦彦了。周邦彦填了首《兰陵王》送给她，她唱给徽宗听，徽宗一听觉得文辞华美，又把周邦彦招回来，给了个大晟府乐正的官职。当然，这则轶事见于笔记小说可能有文人渲染、故意为之的意思在，真实性不高，却能看出李师师名声很大。

在《水浒传》中，宋江想让朝廷招安梁山泊，却无处得见皇上，便与燕青、李逵在元宵节拜会李师师。李师师对燕青暗生情愫，并将他引见给前来相会的宋徽宗，讨来一纸赦罪诏书。据说后来燕青与李师师一道归隐江湖，不问世事，这也只是人们一厢情愿的美好想象罢了。

李师师在后世的文学作品中大多被塑造为一个聪慧美丽、侠肝义胆的女性形象，但是对宋徽宗的耽于享乐而不理国事，后人则颇多批评与讽刺。如清代李燧的《汴京怀古》："灯火楼台夜夜新，勾栏歌舞奉丹宸。伤心雪窖冰天外，犹有余情传美人。"据说当李师师吞金钗自杀的消息传到金国的俘虏营中时，宋徽宗赵佶十分悲痛，以泪和墨为李师师写下传记。这是对宋徽宗直到亡国仍不思反省国事的谴责。清人袁枚在《汴梁怀古》一诗中也感叹道："赵家八叶贤子孙，神霄玉殿拥红云。裁诗谱画称绝妙，只少一事能为君。"赵佶多才多艺，精通诗词、书法、绘画、印章，他的瘦金体书法与花鸟画都是不容置疑的珍品。可这样痴迷艺术的人往往疏于政务，是很难成为明君的，如元朝宰相脱脱在撰写《宋史》时所感叹："宋徽宗诸事皆能，独不能为君耳！"宋徽宗最后落得个客死在异国他乡的悲惨结局，和亡于宋朝的南唐后主李煜很相似。

## 汴河与汴京城的兴衰

汴京有着近三千年的历史与大量的名胜古迹，其中最为著名的是

“汴京八景”，即繁台春色、铁塔行云、金池夜雨、州桥明月、梁园雪霁、汴水秋声、隋堤烟柳、相国霜钟。而汴水秋声、隋堤烟柳这两处景观都与一条河流有关，它就是汴河。

汴京城内外水系众多，有“北方水城”的美誉，最重要的一条当属汴河。汴河又称汴渠、通济渠，东汉与魏晋时都曾进行过整修。隋炀帝在前代修建的基础上，发百万民工开通济渠，为隋大运河的一段，但是运河修成后不久，隋朝也陷入了战乱与动荡之中。至唐代继续扩大汴渠的规模，进一步发展了汴河的航运、漕运作用，而江南经济的崛起使得唐王朝日益依赖江南地区，汴渠一线成为唐王朝经济命脉所在。安史之乱后，藩镇势力就企图以控制汴河作为要挟中央朝廷的手段。当晚唐诗人皮日休伫立于人群熙攘的汴河码头时，不禁遥想由隋至唐百年来汴河所历经的风雨沧桑：“尽道隋亡为此河，至今千里赖通波。若无水殿龙舟事，共禹论功不较多。”都说隋朝灭亡是因为开凿大运河，可是至今后人仍享受着大运河带来的便利。如果不是隋炀帝贪图于南巡耗尽国力，他的功绩足以与大禹相媲美。作者以反思历史来观照现实，既委婉批判了隋炀帝的好大喜功、骄奢淫逸，又肯定了大运河的开通为南北方经济文化交流做出的巨大贡献。

◎汴京八景之『铁塔行云』

汴京虽为北方的平原城市，陆路交通十分方便，但又十分依赖水上交通。早在北宋立国初时，就已认识到汴河对维系国家政权稳定的重要性。但汴河水源主要取自黄河，泥沙沉淤严重，难以治理。宋太

◎《清明上河图》（局部）/ 北宋 · 张择端 绘

祖赵匡胤将汴河、惠民河、五丈河比为“东都三带”，曾亲自督修汴河防汛及水利工程，并设置专门机构与官吏来统一管制。汴河不仅是北宋王朝的生命线，更与北宋人民的生活息息相关。周邦彦的《浣溪沙》有云：“日薄尘飞官路平。眼前喜见汴河倾。”说官路平坦，航运畅通，这是汴河带来的交通便利。孔武仲的《汴河汲井》：“余香入新稻，真味添细茗。”新鲜稻米清香四溢，这是汴河带来的食品充足。汴京城的繁华更有赖于汴河，北宋画家张择端的传世名作《清明上河图》有汴河岸边繁忙的运输画面，就是对当时场景的生动再现。

汴河也是见证汴京城兴衰沉浮的一条河流。南宋诗人林曾借汴河咏史怀古道：“一千八百隋家路，两岸青青入帝都。可惜翠华南渡后，旧时杨柳一株无。”隋炀帝命人在通济渠与邗沟两岸种植柳树，锦帆过处，香闻百里。但是到中晚唐时，隋堤柳已是衰败萧条。北宋时因重修汴河，于两岸遍栽杨柳，一时间又是柳絮飞时花满城。金兵入侵，宋室南渡，淮河南北分别属于南宋与金国两个政权，疏于治理。元明清三代建都于北京，也都无暇顾及汴河，汴河因长期失修而彻底阻塞，成为废河。“柳阴直，烟里丝丝弄碧”的美丽图景湮没在战争的尘沙之中，那曾经川流不息的漕运渡船与八荒争凑、万国咸通的盛景，也永远成为历史的画面。

## 满江红·秋日经信陵君祠

清·陈维崧

席帽聊萧，偶经过、信陵祠下。正满目、荒台败叶，东京客舍。九月惊风将落帽，半廊细雨时飘瓦。柏初红、偏向坏墙边，离披打。　今古事，堪悲诧；身世恨，从牵惹。倘君而尚在，定怜余也。我讵不如毛薛辈，君宁甘与原尝亚？叹侯嬴、老泪苦无多，如铅泻。

所有对历史的喟叹都隐含着对现实的认识。陈维崧是清代著名词人，词学辛弃疾，有英雄气，风格豪迈奔放。这首词是他经过开封的大相国寺时所写。大相国寺原是战国四君子之一信陵君的私宅。词人有感于信陵君的际遇又兼伤己，写下这首《满江红》。

开篇扣题，写经过信陵君祠的场景。席帽是古代的一种帽子，以藤席为骨架，四缘以丝网垂下，可以遮颜蔽日。词人孤身一身，戴着席帽经过信陵君祠，只见荒台矗立，败叶飘零，东京开封客舍也遍及四周，同寺庙一样被映衬得格外荒凉。史载信陵君延揽食客，养士数千人，可见千年之前，这里是何等热闹之场景，然而如今却寂寞萧瑟，对比强烈。从“东京客舍”句可知，词人当是歇宿此地，本身的羁旅愁苦再加上现实之冷落场景，故词中流露出一股黯淡之情绪。“九月”句暗用“孟嘉落帽”典故：东晋时，九月重阳节桓温带领众人游览龙山，参军孟嘉头上的帽子被风吹落了，可是他却浑然不觉，潇洒如旧。这里词人只是用吹帽字面意思，并不是用典故本身意，暗指此时正值深秋，接下句细雨洒过，飘在廊瓦上，点点滴滴，更觉愀然。那已坍圮墙边的乌柏树叶子微微泛红，稀疏摇落。词的上片主要抓住信陵君祠周边景物描写，选取“荒台”“东京客舍”“乌柏红叶”“坏墙”等几个镜头，渲染出一种凄凉氛围，为下文写自己的情绪铺垫。

下片开头，词人感伤今昔，又牵出自己“身世之恨”。陈维崧是明末清初人，才华横溢，但他一生并不得志。明朝灭亡时，陈维崧才二十岁，入清后补为诸生，却一直没有得到官职，直到五十多岁才举博学鸿词科，四年后他就去世了。他想起信陵君晚年遭遇，不由感慨道：“如果你在，一定会有同病相怜之感啊。”我怜汝，汝亦怜我，所谓“萧条异代不同时”！下面几句如疾风暴雨，一气而下，词人的情绪已经积聚到顶点，不得不发，“我讵不如毛薛辈，君宁甘与原尝亚”这两句用典，对仗亦工，说的是我岂不如毛公、薛公二人，您难道也甘心次于平原君、孟尝君一等吗？毛公、薛公二人是赵国人，很有才能，后为信陵君收揽，正是他们的相劝才使信陵君救魏破秦，成就千古一战。

◎大相国寺／孔繁尘 摄

将信陵君与平原君、孟尝君相比也是有缘故，据《史记·魏公子列传》中所载，信陵君打算招揽毛公、薛公二人，平原君以为二人是下等人不值得交往，认为信陵君没有眼力。信陵君得知平原君的看法后说："原来平原君与人交往，只是显示自己有多么土豪，而不是求取贤士人才。我到了赵国后听到他们二人名声，千方百计求见，还怕他们不见我，平原君居然认为和他们交往是羞辱。这样的人不值得深交。"平原君听到这一番话后非常羞愧，去找信陵君道歉，后来平原君的宾客一半都投到信陵君门下。

词人十分钦佩信陵君的为人，认为平原君与孟尝君皆不足以比信陵君，但原、尝二君的结局显然要比信陵君好，又颇自负地认为自己才能也绝不下于毛、薛二人，可惜时不利兮！你晚年之境遇和我如今境遇如此相似，都是不为主用。末二句词人以侯嬴自比，侯嬴七十多岁，家境贫寒，是大梁城东门的看门人。信陵君亲自去迎接他，众宾客十分不解，侯嬴还故意做出不谦让的样子，信陵君仍是十分恭敬。后来侯嬴将屠夫朱亥介绍给信陵君，这个朱亥可是帮了信陵君大忙，"窃符救赵"这个典故就和朱亥有关。当时秦国已经围住了赵国都城邯郸，魏国派将军晋鄙带兵去救，秦国警告魏国如果派救兵的话等攻下邯郸就来攻魏。魏国害怕，令晋鄙驻军观望。信陵君约骑百余乘打算去救赵国，走的时候侯嬴向他献计，告诉他如何夺取晋鄙兵符令魏出军，又说："我现在老了，不能跟随公子了，请公子先行，等到了晋鄙军中，我再北向自刭，以报公子。"后来信陵君果然夺取兵符，又依靠朱亥杀死了晋鄙，出军击退了秦师，而侯嬴也向北自刭。

词人以为侯嬴能得信陵君之信任，发挥自己才能，士为知己者死，是大丈夫行为。而自己亦是垂垂老矣，却孑然一身，不为所用，所以慨叹"老泪苦无多"。这是英雄无用武之地的泪水！

## 大相国寺的前世与英雄末路

大相国寺位于今河南省开封市。开封古时为魏国都城大梁，信陵君宅旧址即在大相国寺中。北齐天保六年（555），于此创建建国寺。建国寺经历水火二灾被毁，唐代又经过重修，延和元年，睿宗李旦纪念他由相国当上王位，敕其名为大相国寺。大相国寺最鼎盛时期是在北宋，经过多次扩建，宋太宗更是敕令出巨资修建，当时寺内僧人众多，禅房鳞次栉比，被誉为皇家寺庙。

信陵君，即魏公子无忌，是魏国著名的军事家，因其被封在信陵，故后世称其为信陵君。信陵君最有名的两件事即窃符救赵与联合诸侯击秦，把秦军压在函谷关内。按理说这么一个战国乱世中的大英雄国君应当好好珍惜才对，然而信陵君晚年处境却是十分悲惨，有一个典故“醇酒妇人”与他有关。

话说秦国在信陵君这里吃了两次败仗，十分害怕他会进一步行动威胁自己，甚至有可能扭转局势，于是用万斤黄金去贿赂魏晋鄙的那些门客。门客收了钱财就跑到魏安釐王前进谗言说：“信陵君在外浪迹十年，现在任魏军大将，诸侯还都听他的话，只知道魏国有个魏公子，而不知道大王您，公子也要趁机称王呢。”这么一说恰好戳到魏安釐王的一块心病。原来魏安釐王与信陵君都是魏昭王的儿子，信陵君是安釐王的异母弟弟，本来就有皇家血统，信陵君又得人心，如果他现在称王恐怕会得到大家的拥护。再者，之前信陵君窃符救赵，又杀了大将晋鄙，把安釐王瞒得团团转，这让安釐王大为光火。秦王看反间计就要成了，加紧时间多次派人诽谤信陵君，所谓三人成虎，安釐王听多了，不信也得信，就派人代替信陵君上将军位子。信陵君知道是魏王听信谗言黜落自己，干脆就托病不去上朝，整日在家与宾客通宵达旦饮酒，亲近女色，这样过了四年，死于饮酒过度。同年魏王也去世。秦王见信陵君死了，立刻派蒙骜进攻魏国，一步步蚕食魏国领土，过了十八年，魏都城大梁被攻陷。

◎大相国寺许愿池中的盘龙

信陵君谦逊、谨慎，又有勇力，是个叱咤风云的人物，可惜末年不得志，为小人所谗，与主上益疏，竟以这样落寞的方式死去，真是可悲可叹。倘使信陵君不死，魏祚足能延续；倘使信陵君尽为所用，秦也不敢轻易出山东横扫中原。词人陈维崧心有戚戚焉，在词作中多次写到信陵君，如《哨遍》中写道："又不见，信陵暮年失路，醇酒妇人而已。"这首词中用有关信陵君的典故，想表达的意思却发生了很大变化，用"失路信陵君"与"玩弄人间世"的庄周对比，劝友人不当汲汲追求名利，世事无定，而应即时享乐。这当然是牢骚。

## 宋代的大相国寺

建在信陵君宅址的大相国寺到了宋代可谓鼎盛一时。东京开封城东南，皇宫大内前面州桥东，临汴河有一条大街，往东不远就是相国寺，紧挨皇城大内的相国寺相当于汴京城中心地带，地理位置优越，也使这片地方颇为繁华。看过《水浒传》，一定对鲁智深倒拔垂杨柳印象深刻，这件事就发生在大相国寺。鲁智深到东京大相国寺看守菜园子，收拾一帮泼皮之后与众人饮酒，因门外大树上的乌鸦叫个不停，于是鲁智深使出蛮力，把垂杨柳拔了，看得大伙目瞪口呆。

在宋代，太宗赵光义对相国寺可谓用心最大，至道二年（996），太宗重建相国寺三座大门，上面门楼十分雄伟壮观。北宋初年，相国

◎『鲁智深倒拔垂杨柳』鼻烟壶

寺大门前牌匾题字是“相国之寺”，宋太宗亲自御笔，这座寺庙也因皇帝的推崇而身价百倍。

《东京梦华录》是成书于南宋高宗绍兴年间的一部宋人笔记，作者孟元老，他因回忆北宋故土汴京的景象而写成此书。书中记载了不少有关大相国寺的内容。北宋是中国封建社会商品经济非常发达的一个朝代。相国寺不仅是佛教寺院，还是百姓商品交易场所，据说这里每月有五次开放交易的日子，而且在这里摆摊都有规定，不能随便乱摆。一般大门前卖宠物即飞禽猫狗之类，还有些奇珍异兽，二、三道门卖日常杂货，寺庙内架起彩色帷幕或露天铺位，卖些凉席、干果、洗漱、弓箭等物品，可以想见很是热闹。相国寺大殿两廊都是宋代名家笔迹，还画有精妙绝伦的图画。

至于寺外的东门大街，更是景象繁荣。那时已经有许多店铺，寺南面还有录事巷妓院馆，这一片居然妓院很多，各种街巷错综复杂，熙熙攘攘。

还有个典故“梵嫂”和大相国寺有关，是说和尚不守规矩，娶人为妻。这则故事见于笔记《清异录》：相国寺有个法号澄晖的和尚，娶一个艳娼为妻，风流快活醉酒后指着胸口说：“没头发的浪子，有房室的如来。”忽然有个少年来访，说是想见见“梵嫂”，澄晖不同意，第二天就见院牌被蒙上纸，上面写着“敕赐双飞之寺”，读之令人捧腹。后来“梵嫂”就是用来讽刺僧人娶的女人。

大相国寺有趣的事情还不少呢，等待大家去一探究竟。

# 朱仙镇：金牌痛哭班师地

## ——朱仙镇大捷的真真假假

### 朱仙镇

明·李梦阳

水庙飞沙白日阴，古墩残树浊河深。
金牌痛哭班师地，铁马驱驰报主心。
入夜松杉双鹭宿，有时风雨一龙吟。
经行墨客还词赋，南北凄凉自古今。

李梦阳是“明代前七子”的代表人物，“明代前七子”是指明代弘治、正德年间的一个文学流派，主要由七人组成，成员有李梦阳、何景明、徐祯卿、边贡、康海、王九思、王廷相。他们强调复古，诗宗盛唐，尤以李梦阳、何景明为代表。这首诗是诗人经过朱仙镇岳王庙所作。岳飞在第四次北伐时于朱仙镇大破金军，金朝统帅完颜兀术迫不得已放弃汴京，向北撤退。首句水庙即指水边庙宇，谓在晴朗日子里飞沙漫天飞舞盖住了岳王庙，天色一下子暗了下来，如同阴天一样。古旧的庙台、残破的老树、浑浊的河水显得愈发荒寒。首联只描写眼前景色，渲染出凄凉冷寂的氛围，为全诗定下感情基调。颔联出句引出庙主人岳飞。史书上记载，岳飞在打下朱仙镇后本欲直捣黄龙，秦桧却联合高宗赵构连下十二道金牌召回岳飞。岳飞离开时当地百姓夹道相送，痛哭跟随；颔联对句则写岳飞驱驰疆场只是一心报主，却不料被召回后杀害。两句形成鲜明对比，流露出诗人惋惜哀痛之情。颈联又转回眼前，用比兴法写岳王庙夜晚的景象：双鹭停宿在庙中松杉树上，有时风雨声中似乎能听到龙的长吟。双鹭来宿，见岳王庙人迹罕至、荒凉，风雨兴起龙吟盘空，似是在诉说“出师未捷身先死”的遗憾，两句虚实结合，写出了一个功败垂成英灵的落寞。尾联意即经过此地的诗人墨客留下大量词赋，南坟（杭州岳王庙）北庙（朱仙镇岳王庙）从古至今仍是一片凄凉。

全诗写朱仙镇之岳王庙，实则是写岳飞之人，以及后世千古英雄的冷落，感慨颇深，抒发了诗人怅惘之感。明代诗人钟惺以此诗与杜甫名作《蜀相》相比，两首诗都是写功亏一篑的英雄，手法也类似，的确是有独到眼光。

## 真有朱仙镇大捷吗

朱仙镇在今河南省开封市，唐宋以来朱仙镇成为水陆交通要地，这里距宋都汴京仅有二十多公里，明成化十四年，为了纪念岳飞，在此修建岳王庙，遗迹至今尚存，引无数后人凭吊。

岳飞治军严谨，打过数不清的胜仗，其中朱仙镇一役更是以五百骑兵大破兀术，为后世兵家津津乐道。朱仙镇一役在《宋史·岳飞传》中有记载，一笔带过：

飞进军朱仙镇，距汴京四十五里，与兀术对垒而阵，遣骁将以背嵬骑五百奋击，大破之，兀术遁还汴京。

然而这样一次“大破之”的胜利，却颇受后人质疑。究其原因，《宋史》是由元人撰写的，距宋亡已有八十年了。由于撰写时在元末，许多材料并未精心选择裁剪，修史时间不到三年，因此《宋史》最大的缺点就是比较粗糙。虽篇幅庞大，但史料真实性颇受质疑。研究南宋史的第一手资料——李心传的《建炎以来系年要录》记高宗赵构一朝事，只字未提及朱仙镇大捷。徐梦莘编的《三朝北盟会编》记钦宗、徽宗、高宗三朝事，也未对朱仙镇大捷有只言片语的描述，而这两本书编排撰写十分精细，可被称为良史，所以史学界对这次战役的真实性有不少质疑。二十世纪以来，许多专家提出不同看法，比如宋史专家邓广铭著《岳飞传》，以为此事纯属虚构。因为岳珂的《鄂王行实编年》中记载了这次战役，岳珂又是岳飞之孙，所以又有人质疑是岳珂为美化岳飞编造出来的。而《宋史・岳飞传》显然没有精简材料，直接用《鄂王行实编年》，故造成不小的错讹。

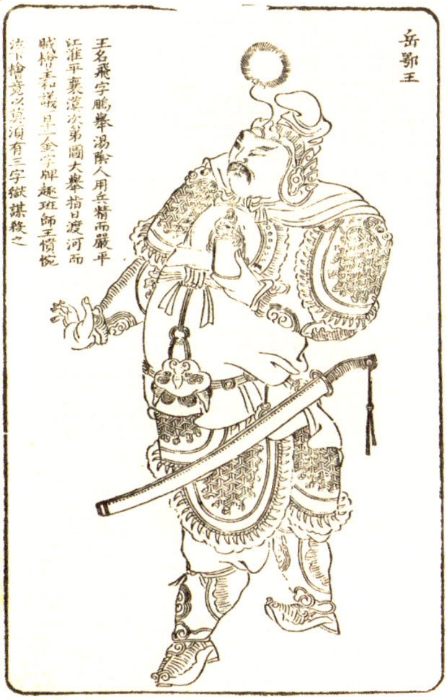


◎《无双谱》中的岳飞像／清・金古良 编绘

朱仙镇一役之前，岳飞率军连战郾城、颍昌，均取得大捷，郾城一役，兀术以“拐子马”应战。“拐子马”是金军的精锐骑兵部队，之前战无不胜，岳飞令士卒冲入阵中专砍马腿，“拐子马”相连，故一匹马倒，其余马都不能幸免。这一仗金军大败，兀术感慨道：“自从起兵以来，都是凭借拐子马战无不胜，如今完了。”郾城一役后，兀术与岳家军再战颍昌，又败，兀术婿夏金吾、副统军粘罕索孛堇战死。

郾城、颍昌之捷在史实中没有疑问，何以朱仙镇一战引发后人无数质疑呢？还是来源于史料记载之冲突。此处不妨再引《鄂王行实编年》中关于朱仙镇大捷史料与前引《宋史・岳飞传》略作对比：

兀术复聚兵，且悉京师兵十万来敌。对垒而陈，先臣按兵不动，遣骁将以背嵬骑五百奋击，大破之。

很明显，《宋史・岳飞传》几乎原封不动地引用了《鄂王行实编年》中的材料，可是舍掉了“且悉京师兵十万来敌”这句。为什么要

◎ 朱仙镇精忠岳庙龙壁

舍掉这一句呢？原因是这一句不可信。首先，如果看下文，以“五百骑奋击，大破之”就有夸大之嫌，五百骑兵与十万军马相差两百倍，任岳家军多么神勇，以一敌两百也是绝对不可能的，更不会出现“大破”这种情况。其次，再看兀术的兵马，在趁势占领陕西、河南大部之后，兀术又在顺昌击败宋将刘锜。当得知岳飞来时与诸将商议，结果是“诸帅易与，独飞不可当，欲诱致其师，并力一战”，认为宋军其他人不足为惧，只有岳飞难以抵挡，不如诱岳家军以全部兵力一战。当然这次战役，也就是郾城一战以兀术失败告终，正因为兀术用尽精锐兵马，惨败于岳飞后才会如此恐惧，也不难推测，郾城、颍昌之战兀术精锐大军几被岳家军全歼，所以在一部分兵马分布在陕西、河南境内，一部分兵马损失殆尽情况下，还能从汴京集十万人一战是不大可能的。最后，岳飞被高宗十二道金牌招回京，也是见于《鄂王行实编年》，《宋史》直接挪用。但是《鄂王行实编年》描写此事太过详细且故事性很强，颇类笔记小说写法，与正史行文乖舛，故《宋史》在挪用时精简不少，删去数百字。精研宋史的邓广铭指出，十二道金牌招岳飞有夸大之嫌，然而也基本肯定岳飞是受诏还师，只是没有《鄂王行实编年》写得那么有戏剧性。《建炎以来系年要录》中记载岳飞班师事更加令人疑惑：

是日，湖北京西宣抚使岳飞自郾城班师，飞既得京西诸郡，会诏书不许深入，其下请还，飞亦以为不可留。

听诏班师，这个是可以确信的，但《建炎以来系年要录》说是自郾城班师，那么之后的朱仙镇大捷从何而来？

这么看，朱仙镇大捷还真是一桩悬案。

## 另一种真实

《鄂王行实编年》写朱仙镇大捷后还提到一个人，因为这个人彻底改变了兀术放弃汴京的想法，而决定留守，由于《宋史·岳飞传》中也引用了这段材料，且行文简洁，这里引用《宋史》原文：

方兀术弃汴去，有书生叩马曰："太子毋走，岳少保且退矣。"兀术曰："岳少保以五百骑破吾十万，京城日夜望其来，何谓可守？"生曰："自古未有权臣在内，而大将能立功于外者，岳少保且不免，况欲成功乎？"兀术悟，遂留。

兀术正要逃跑，便有个书生劝阻兀术，告诉他岳飞将要退了。兀术不信，书生说自古没有权臣在内，而有大将能在外立功，岳飞不能自保，还能成功吗？这里指的权臣自然说的就是秦桧，书生的意思是让兀术不用担心，宋廷内自有秦桧"帮忙"，所以岳飞不足为惧。兀术大悟，就留在了汴京。《鄂王行实编年》中劝说兀术不要逃跑者正是宋太学生，还感慨道如果使岳飞能一往无前，那么金国虽然强大，扫平是没有问题的；故土收复也没有问题，可惜功亏一篑，万古遗恨。

值得注意的是，这不是宋人第一次帮金人，早在黄天荡一役中，就有宋人帮助金人之事，主角还是兀术，只不过他的对手由岳飞换成了韩世忠，这颇耐人寻味。

◎朱仙镇木版年画

当时金军打得宋廷落花流水，赵构一度乘船入海，真是避无可避。宋高宗建炎四年（1130），兀术扫荡江浙后担心孤军深入为宋军截杀，于是率军从临安沿运河北上，打算由镇江北归。宋将韩世忠料准时机，扼守江口，阻杀金军。金军损失惨重，不得不另寻归路，只好开往建康，行军黄天荡。韩世忠一路堵截，从金军后方抄袭，造大铁钩钩船，这一招让兀术窘迫不已，甚至一度哀求韩世忠放一条生路，然韩世忠不为所动。眼看兀术就成瓮中之鳖，手到擒来，却有一个福建人给兀术献策，让金军在舟中填土，上面铺上面板，防止宋军钩船，又在船两边加船桨加快行船速度，还有人献策开凿大渠以接江口。后来兀术改造船只，并用火攻，最终突围成功。这件事情也出自《宋史》，若都据史料记载，两军交战生死存亡之关键时刻，正是宋人倒戈，帮助金人一次又一次化险为夷。如此巧合，发生在同一人身上，且黄天荡一战中，《宋史》《金史》描述有出入，这就不得不使人怀疑是不是有臆造成分在其中？

人们为什么乐意相信岳飞在朱仙镇之大捷？大约是为岳飞与诸将约定直捣黄龙后痛饮的激情感染。不畏强暴、自信、敢于斗争，是直面困难却百折不挠国人的精神所在。清末词人王鹏运在经过朱仙镇岳庙时曾写一首《满江红》，下片开头云：

黄龙指，金牌亚。旌旆影，沧桑话。对苍烟落日，似闻叱咤。

王鹏运生活于清末乱世之中，庚子事变不仅带给他，更是带给那个时代有良知、以国事为己任的词人万箭穿心般的痛楚。“对苍烟落日，似闻叱咤”，仿佛看到沉沉暮霭下岳武穆再生，指挥军队抗击侵略者，这正是词人迫切需要的，万马齐喑中应当涌现出英雄人物。

# 殷墟：尧舜桀纣皆腐骨
## ——废墟中一个王朝的灵魂

### 杂兴

宋·陆游

尧舜桀纣皆腐骨，王侯蝼蚁同丘墟。
麦苗覆块鸠唤雨，常恨无人同荷锄。

陆游写过很多《杂兴》诗，本篇是其中一首。诗首句写的尧、舜、桀、纣四人都是上古的君主，其中前两位是公认的贤君，尧将王位禅让给舜，舜又传给了禹，禹就成为了夏朝的第一位国君。古时多以尧舜并称，以喻盛世。桀和纣则是古时公认的暴君，桀是夏朝最后一位君主，纣是商朝最后一位君主，二人皆因暴政和荒淫无度被推翻。首句将尧舜和桀纣并提用意明显，是说他们无论政绩如何，后人又怎样看待，现在都已在黄土下化为腐骨了。二句紧接首句，意谓无论王侯生前多么富贵，有多么大的权力，死后仍同蝼蚁一样，埋葬在荒凉的丘墟中。前两句诗人运用对比的手法，将善与恶、生前热闹与死后寂寞相互比照，凸显出鲜明态度，即：一切名利荣誉或善恶美丑都为虚幻，从某种程度上来说，它们最后的转化形式都是对等的，埋于地下，随着主体的逝去而不复存在，也许能成为后人的谈资，却再也无法回到世间。

第三句诗人笔锋一转，写春日催耕的景象，青青的麦苗盖住土地，鸣鸠呼唤着春雨到来，一片生机盎然，在这时诗人却感慨道：“如此大好时光，遗憾没有人能和我一起扛着锄头耕种啊。”“恨”是遗憾的意思，那么这些人都去哪里了呢？他们或是汲汲于追求名利，或是过着花天酒地、不知晨昏的日子，而诗人偏偏向往着这种平静安宁的生活，反正千百年后都归为尘土，何不在此时做一闲人呢？这也是“常恨无人”的意蕴所在。

陆游入蜀后心性发生了不小的变化，早些年上书议政、慷慨陈词的风采逐渐隐去，但其豪放不羁的性格却没有转变，《宋史》中有记载，陆游与范成大以文字交，不拘礼法，被人讥讽为“颓放”。陆游索性自号放翁，以示对抗和轻蔑意，只是他早年立下功名，收复河山的愿景慢慢消磨，在这首诗中也能体现出来，他毕竟还是心忧国家，所以有时故作旷达，内心深处仍是怀着忧愤。他不能像陶渊明那样高唱着“采菊东篱下，悠然见南山”而彻底隔绝尘世，却又念叨着“遗民忍死望恢复，几处今宵垂泪痕”抱着不甘和微茫的幻想。

纣，商朝最后一位国君，商也因他而亡，再加上流传千年的故事渲染，让人们一提起他就想到“荒淫”“残暴”，并认为他的下场是咎由自取。但在历史上，对他的评价并不是一贬再贬，说到纣，我们要从殷商这个国家谈起。

◎ 殷墟博物苑 / 孔繁尘 摄

## 十恶不赦的昏君也并非一无是处

盘庚迁都这则典故很多人知道，为什么商朝又被称为殷呢？因为这个国家是用地名来命名的。商汤在亳（今商丘）建立商朝，盘庚把都城迁到殷（今安阳），所以历史上也把这个朝代叫作殷商。其实在盘庚迁都殷之前，商的都城还经历过数次搬迁，据统计有十余次之多。在不甚发达的古代，迁都的原因无非天灾与人祸。黄河下游经常闹水灾，统治者为争夺王位也进行激烈斗争。盘庚迁殷以后，商朝的政局稳定下来，人民生活、经济发展都得到了提高，而后直到商灭亡，再也没有迁都。

殷墟这个地方，是商代最后一个、也是影响最大的都城殷的遗址。殷墟在河南安阳小屯村附近，现存遗迹有殷墟宫殿宗庙遗址、殷墟王陵遗址、洹北商城等。洹北商城作为商代都城遗址，据考应该早于殷墟，地理位置离殷墟很近，在其东北方向，与殷墟略有重叠。洹北商城的发现解释了“殷墟为何没有城墙”的疑问，也确信了殷就是商代晚期的都城。

盘庚迁都后又经历了十位君主，王位最后传到纣王手中。纣王即帝辛，是帝乙的少子，纣是他的谥号。“桀纣”一词如今已然成了昏君代名词，和“尧舜”相对。在《史记》记载中，纣是一个荒淫、残忍的君主。他有个宠爱的女人叫妲己，纣王对她几乎言听计从，于是命乐师作新的俗曲，还增加赋税，搜集新奇玩物填充宫室，又建了酒池肉林，用酒装满池子，把肉悬挂起来当作树林，让男女赤身裸体在里面追逐嬉戏。纣王残忍，令人发指。为了加强统治，他任命西伯昌、九侯、鄂侯为三公，让他们管领诸侯。九侯把女儿献给纣王，其女因为不喜欢淫荡，纣王一怒之下就把她杀了，并且对九侯施以醢刑，就是剁成肉酱。鄂侯极力劝谏，结果也被杀制成肉干。西伯昌就是周文王，他的命运还好些，因为对纣王杀九侯和鄂侯的事有抱怨之词，他被纣王囚禁在羑里，虽然被关了，但命至少保了下来，后来通过贿赂被放出。西伯昌归国后，诸侯得知他的仁政都去投奔他。纣王这么做自然众叛亲离，然而纣王仍有一个臣子对他忠心耿耿，这个人就是比干。说起比干大家都很熟悉，就是那位冒死力谏被剖了心肝的忠臣。可惜比干之死依旧无法阻止纣的荒淫，终于，在牧野之战中纣败于周武王，身死国灭。

由此，读者一定以为纣是十恶不赦的坏蛋，但是在《史记》中，司马迁对他也并不是一味贬低，如“帝纣资辨捷疾，闻见甚敏，材力过人，手格猛兽，知足以距谏，言足以饰非”，意思就是纣王天资聪颖颇有口才，听到看到就能快速反应，除了很有智慧还有勇力，徒手就能和猛兽搏斗，智慧足以拒绝群臣劝谏，说话足以掩盖他的过错，总之是一个有智有勇的人。孔子的得意弟子子贡也说：“帝辛之不善，不如是之甚也。是以君子恶居下流，天下之恶皆归焉。”纣王这个人的不善，也不如传说当中那么严重，所以君子憎恶居于下流，一旦居于下流，天下坏名都归在他头上了。子贡认为，纣王所有坏名声越演越烈的来由就是因为他“居于下流”。作为商代最后的君主，在各种阶级矛盾越来越突出之时，没有去积极调和改善，却依然追求淫乐。成王败寇，身后名声也只能任由后人评说，“众恶皆归焉”也不足为怪了。所以君子应当处于上游，始终保持更高的道德修养，这样也不会为他人留下话柄。

就历史发展的观点来看，一个国家灭亡总是有多种原因的，在奴隶社会，阶级矛盾不断激化才是推动改朝换代的主要因素。其实在帝中丁时，商朝已经开始走向衰落，《史记》记载中丁对王储之事一直犹豫不决，将长子废除而重新选择其他儿子及诸弟兄的儿子，这些人为了王位相互争斗，造成王室混乱，以致没有诸侯敢来朝见。盘庚迁都之时，商朝内部矛盾已经相当严重了。诚然，迁都能缓和一部分矛盾，但只靠盘庚一人维持大厦将倾的政权是不可能的。果不其然，盘庚一死，商又开始走下坡路，后来人们写了《盘庚》三篇来怀念他。

到了武乙、纣王时，商覆灭的命运已经不可扭转。周文王在暗中扩大自己的地盘，聚拢人气，这个时候强弱对比明显，继承文王遗业的武王只须发号施令就可以了。帝辛纣王，虽是自作孽不可活，然而也是这个时代的牺牲品，为殷王朝最后灭亡背负罪名。

## 刻在龟壳兽骨上的文字成为商王朝的灵魂

说道商王朝就不能不说甲骨文，作为中国最早的文字，这数以千计的记录商王室占卜的文字是商王朝对人类文明最杰出的贡献，不愧为商王朝瑰丽文化的灵魂。

甲骨文这种古老的文字一般刻在龟壳、兽骨上，又称契文或甲骨卜辞。之所以称其为“卜辞”，是因为这些文字的内容多是用来占卜吉凶的。古代人迷信，每次举大事或打仗前都要占卜一下，看看有没有利，比如《易·系辞》中就说：“以定天下之吉凶，成天下之亹亹者，莫大乎蓍龟。”认为这种占卜方法可以定天下凶吉，预测世事行进。蓍是一种草，和龟壳一样，也

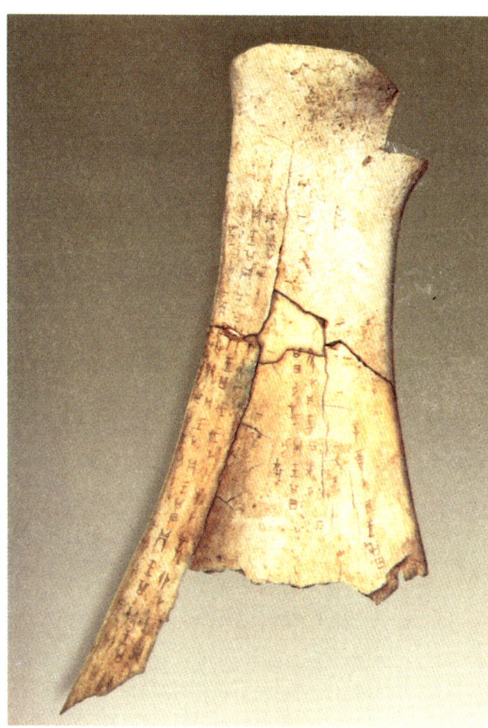

◎甲骨文

是占卜工具。这些甲骨文字除了占卜以外，也有用来记事的。清代刘鹗编成《铁云藏龟》一书，收录的都是甲骨文。甲骨文的发现地正是安阳殷墟。以前研究历史的学者，对商代是否存在持怀疑态度，毕竟年代久远，而且也缺乏实物证据，直到甲骨文的考古面世，这层疑云终于被拨开。

一般认为，甲骨文最早的发现者是清末官员王懿荣。王懿荣是金石学家，对古文字自然十分敏感。世传他在收购文物中偶然发现了这些文字，也有种说法是他收中药时发现这些文字，之后就开始有意识收购甲骨文，做这方面的研究。可惜不久，八国联军攻入北京，王懿荣服毒自杀。他的好友刘鹗接过了研究重担，从其他地方又得来了几千件。在好友罗振玉帮助支持下，编印成《铁云藏龟》一书。之后研究甲骨文的学者越来越多，专力于文字的比对和释读工作，其中不乏我们耳熟能详的国学大师。近代四位研究甲骨文的著名学者有：罗振玉，号雪堂；王国维，号观堂；郭沫若，字鼎堂；董作宾，字彦堂。他们四个人的字号中都有一个“堂”字，于是也将他们并称为“甲骨四堂”，是研究甲骨文的四大专家。

甲骨文的发现是具有划时代意义的大事，除了为我们提供商代一些信史外，其文字学的价值也不容忽视。东汉许慎撰写《说文解字》，详细阐释了一些汉字由来和它的本意，但这部书也有不严谨的地方。许慎虽然生得早，却没有见过甲骨文，因此对一些字的解释有臆测、生拉硬套之嫌。甲骨文的出现和释读，可以与《说文解字》相参照，对于更好地了解我国文字变化发展有十分重要的意义。

甲骨文、司母戊方鼎以及殷墟上的各种遗迹，就是这个埋藏在地下千年王朝的灵魂。

# 博浪沙：椎秦博浪沙

## ——唯一在刺秦后全身而退的男人

### 经下邳圯桥怀张子房

唐·李白

子房未虎啸，破产不为家。沧海得壮士，椎秦博浪沙。
报韩虽不成，天地皆振动。潜匿游下邳，岂曰非智勇。
我来圯桥上，怀古钦英风。唯见碧流水，曾无黄石公。
叹息此人去，萧条徐泗空。

李白经过下邳古桥圯桥（在今江苏睢宁）时，想到张良刺秦的英勇事迹，又有感于今，故写这首诗表达对张良的歆羡之情。张良字子房，秦末汉初人，是刘邦有名的谋士。张良的祖辈在韩国任相，秦灭六国后，张良散尽家财，求刺客刺杀秦始皇。后来去拜见东海君，求得一力士，能使铁椎百二十斤，狙击始皇博浪沙中。诗前两句就是写这个故事，首句“未虎啸”即还未成名大展身手的时候，“破产”句则能充分看到张良侠义疏财的英豪气概。下两句用博浪沙椎秦典故却一笔带过，而后着重写张良为人和怀古感慨。张良这次刺秦，力士铁椎击中始皇的副车，始皇惊怒下令全国通缉刺客，张良更名改姓，趁机逃脱。这件事非同小可，虽“报韩未成”而天下为之震动，毕竟张良是敢于反抗的人，“秦王扫六合，虎视何雄哉”的气魄并没使他有丝毫胆怯。张良刺秦不成后躲了起来，故曰“潜匿”。有一日他闲步在下邳圯桥处，路遇一老者脱鞋扔在桥下，让他去捡，张良捡起

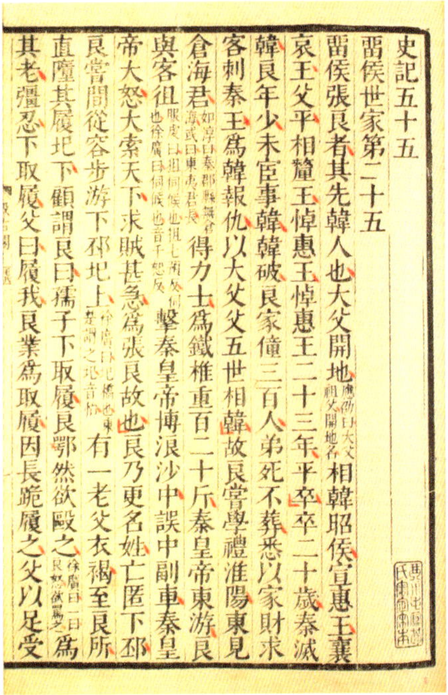
史記五十五

留侯世家第二十五

留侯張良者其先韓人也大父開地（應劭曰大父祖父開地名）相韓昭侯宣惠王襄哀王父平相釐王悼惠王悼惠王二十三年平卒卒二十歲秦滅韓良年少未宦事韓韓破良家僮三百人弟死不葬悉以家財求客刺秦王爲韓報仇以大父父五世相韓故良嘗學禮淮陽東見倉海君（如淳曰秦郡縣無倉海 或武曰東夷君長）得力士爲鐵椎重百二十斤秦皇帝東游良與客狙（服虔曰狙伺候也狙七預反伺也徐廣曰伺候也音千恕反）擊秦皇帝博浪沙中誤中副車秦皇帝大怒大索天下求賊甚急爲張良故也良乃更名姓亡匿下邳良嘗閒從容步游下邳圯上（徐廣曰圯橋也東楚謂之圯音怡）有一老父衣褐至良所直墮其履圯下顧謂良曰孺子下取履良鄂然欲毆之（徐廣曰一曰良怒欲罵之）爲其老彊忍下取履父曰履我良業爲取履因長跪履之父以足受

◎《史记·留侯世家》书影（清）

来恭恭敬敬给老者穿上。老者让他五日后天亮时再来此处相会，张良五日后来时见老者已先到了，老者生气地说让他五日后早早来会，直到第三次张良才比老者到得早。老者授他兵书。这老者便是黄石公，这就是有名的“圯桥进履”的典故。诗中并没有详述这个典故，只用“潜匿游下邳”略微一提，接着反问道：“这难道不是智勇双全吗？”勇者，报韩刺秦之事；智者，潜匿藏拙，受公兵书。历来对这句评价颇高，如清沈德潜《唐诗别裁》说：“为子房生色。‘智勇’二字，可补世家赞语。”意思是“智勇”这个评价非常好，可以补足《史记·留侯世家》中的赞语。清吴瑞英《唐诗笺要》则是看重章法，认为前面先说“虽不成”，后面又接“岂曰非”，这是顿挫的手法。

“我来圯桥上”句转宾为主，这是全诗的第二层，如果说第一层主要是写张良事迹的话，第二层主要写诗人的体悟。诗人来到圯桥上，望着茫茫流去的河水，在怀古中钦羡张良的雄风英姿，只是此处再也无法见到黄石公了。“唯见”“曾无”二词并提，流露出诗人的些许怅惘之情。诗中还有一层寓意是：张良能够得到黄石公赏识并获得兵书，如同伯乐相马一样，如今世上或许有像张良那样的人，暗指诗人自己，却再无黄石公这样的伯乐了。诗人最后感慨道：“张良一去，徐泗两州从此变得萧条寂寞了。”全诗虽是咏史，却写出诗人内心深处的抱负，渴望一展雄图大志，只可惜没有时机，更无遇合之缘。整首诗大笔渲染，颇具力道。诗中提到的博浪沙也因为是刺秦之地而声名远播。

## 博浪沙中击秦帝

博浪沙位于河南省新乡市原阳县城东关，此处设有一亭，立碑名“古博浪沙”，正是张良使人刺杀秦始皇之地，可惜一击未中，张良就此隐沦数年。由于博浪沙有此历史典故，故古来咏博浪沙之诗可谓不少。宋代罗大经在《博浪沙》一诗中写道：

不惜黄金募铁椎，祖龙身在魄先飞。齐田楚项纷纷起，输与先生第一机。

祖龙指秦始皇，齐田指田横，楚项指项羽，全诗写张良虽然刺秦失败，但毕竟是开了个头，之后田横、项羽起兵时都输张良先发之机。

◎古博浪沙碑

张良刺秦引发后世众多诗人赞美，他也是有史籍记载中唯一一个刺秦能全身而退的人，另两个全部失败。失败的是荆轲和高渐离，二人还是好朋友。“荆轲刺秦”故事耳熟能详，献燕国地图后图穷匕见，刺杀秦王，可惜亦是一击未中，后被侍卫斩杀。高渐离是燕国人，荆轲的好友，荆轲当时到了燕国后日日与高渐离和狗屠饮酒，酒正酣时，高渐离击筑荆轲放声高歌，正自高兴，突然又哭，旁若无人，二人之性情相投，又无礼法之束缚，故能尽兴来去。秦始皇吞并六国后，高渐离曾一度隐姓埋名藏在宋子（地名）当帮工，后来秦始皇听说他击筑好，便用烟熏瞎了他的眼睛，命在身边击筑。一次高渐离用铅藏在筑中，举筑击始皇，不中，被杀害了。

史籍中记载这三人都是出于各自目的想要杀秦始皇，但是秦始皇真是有上天庇佑，三个人竟没有一个人成功。荆轲、高渐离被杀，只有张良侥幸逃脱，而张良逃脱之后跟随刘邦，成就了一番大事。

## 能忍善藏的张良

刘邦当上皇帝后杀了手下一大批重臣，这些人中不乏和他一同打下天下的，如彭越、英布等，最有名的当属韩信了。虽然韩信是被吕雉处死的，但他的死同刘邦也是有很大关系。“汉初三杰”中除韩信，为什么张良、萧何能得到善终呢？尤其是张良。

在史论中，苏轼有篇《留侯论》颇为有名，他将张良的成功归于“能忍”上。开头便写道：“古之所谓豪杰之士，必有过人之节，人情有所不能忍者。匹夫见辱，拔剑而起，挺身而斗，此不足为勇也。天下有大勇者，卒然临之而不惊，无故加之而不怒。此其所挟持者甚大，而其志甚远也。”

所谓能称豪杰的，必然有过人的地方。人都会有忍不了的时候，像一介匹夫，倘使受辱，必然会拔剑跳起来打斗，这不是勇。那么勇是什么？大勇的人遇到突然而来的事情不会惊动他，无缘无故错加在他身上的事情也不会使他动怒，这才是“所挟持者甚大，其志甚远”。古人有句话说“泰山崩于前而色不变”，这是强调一个人磨炼心性后的从容淡定。而苏轼特意将“忍”提出来作为“临之而不惊”的注脚，只有“善忍”的人心中才有大的志向，想要做成更大的事业。

◎张良像

苏轼专门用张良刺秦举例，说明这是他年轻时不懂得“忍”的表现，文中又说：“当韩之亡，秦之方盛也，以刀锯鼎镬待天下之士。其平居无罪夷灭者，不可胜数。虽有贲、育，无所复施。夫持法太急者，其锋不可犯，而其势未可乘。”贲、育是战国时卫国的两个勇士孟贲和夏育。作者指出，秦国很强盛之时，那些平白无故被抓去杀头的人数也数不清，就是孟贲、夏育在世也无计可施，遇到执法这么严厉的君主，他的锋芒是不可侵犯的。读到这里就知道荆轲、高渐离也是凭借其“一夫之勇”刺秦罢了，所遭遇的结局必是“夷灭”，他们俩如果交给苏轼评价，也是不能忍的典型。所以苏轼接着说道：“子房以盖世之才，不为伊尹、太公之谋，而特出于荆轲、聂政之计，以侥幸于不死，此固圯上之老人所为深惜者也。”此处作者的态度已经很清楚了，张良本是盖世之才，应该有伊尹、姜太公的谋略，却做出了荆轲、聂政刺杀这样的下等计策，没死真的是侥幸，幸亏有圯上老人即黄石公帮他。苏轼认为黄石公丢鞋再让张良去捡，是磨砺他能忍的心性，张良经过这次历练后也终于得到成长，获得“能忍”这项技能。也正是因为张良“能忍”，所以日后遇到大事情时能做到不被惊怒，最终成就了一番大事。

张良在帮助刘邦取得天下后，更能藏其锋锐，这点尤为重要。《汉书·张良传》中记载，张良跟从刘邦讨伐代，出奇计攻下马邑，劝立萧何为相国，同刘邦讨论天下许多事，没有涉及天下所以存亡，所以这些都没有被记述。他自己还说："现在凭借三寸不烂之舌做了皇帝的军师，这是平民布衣能做到的极致，已经足够了。愿意舍弃人间之事，跟从赤松子游仙。"这时候选择退出，从而避免被疑心很重的刘邦怀疑，或许是最好的选择。春秋时期范蠡帮勾践灭吴后功成身退，写信给文种说："飞鸟杀尽了，好的弓箭就会被藏起来。狡猾的兔子捕捉完了，猎狗就会被煮了。"以此为寓，劝文种离去，文种贪恋功名最终让勾践杀掉，范蠡泛舟五湖，得以逍遥终身，张良的做法与范蠡可谓同一机杼。

太史公在《史记·留侯世家》文后评价道："皇上说：'出谋划策于帷帐之中，决胜负在千里之外，我不如子房。'我原本以为张良是高大威猛的样子，等到看到他画像，却像个美丽女子。所以感慨孔子说的话：'以貌取人，失之子羽。'"子羽是孔子有名的弟子，虽长相丑陋，但在楚国传道授业影响很大，让孔子感慨不能以貌取人。太史公也在感慨，张良生得像女子，却有大丈夫的胸襟和气度。张良在秦末汉初的乱世，帮刘邦完成立汉大业，凭"能忍"以报仇，凭"善藏"以享天年，确实是位不世出的英杰。

# 成皋：龙拏虎掷何处——楚汉形势急转一战

## 水调歌头·汜水故城登眺

金·元好问

牛羊散平楚，落日汉家营。龙拏虎掷何处，野蔓罥荒城。遥想朱旗回指、万里风云奔走，惨澹五年兵。天地入鞭箠，毛发懔威灵。　一千年，成皋路，几人经。长河浩浩东注，不尽古今情。谁谓麻池小竖，偶解东门长啸，取次论韩彭。慷慨一尊酒，胸次若为平。

汜水，汉时称成皋，隋代改成皋置汜水县，故址在今河南省荥阳市汜水镇，地理位置关键，古来为兵家必争之地，著名的楚汉成皋之战就是发生在这里。金代词人元好问同友人一起游览此处，写下了这首慷慨悲凉的咏史怀古词。整首词追叙刘邦、石勒等人的英雄事迹，“牛羊散平楚，落日汉家营”取景阔大；“龙拏虎掷”指楚汉两雄争斗，于今已为陈迹，故以“何处”发问，跌宕有力。只见那荒城废池中野草肆意生长，“罥”为悬挂的意思，生动形象地写出了景色之萧条凄凉。“遥想”转入回忆，眼前之情景不由使词人联想到千年前楚汉于此争雄，那朱旗一挥，战场上形势风云突变，两方鏖战五年之久，成皋一战，正是决定全局的关键一战。这五年的战争是何等残酷，天地仿佛都遭到了鞭打，人的毛发也被这声威气势所慑而颤栗。词人极力夸大战争之震慑力，仿佛带我们又回到过去，感受那战场上的厮杀。上片词人从眼前景象引出，大笔泼墨般地描绘了那段史实，让人体会到一种沉重的历史沧桑感。

下片词人又从回忆转到眼前，这一千年来，漫漫成皋路又有几人走过。那浩浩汤汤向东流去的黄河水，也说不尽这怀古感今的种种情思。上片大笔渲染，有喷薄欲出之势，故用此五句缓缓收住，不至于感情流泻一发不可收拾，这就是顿挫之法。下片三句全写石勒事。石勒是十六国后赵的开国皇帝，善于用兵，又有大志，但他小时候身份很低贱，据《晋书》中记载，石勒以前曾被卖为奴仆，又与邻居争麻池，以致迭相殴打，“麻池小竖”即指此事。“小竖”是对人的蔑称。“偶解东门长啸，取次论韩彭”又用了石勒的典故。石勒十四岁的时候行贩洛阳，倚啸上东门。王衍十分惊异，派人去抓他，后来石勒逃跑了。石勒称帝后，评价自己道：“我要是遇到了汉高祖刘邦，当面朝北拜他为君主，并与韩信、彭越争先。”口气相当不小。为什么词人在这里要提到石勒呢？一是由楚汉争雄，引出石勒与韩、彭相比之事，二是因为石勒故乡在山西上党，与元好问的故乡相距不远，元好问想到石勒小人物的奋斗史，又联想到自己不能施展抱负，故大发感慨，“若为平”是怎么可以平复的意思。

## 虚构的故事：虎牢关三英战吕布

提到成皋，不得不说虎牢关。虎牢关是一座有着千年历史的险关。虎牢之名见于史籍很早，在《左传》中即有虎牢之名，《穆天子传》中记载七名壮士抓了一只虎献于周天子，周天子命将老虎圈养在这个地方，所以称为虎牢。虎牢关究竟置于何时，有秦时置关和汉时置关两种看法。还有个颇为困扰的问题，就是虎牢关和成皋的关系。目前学界也有两种观点：一种认为，虎牢关就是成皋城，这在史料中也有记载，如清《嘉庆重修一统志》中说：“成皋故城，在汜水县西北，又名虎牢，旧志，在大伾山上。”有学者就认为战国时虎牢已兼成皋之名……虎牢关又曰成皋关，成皋关即虎牢关也，虎牢、成皋是一关二名。也有学者提出反对意见，认为虎牢和成皋根本就不是一个地方，而且虎牢关城和成皋故城是东西两城，只是地方离得非常近而已，在南北朝时期被混淆。据考，虎牢旧关已被黄河改道吞蚀，咸丰十一年（1861）重修虎牢新关，于公元 1863 年竣工。民国时期虎牢新关就坍塌不存了，只有当时修建时立的虎牢关碑还在。“文革”时期虎牢关碑也被破坏，如今所见是修补好的，并专门为其新建了亭子。现在荥阳市汜水镇境内有虎牢关旅游区。因为成皋与虎牢关有非常近的关系，在讲成皋时便将虎牢关提出来。

一看到虎牢关，人们最先想到的大概就是“三英战吕布”的典故。典故出自《三国演义》第五回。小说中这样写道：“傍边一将，圆睁环眼，倒竖虎须，挺丈八蛇矛，飞马大叫：‘三姓家奴休走！燕人张飞在此！’吕布见了，弃了公孙瓒，便战张飞。飞抖擞精神，酣战吕布。连斗五十余合，不分胜负。云长见了，把马一拍，舞八十二斤青龙偃月刀，来夹攻吕布。三

◎《虎牢关三英战吕布》版画

匹马丁字儿厮杀。战到三十合，战不倒吕布。刘玄德掣双股剑，骤黄鬃马，刺斜里也来助战。这三个围住吕布，转灯儿般厮杀。”

董卓掌握大权以后，生杀随己，残暴不仁，引起朝野上下激愤。曹操刺杀失败后矫诏讨伐董卓，竖起招兵白旗，上书“忠义”二字，各路英豪纷纷响应，袁绍也带兵三万与曹操会盟。十八路人马杀气腾腾直奔洛阳而去，董卓派吕布等人把守虎牢关。虎牢关距洛阳仅有五十里，先上去挑战的大将皆败在吕布手下，于是就发生了上面这一幕。小说写得非常精彩，突出了吕布武力之高强，不愧是董卓手下一等一的高手。但是，《三国演义》毕竟是演义小说，这一内容也是虚构的，历史上并没有三英战吕布一事，在正史《三国志》《后汉书》中都不见记载。清乾隆《汜水县志》中说：“大伾山上高平处有成皋旧城，相传汉末吕布据之以拒关东诸侯兵，人呼为吕布城。”县志出现在清朝，在明初成书的《三国演义》之后，看来，《三国演义》的影响真不小呀。

## 楚汉成皋之战

成皋在荥阳西，为洛阳东门户，楚汉在此展开多次激烈交战，《史记·刘敬叔孙通列传》中说：“（刘邦）与项羽战荥阳，争成皋之口，大战七十，小战四十，使天下之民肝脑涂地，父子暴骨中野，不可胜数。”“大战七十，小战四十”，可见当时争夺之激烈程度，可以说谁夺取了成皋，谁就占据了有利位置。事实也正是如此。夺成皋以前，刘邦难敌项羽，吃了数次败仗，夺取成皋后，形势立刻朝着对刘邦有利的方向发展。

刘邦定三秦后一路向东，打着为义帝报仇的旗号，实则是为抢占地盘，楚汉之争在所难免。刘邦趁项羽不备，一举攻占了项羽的老巢彭城。项羽得知消息后火速从齐国杀回，在睢水大败汉军，刘邦不得已向西撤退驻扎在荥阳。

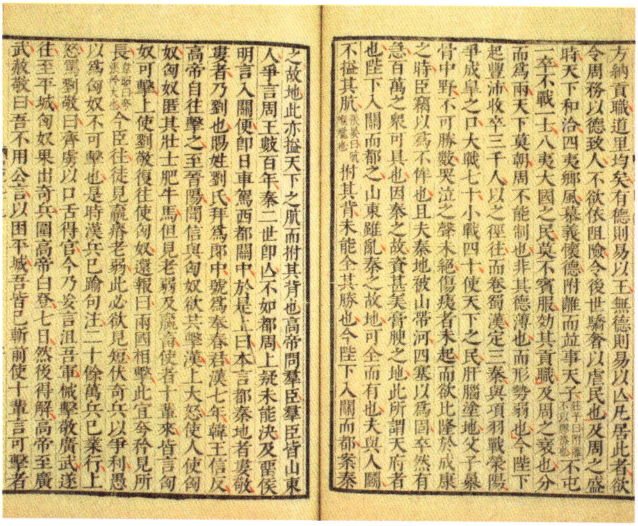
方納貢職道里均矣有德則易以王無德則易以亡凡居此者欲令周務以德致人不欲依阻險令後世驕奢以虐民也及周之盛時天下和洽四夷鄉風慕義懷德附離而並事天子不屯一卒不戰一士八夷大國之民莫不賓服效其貢職及周之衰也分而爲兩天下莫朝周不能制也非其德薄也而形勢弱也今陛下起豐沛收卒三千人以之徑往而卷蜀漢定三秦與項羽戰滎陽爭成皋之口大戰七十小戰四十使天下之民肝腦塗地父子暴骨中野不可勝數哭泣之聲未絕傷痍者未起而欲比隆於成康之時臣竊以爲不侔也且夫秦地被山帶河四塞以爲固卒然有急百萬之衆可具也因秦之故資甚美膏腴之地此所謂天府者也陛下入關而都之山東雖亂秦之故地可全而有也夫與人鬭不搤其肮拊其背未能全其勝也今陛下入關而都案秦之故地此亦搤天下之肮而拊其背也高帝問羣臣羣臣皆山東人爭言周王數百年秦二世即亡不如都周上疑未能決及留侯明言入關便即日車駕西都關中於是上曰本言都秦地者婁敬婁者乃劉也賜姓劉氏拜爲郎中號爲奉春君漢七年韓王信反高帝自往擊之至晉陽聞信與匈奴欲共擊漢上大怒使人使匈奴匈奴匿其壯士肥牛馬但見老弱及羸畜使者十輩來皆言匈奴可擊上使劉敬復往使匈奴還報曰兩國相擊此宜夸矜見所長今臣往徒見羸瘠老弱此必欲見短伏奇兵以爭利愚以爲匈奴不可擊也是時漢兵已踰句注二十餘萬兵已業行上怒罵劉敬曰齊虜以口舌得官今乃妄言沮吾軍械繫敬廣武遂往至平城匈奴果出奇兵圍高帝白登七日然後得解高帝至廣武赦敬曰吾不用公言以困平城吾皆已斬前使十輩言可擊者

◎《史记·刘敬叔孙通列传》书影（清）

荥阳相持是成皋之战的第一阶段。据《史记》记载，楚汉在荥阳“相距岁余”，汉军得以相持这么久一直依赖于敖仓的粮食，为此还特意修筑了条甬道与黄河连接，取粮敖仓。项羽也不笨，派兵数次侵夺汉军的甬道。汉军缺粮食吃，这让刘邦很犯愁，这时，刘邦的谋臣陈平出现了，他给刘邦献了三条计策，让刘邦得以逃脱。一是缓兵之计，派人去请和，割荥阳以西给刘邦，项羽没答应。二是离间计，项羽果然中计，身边唯一的谋士亚父范增一怒出走。三是以假乱真，趁着半夜把身穿铠甲的两千多名女子放出东门，楚军误认为是汉军，刘邦、陈平等人趁机逃跑。虽然出了些损招，刘邦却因此保住了性命。

重夺成皋是此战第二阶段。刘邦回关中后招集新兵，并没有因失败而气馁，调整战略，暂时放弃东进而是南出武关。项羽听说刘邦到了宛，于是也派主力到了宛。刘邦坚守不出，又派彭越在后方偷袭楚军。彭越不负使命，在下邳大破项声、薛公，项羽只能回军攻彭越，刘邦趁机又占领了成皋。

楚复取成皋，汉破曹咎再夺成皋是此战最关键的阶段。此阶段，成皋两度易手。项羽听说成皋失手，立刻又派兵赶回来，轻易攻下了荥阳，杀周苛，掳韩王信，将成皋重重围住。刘邦从成皋北面玉门逃了出去，北渡黄河，一路慌慌张张地跑到修武。为什么要跑到修武呢？因为修武有韩信和张耳，关键是有兵。于是那天早上，刘邦谎称是汉王的使臣（他自己就是汉王）骑马奔入赵军营地，张耳和韩信这时候还在睡觉，刘邦都火烧眉毛了，也不管他二人同不同意，闯入卧室抢了兵符就走，韩信、张耳直到起床后才发现自己的兵已经跟了刘邦。刘邦得到兵马后实力恢复，并不着急与项羽决斗，而是坚壁不出，又派彭越进攻梁地，拖住项羽。项羽无法，只得再次回兵攻击彭越，并嘱咐大司马曹咎："谨守成皋。若汉挑战，慎勿与战。"刘邦见项羽走了，以激将法辱骂四五天，曹咎终于没忍住出来与刘邦对战，汉军大破楚军，曹咎自刭，刘邦又得到成皋。从此汉军拒守成皋、广武，取食敖仓，刘邦又得到韩信的帮助，夺下齐国境。形势急转，最终刘邦、项羽以鸿沟为界，项羽引兵东归，刘邦获得了这场拉锯战的最终胜利。

分析成皋之战刘邦获胜的原因，主要是用人得当，善于听从别人的建议，在非常不利的情况下能避实就虚，采取迂回战术，目标就是一个：夺取成皋。后来得到韩信帮助实力大增，具备和项羽一争天下的能力。项羽虽然兵力远胜刘邦，但逐走亚夫范增，被汉军多次偷袭老巢疲于奔命，迫不得已与汉平分天下，以致乌江自刎，确实可惜。

# 嵩山：迢递嵩高下

## ——武则天一个另辟蹊径的决定

### 归嵩山作

唐·王维

清川带长薄，车马去闲闲。流水如有意，暮禽相与还。
荒城临古渡，落日满秋山。迢递嵩高下，归来且闭关。

诗人王维在近中年时曾有一段隐居嵩山的经历，在唐玄宗开元二十二年（734）左右，王维到了东都洛阳，不久后即归隐嵩山。这首诗即诗人归山途中所作。一路驾着车马，离开了热闹喧嚣的东都洛阳，前往嵩山，只见清流不息，围绕着草木流去，马儿呀，你走得再慢点，让我好好看看周边景色；“闲闲”，悠然自得貌。首联写出了诗人萧散自然的心情。这一刻，仿佛任何事物都不关己，可以潇洒地置之度外。颔联进一步描写景色，“流水”承接“清川”，在诗人眼中，那潺潺的流水似乎都已料定他要来，充满了情意。暮色中飞归的鸟儿，也殷勤陪伴在身边，一起归还。这正是王国维在《人间词话》中提出的“有我之境，以我观物，故物皆着我色彩。”流水、暮禽在诗人笔下皆人化，因此才显得如此亲切。陶渊明的《归去来兮辞》有“云无心以出岫，鸟倦飞而知还”，另有诗《饮酒》“山气日夕佳，飞鸟相与还”。本诗“暮禽”一句正化用于此，表达出诗人厌倦官场政治生活，渴望回归田园之意。

临近嵩山之时，诗人眼前的景色发生了变化，颈联两句中写了四个意象："荒城""古渡""落日""秋山"，画出一幅凄清的秋日行旅图。如果说诗人之前的心情是闲适的，那么此时受到眼前景物的感染，内心又产生了波动，流露出一丝怅惘。这段时间发生了许多事情，不但仕途不顺，他钟爱的妻子也在两三年前辞世，《新唐书·王维传》载："丧妻不娶，孤居三十年。"丧妻之后王维杜门不出，可以说这次隐居也与丧妻有一定关系，眼前萧瑟的景象正好激起诗人内心的隐痛。

诗人终于到了嵩山，于是打算闭关谢客，闲居养生。整首诗的基调是恬淡闲散，但也有些许失意与怅惘，这和他自身的经历不无关系。如果仅将"闭关"一词理解为一般的修佛养道，恐怕还不能完全理解诗人的心境。王维在山中完成了一次自我修行，这座矗立于中原的巍巍高山，也以它开阔的胸襟包容着千百年中一个又一个失意者。

## 儒释道三教圣地

嵩山古称中岳，位于河南省登封市西北，由太室山和少室山组成，景色优美秀丽。又与洛阳毗邻，故在中原文化发展中占有很高地位。嵩山是儒释道三教圣地，尤其是儒学文化发达，这在其他山中是很罕见的。本书将嵩阳书院单独列出一篇。嵩阳书院在理学传播中具有重要性，宋代大儒范仲淹、司马光、程颢、程颐、朱熹等人都来嵩山游赏讲学。坐落于太室山南麓的嵩阳书院接待了一批又一批学子，这些学子出去之后将儒学发扬光大，如果去嵩山一定要到这里看看。

至于佛教文化就更不用说了，一提起嵩山，总让人首先想到少林寺，北朝北魏孝文帝元宏是一个有着雄才大略的皇帝，他做了一件大事就是将都城从平城迁到洛阳，洛阳又一次成了北方的政治文化中心。佛教传入中国后在北魏朝一度发展兴盛，元宏又是一个对佛法颇为痴迷的皇帝。史载他擅长和别人谈老庄，尤其精通佛学，在他执政时，佛寺如雨后春笋般出现。北魏杨衒之曾写过一部记录当时洛阳佛寺的书叫《洛阳伽蓝记》，书中记载晋朝永嘉年间，“唯有寺四十二所”，到了北魏佛教最鼎盛时，“京城内外，凡有一千余寺”。正是在这种环境下，国外来的高僧特别为统治者重视。这时期，印度高僧跋陀来中国传经，受到了孝文帝的礼遇。孝文帝发现跋陀性喜幽静，喜欢山林，多次前往嵩山，于是便随了他这个心愿，在太和十九年（495）于嵩山少室山北麓创建少林寺。因寺坐落在少室山密林之中，故有此名，从此跋陀在这里安顿下来，开始传经授徒。

少林寺有过辉煌也有过低谷，这座千年古寺经历的一次重大打击是“三武之厄”中的第二厄。“三武之厄”指的是北魏太武帝、北周武帝、

◎嵩山山路／孔繁尘 摄

唐武宗三位以武为谥号的皇帝主导的灭佛事件。北周建德三年（574），北周武帝决定灭佛、道两教，他下令将佛像烧毁，经书融化，赶走僧人，变佛塔为民宅。建德六年（577），北周灭北齐，武帝宣布将北齐境内全部佛塔毁掉，解散寺内僧众。少林寺遭到了灭顶之灾，僧众流离失所，或还俗，或逃到江南。北周大象元年（579），静帝即位，下旨恢复佛教，在长安和洛阳各立了一座寺庙，取名为陟岵寺，洛阳的陟岵寺就是少林寺。过了两年杨坚废了静帝，建立隋朝，又将陟岵寺更回少林寺原名，从此少林寺之名就再也没变过。

嵩山与道教也有着紧密关系。嵩山太室山有一座知名景点叫中岳庙，这座庙的前身最早可以追溯到周代建立的太室祠，顾名思义，是祭奠太室山神的祠庙，秦朝承袭下来。中岳庙之名始于北朝北魏，唐宋两朝经历过整饬扩建，后来变成了重要的道教场所。北魏著名的天师道创始人寇谦之就曾在这里修道，北魏太武帝拓跋焘甚至奉他为国师。现在中岳庙中还有《中岳嵩高灵庙碑》，是北魏著名的碑刻，传为寇谦之所书，记录了寇谦之修祀中岳庙又宣扬道教的事迹。嵩山太室山南麓还有一座崇福宫，也是知名道观。崇福宫和嵩阳书院及儒学文化有着密切的联系。

## 武则天封禅嵩山

公元696年腊月，武则天怀着豪情壮志登上中岳嵩山，在嵩山举行封禅祭天，这是历史上的头一遭。武则天不愧是女皇，要做就做得跟别人不一样。封禅是中国古代帝王进行的祭祀天地的活动。古人以泰山为尊，认为是天下最高山，所以封禅都在泰山。可是武则天另辟蹊径，偏偏要封禅嵩山。嵩山不是靠近洛阳吗？洛阳被封为神都，嵩山就叫神岳好了，还下旨尊嵩山神为天中王，夫人为灵妃，改元万岁登封，又将嵩阳县改名为登封县，把阳城县改名为告成县，后来这两个县合并在一起，都作登封县。登上嵩山封禅，告天地大功已成，这两个县名正是隐栝这个意思。

其实唐高宗在和武则天封禅泰山后就始终有封禅嵩山的打算，“既封泰山后，又欲遍封五岳。”《旧唐书》中记载，封完泰山之后，武则天一直劝高宗李治封嵩山，李治下了好几道诏书让群臣拟写封禅仪注，可是每次都因饥荒和边事紧急而停止，弘道元年（683），高宗准备行封中岳之礼，却因一场大病而中断，不久高宗就撒手人寰，终高宗一朝都没有封禅中岳。

武则天这个愿望终于在自己当上皇帝之后实现了。公元690年，武则天改唐为周，改元天授并且定都洛阳，洛阳地位一举超过长安，成了唐朝政治中心。既然大权掌握在自己手上，那么也就可以顺理成章地封禅嵩山了。武则天为何如此热衷封禅嵩山呢？分析有以下两个原因。首先，嵩山的地理位置决定了它的地位。位于齐鲁之地的泰山毕竟离洛阳太远，秦始皇和汉武帝都不远千里从咸阳跑到泰山去封禅。武则天可不这么想，中原这一片钟灵毓秀，嵩山居众山之中，为何不封禅它？而且封禅嵩山之后，因其近洛阳，给它个“神岳”名号盖过泰山，这个封禅就显得合情合理。

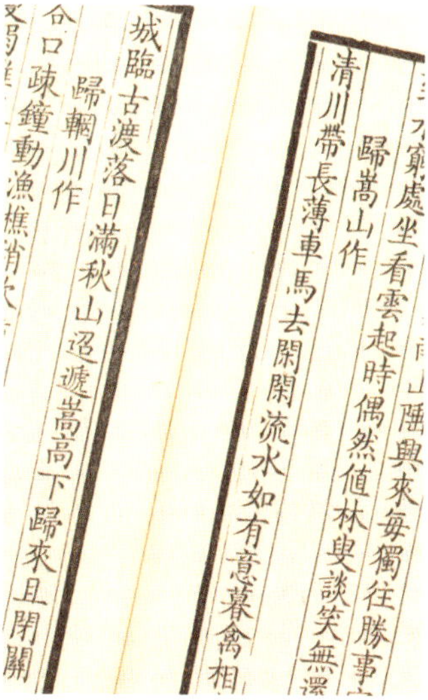
清川帶長薄車馬去閑閑流水如有意暮禽相
歸嵩山作
城臨古渡落日滿秋山迢遞嵩高下歸來且閉關
歸輞川作
谷口疎鐘動漁樵

◎《归嵩山作》书影（清）

其次，武则天封禅嵩山，也是另辟蹊径，出于为自己立名的需要。众所周知，中国封建社会就是男权社会，除了武则天，还没有哪个女性敢称帝。武则天的帝位也不是她继承的，她在立李旦为帝之后，朝政大权都掌握在自己手里，于是谋划怎样拿下帝位。除了想尽办法翦除李姓王室，还要有符篆作证，即上天的指示。武承嗣等人伪造了块石头，上面写着

◎武则天像

"圣母临人，永昌帝业"，暗示武则天要即位登基。这让武则天大喜。当上皇帝之后，又有人用同样的手段撰写了《请封中岳表》，文中称有一本《秘录》说中岳之神姓武，与女皇同姓，这是上天想让您封祀嵩山啊。武则天看了后很高兴，既然是上天安排的，说明上天承认我的帝位，我自然要听从上天的旨意举行封禅仪式了，别人再反对也没有用。我们不难发现，这两次"上天的旨意"出现的时间都是那么恰到好处，不排除是武则天派人作假，或是有人为了讨好武则天故意做出来的。不论如何，武则天封禅嵩山，一举打破了古代天子只封禅泰山的传统，并告知天下自己就是名正言顺的皇帝。

# 嵩阳书院：万物静观皆自得

## ——“二程”理学的传播地

### 秋日偶成二首

（其二）

宋·程颢

闲来无事不从容，睡觉东窗日已红。
万物静观皆自得，四时佳兴与人同。
道通天地有形外，思入风云变态中。
富贵不淫贫贱乐，男儿到此是豪雄。

很多时候，人们对所批判和颂扬的东西饱有情绪而缺乏了解。传统文化几乎是最好的例证，无论善恶正误如何评判，大众视野内的“名”往往与“实”相去甚远。比如程朱理学。程颢是宋代理学奠基人之一，他因反对王安石变法被贬官，后在嵩阳书院讲学，各地慕名而来的生徒数不胜数，嵩阳书院也成了“二程”理学传播之阵地。这首诗是程颢颇有代表性的作品，观诗意似是作于贬官之后，抒发了自己心境悠然，富贵不能淫、贫贱乐观的人生态度。

闲的时候，每一件事情都那么从容自如，一觉睡到太阳高高挂起的时候才起来。程颢被贬官离开京城，也让他从繁忙的朝政事务中解脱，可以有时间有心情做自己的事，睡懒觉就是放松身心的方法。一觉醒来，仔细观看自然界万事万物，能得到其中意趣，大家对自然界风景的兴致都是一样的。程颢在《定性书》中说：“圣人之常，以其情顺万物而无情。故君子之学，莫若廓然而大公，物来而顺应。”圣人的做法是用自己的情感顺应自然的发展变化和状态，而完全摒弃自己的私心杂念，所以说“无情”。那么君子之学，就应该做到不有意断绝心与外物之联系，而是物来即接受，自然而然地顺应，达到物我融合的境界，故而观看万物“不累于物”，不把个人好恶掺杂在观看事物中，故能“皆自得”。第三联首句，“道”在理学中是指一种自然规律、法则，通于“天地有形之外”，指天地间的一切事物都与“道”相通，都要顺应这个法则规律。“道”即是“理”，这是“程朱理学”中的主要思想，对句的意思是说思维也跟随着风云变幻，即是上文中提到的以其情顺万物的意思。尾联首句，引用了两位先哲的思想，孔子曾说：“贤哉回也！一箪食，一瓢饮，在陋巷，人不堪其忧，回也不改其乐。”颜回是孔子得意弟子，孔子非常赞赏他在穷苦之中仍然能保持高兴快乐的心态，这是一种精神上的至高境界，即贫而乐。而孟子以为“富贵不能淫”，“淫”的意思是过度、无节制，即使富贵的时候也要控制自己，不能肆意挥霍，有些人穷的时候非常沮丧悲伤，富足的时候又肆意挥霍，这不是儒家认同的处世方式。无论事情怎么变化，富贵也好，贫穷也好，都不能令我心折，自然而然去顺应，那么男儿做到这样就足以称得上是英雄豪杰了。

这是一篇很有代表性的理学之诗。诗歌发展到宋代与唐代有很大的不同，说理成分居多，对兴象意境则略有忽视，尤其是理学家往往在诗中加入他们对世事万物的哲学理解，就会变得佶屈聱牙。这首诗单就字面来看还是比较好懂，以此引入也想让读者对宋理学有一个初步的认识。

## 嵩山之南的精神圣地

嵩阳书院，顾名思义就是嵩山南面的一座书院。古代以山南水北为阳。这里可不是一开始就是儒家书院的，据考以前曾是佛寺和道观。

◎嵩阳书院匾额／张溢中 摄

北朝北魏孝文帝时期，大德生禅师创“嵩阳寺”。隋大业年间，这里又成为嵩阳观，是道教活动的场所。唐代两位皇帝李治、武则天曾来过嵩阳观，还把嵩阳观定为行宫。唐代诗人白居易《嵩阳观夜奏霓裳》写道：“开元遗曲自凄凉，况近秋天调是商。爱者谁人唯白尹，奏时何处在嵩阳。”嵩阳观夜奏《霓裳曲》，白居易恰在此地观看，只是这舞曲本是开元盛世的宫廷乐舞，明皇逝去，国运衰颓，这时再听又回忆起以前的景象，备觉凄然。可见中晚唐时这里还是道观。又如李商隐在《东还》一诗中写道：“自有仙才自不知，十年长梦采华芝。秋风动地黄云暮，归去嵩阳寻旧师。”从诗中“仙才”“采华芝”字眼也能看出这里和道教有着密切的关系，所以李商隐在另一首诗中说“嵩阳松雪有心期”，意为想要到嵩阳观隐居。

书院之名，最早当产生于唐代。在五代时期这里改为太乙书院。宋代仁宗时期，诏赐名为“嵩阳书院”。嵩阳书院在宋代发展到高峰，它和二程理学即“洛学”紧紧联系在一起，从此书院取代了道观的地位，这里成为千百年来儒生的精神圣地，是中国四大书院之一。

谈到嵩阳书院，不能不说崇福宫。崇福宫离嵩阳书院很近，宋代很多大文豪都曾主管过崇福宫，如范仲淹、司马光，程颢、程颐、朱熹等。崇福宫创建于汉代，原名万岁观，宋真宗时提升为宫，更名为崇福宫。后来这里又成了士大夫投放之所，投放在这里的人大多数是因为反对王安石新政，于是离崇福宫不远的嵩阳书院也就成了这些士大夫的讲学之地。“二程”即程颢、程颐，二人是兄弟，大约是在宋神宗熙宁年间，他们常在嵩阳书院讲学，谢良佐、杨时、游酢等人是“二程”理学忠实的追随者。《宋元学案》中记载：“二程得孟子不传之秘于遗经，以倡天下，而升堂睹奥，号称高第者，游、杨、尹、谢、吕其最也。顾诸子各有所传，而独龟山之后，三传而有朱子，使此道大光，衣被天下，则大程‘道南’目送之语，不可谓非前谶也。”这段话简明勾勒出宋理学传承情况，龟山即杨时，当他南归之日，程颢目送他远去，感慨道：“吾道南矣。”即我平生之学终要随着杨时去南方了，可见他对这名得意弟子之器重。后来福州修有道南祠，便是纪念这则事情。如果对杨时这个名字感到陌生，那“程门立雪”这个典故，相信很多人都知道，这则典故的主人公即杨时、游酢和程颐。那时程颢已经去世，杨时又跟随程颐学习。一天程颐瞑坐，杨时、游酢就恭恭敬敬立在一旁，直到门外的雪有一尺多深程颐才发觉，后这则典故专用于说尊师重教。

◎嵩阳书院大唐碑／天淡云闲 摄

据《宋史·杨时传》，“二程”在熙宁、元丰之际讲授孔子孟子，应就在嵩阳书院，当时河洛一带的读书人集结拜二人为师。杨时授业回去后开创道南学派，其弟子李侗，再传即为朱熹。朱熹综合“二程”之学说，又有新的发扬，理学至此臻于完备。“程朱理学”成为一门影响极大的学派，在中国封建社会占有重要地位。

嵩阳书院因传播理学的缘故，为世人熟知。后来清代名儒耿介专门在书院内建立了先贤祠，清初诗人林尧英建立讲堂，悬挂《二程讲学图》，为了纪念程颢、程颐、朱熹三位前辈，期待薪火相传。

## 性格迥异的两兄弟

◎ 程颢像

程颢字伯淳，1032 年生。程颐字正叔，1033 年生。两人就差一岁，但性格却有很大差别。《宋元学案》中说，程颢能像个泥塑一样一坐坐一天，待人十分和气，外表看着比较严肃，其实比较温和。书中又举了个例子：程颢与人争论的时候，如果意见合不来，就会说：“再商量。”而程颐则大为不同，如有不合，直接就说：“不是这样。”从这件小事便知程颐性情直率，略为固执。

程颢去世后程颐才出来当官，宋哲宗元祐元年（1086）他以布衣平民的身份被召，任崇政殿说书，就是给皇帝当老师。神宗死得早，哲宗刚继位时只是个十一二岁的孩子。好玩是孩子的天性，程颐对哲宗的要求却高。首先，增加讲课次数，把玩的时间剥夺了；其次，皇帝听课的时候，太皇太后得在后面垂帘，一方面是监督小皇帝，一方面也是向太皇太后表示，我可是认真上课，绝对对得起工钱；第三，宋仁宗以来，老师授课都是站着，程颐觉得应该让皇帝从小就养成尊师重教的习惯，所以申请坐着讲。在讲课过程中，程颐丝毫不苟言笑。有一次刚讲完课，哲宗爬上栏杆折下一条柳枝，程颐板着脸说："刚刚春天，不要无故攀折。"这让哲宗很不高兴。

宋代大文豪苏轼对程颐也相当看不惯，他二人发生矛盾可能是因为性格相左。如果说程颢比较随和沉默，还能和弟弟合得来，那么苏轼天性乐观、放达、率性，则完全不容于略显古板的程颐。《伊川先生年谱》中记载，苏轼上奏状时说："我素来厌恶程颐为人，从不和颜悦色对待他。"司马光去世，正好朝廷下令减罪和赦免，臣僚称贺完毕，赶去参加司马光的祭典。程颐说："孔子说过这一天哭了就不能唱歌，刚称贺完怎么能去吊丧？"座中有一人故意难为程颐说："孔子是这么说，但也没说过这天唱歌了就不能哭，因此不妨害。"苏轼知道后专门以这件事嘲笑程颐，程颐也与苏轼结怨。苏轼和程颐关系不好，后来竟发展为蜀洛两党相互攻讦。

所以我们也不难想象，四十岁的杨时去拜见程颐时，立在一旁动也不敢动，一方面确实和杨时个人修养有关系，另一方面，程颐的坏脾气杨时心知肚明，在这种涉及尊师重教、礼仪声誉的关键时刻，杨时绝不敢"轻举妄动"。

程颢的诗也不算少，诗歌中也能体现他雍容大度的性情。程颐则完全不同，诗少得可怜，而且还提出观点："作文害道。"意思是说写文章耽误时间，妨碍"通经明道"的正事，从这点来看也颇为死板不懂变通。

# 颍水：君思颍水绿

## ——真假隐士和大孝子

### 送裴十八图南归嵩山二首

（其二）

唐·李白

君思颍水绿，忽复归嵩岑。归时莫洗耳，为我洗其心。
洗心得真情，洗耳徒买名。谢公终一起，相与济苍生。

杜甫说李白“飞扬跋扈为谁雄”，李白确实一生意气自负，却始终未能得到他以为应得的重用。这首诗大约作于唐玄宗天宝初年。李白供职翰林，其实就是玄宗的御用文人，并没有得到重用。裴十八图南即裴图南，是李白的好友。观全诗意裴图南要隐居嵩山，故李白写诗送他，总共写了两首，本文引诗选其二。

颍水就是现在的颍河，发源于登封县嵩山，因流传着“许由洗耳”的典故，颍水也与高士、隐居这类词联系在一起。诗前两句从对方着笔，您思念着春日里绿油油的颍水，忽然就要回到颍水源头嵩山去隐居了。“忽复”二字一转，“复”字说明不是第一次归隐，“忽”字体现出友人想尽快归隐嵩山的心情。“归时”句用“许由洗耳”的典故，这个典故通常用来指隐居，这在下文中会提到。“归时莫洗耳，为我洗其心。洗心得真情，洗耳徒买名。”这四句表达一个意思，因此要连起来读，您回归之后不要去洗耳朵，要洗一洗自己的心。洗心才是真情，洗耳朵只是徒买虚名罢了。在这里诗人清楚地表达自己的态度，即：有些人隐居的目的不纯，他

们并不是想真正出世，只是想借隐居来博得虚名，为了引起统治者的重视。诗人对这种行为嗤之以鼻，所以在诗中颇语重心长地说“莫洗耳”，不要做样子，而是要涤清那被尘世污染的、追逐名利的心灵。尾两句诗人表达对友人的希冀，也是对自己的期盼，谢公即谢安，是李白最崇敬的古人，李白有很多诗作都提到他。这两句用的就是“东山再起”的典故。当时谢安隐居在东山，朝廷屡下命令让他出仕，谢安都不为所动。大家都说：“谢安不出山，天下苍生怎么办呢？”后来谢安出任桓温司马。李白也希望自己能像谢安那样，心中一直有“济苍生”之志，虽然在前面告诉友人不要做假隐士，但在最后仍说：“如果国家、天下苍生有需要，还是要像谢安一样，出山效力。”尽管谈到隐居，李白整首诗的格调还是很积极向上的，这首诗也不靠警句出彩，而是气体浑融，这也是李白诗歌的一大特色。

## 是真隐士吗

颍水，发源于中岳嵩山，一路向东流去，经登封、许昌、周口、阜阳注入淮河，是淮河一大支流。颍水也同洛水一样，在中原文化形成中占有重要地位。与颍水有关的典故中，最有名的要属“许由洗耳”和“饮犊上流”了。许由这个人名头非常响，在《庄子·逍遥游》中就有记载，中国古代最贤明的君主之一尧打算把天下让给许由，前面

◎ 巢湖洗耳池公园今景

说了很多话，大概意思就是我现在空居其位，您来了一定会大治，所以我把位子让给您。古代帝王之位是多少人梦寐以求的啊，许多人费尽心机，如王莽等不惜用篡位毁掉自己的名声。可是许由呢？白送到手里的偏偏不接受，回答说："您治理天下已经很好了，还要我去替代您，我可不是为了名声，您还是打消念头吧，天下对我来说没有什么用处！"于是就逃跑了。在晋人皇甫谧写的《高士传》中，许由为了避尧逃到颍水之阳，箕山之下，耕种维持生计。就这样还是被尧找到了，尧又想让他做九州长，许由不想听，就在颍水之滨洗耳朵，认为尧说这一番话是对他的侮辱。这就是"许由洗耳"典故的来历。若放到现在来看，很多人可能会以为许由要么是清高得出奇，要么就是傻子。但能让一代贤君尧看上的，多半不会是傻子吧。

故事还没完，又出来一个叫巢父的人。在《高士传》中，巢父被单独列出来放在许由的前面，在许由传中，又把他们俩放在一起写。在古代"父"这个字是对男子的美称，也通甫，读上声，巢父也就是巢地的美男子，也有一说"巢"是巢穴的意思。不论如何，这个人的表现可比许由还清高，他是许由的朋友，有一天在颍水边放牛，刚好看到许由在洗耳，就问其中缘故，许由原原本本说出来。巢父听后指出许由这都是装的，假清高，说："你怎么不躲到高山深谷里去呢？道路不通，人们就找不到你。你偏偏还要在这么明显的地方洗耳朵，不就是为了虚名吗？我赶紧把牛拉走，免得你污了它的口。”看看，巢父毫不留情面，这一番话将许由真实的想法暴露无遗。

不过值得注意的是，在《庄子·逍遥游》中却没有提到许由洗耳这件事，只是说许由拒绝了尧让天下，自然也不会有后来巢父牵牛饮水上流之事。可能这则故事流传愈来愈广，也多了些附会的内容在里面，东汉蔡邕的《琴操》中记的不是巢父而是一个叫樊坚的人，“闻其言而去，耻饮于下流。”三国蜀汉谯周《古史考》中又说巢父就是许由。这两个人物大概都是传说中的人物，真相如何已难考证，后来诗词中经常写到他们，多是“巢由”并提，象征着隐逸精神。如元稹诗里就写道：“抗哉巢由志，尧舜不可迁。舍此二者外，安用名为宾。”司马光《自嘲》一首诗中写道：“英名愧终贾，高节谢巢由。”虽然在《高士传》中，许由被塑造成一个似乎有假清高嫌疑的“隐士”，但我们在读中国古代诗文时，发现许由还是正面形象出现的比较多，甚至将他和不食周粟的伯夷相提并论，如唐代诗人李邕写道：“颍水有许由，西山有伯夷。”看来，无论许由是真隐士还是假隐士，他毕竟是隐士鼻祖。文人心中一直藏有隐逸的精神寄托，于是“许由”也成隐逸的代名词了。现在在登封箕山山巅还有许由墓，世代受人祭奠。

## 千古留名的孝子颍考叔

“颍水春耕”是登封八景之一，颍河两岸为梯田，农夫在此耕种，人与田倒影水中煞是好看。相传这个景致与颍考叔有关，后来人们还将其住宅改为颍考叔庙以纪念他。

如果细读《左传》就会发现，书中经常出现“君子曰”，这是《左传》中一种独特的史评方式，借君子之口对历史人物进行褒贬，后来也被《史记》借鉴为“太史公曰”。颍考叔是春秋时期郑国人，在颍谷当地方官。颍谷在今河南省登封，《左传》中“君子曰”评价其“颍考叔，纯孝也，爱其母，施及庄公。”纯孝，就是至孝，这是一个很高的评价。为什么给他这么高的评价呢？是因为他不但爱母亲，还能推己及人，让郑庄公也爱母亲，有个典故叫“掘地见母”，主人公是郑庄公、武姜和颍考叔。

颍考叔的事迹见于《左传》，一条是春秋鲁隐公元年，一条是隐公十一年，后来《古文观止》收录了隐公元年之事，取篇名为《郑伯克段于鄢》。话说郑国国君武公和武姜生了两个儿子，一个是庄公，一个是共叔段。武姜很喜欢共叔段，想要武公立他为世子，武公不答应，到了后来还是庄公即位。武姜替共叔段请求制邑没有被庄公许可，最终共叔段被封到了京邑。京邑这个地方面积很大，城池很高，不合乎法度。共叔段恃宠而骄，也没有把庄公放在眼里。于是就有个叫祭仲的大臣提醒庄公，叫他留意小心。庄公说了句非常经典的话：“多行不义必自毙！”然后并没有理会。庄公真的没有理会吗？其实他心里早就盘算好了，现在还没有借口对弟弟共叔段下手，所以要等他坏事做绝了再干净利落地铲除他，这么看，封共叔段于京，就是给弟弟设下一个局。

果然，共叔段以为庄公不敢动他，仗着背后有母亲撑腰，为非作歹起来，又吞并了周边几个边邑，见时机差不多成熟了就想造反偷袭郑国，让母亲做内应。这一举可正中庄公下怀，庄公心想：“我等的就是你这一出，你终于露出马脚了。”于是便下令精锐部队去攻击共叔段封地，结果连共叔段自己封地的人民都反对他，迫不得已共叔段逃到鄢地，后又逃到了共地，客死他乡。

◎夕阳下的颍河

庄公解除了共叔段这个威胁，又迁怒

于母亲武姜，就把武姜放逐到了城颍，并发誓不到黄泉不再见面。这时候颍考叔出场了，他和庄公吃饭的时候故意把肉留下，庄公问原因，颍考叔就说："我有个母亲，凡是我吃过的东西她都吃过，您赐给我的肉她还没尝过，所以留下来想要孝敬她。"这句话果然触动了庄公，庄公叹口气道："你有母亲，我却没有！"又将事情原委告诉颍考叔。颍考叔想了个主意，挖条地道，挖出泉水，就可以当作黄泉了，母子二人在地道相见，既不违誓，又可以恢复母子关系。后来庄公与武姜就是这么见面的。这就是有名的"掘地见母"的典故。

历来的主流观点认为颍考叔是一位不折不扣的孝子，不过后来也有人认为这不过就是一场政治作秀罢了。因为郑庄公担心自己逐弟驱母，并发誓与母亲"不及黄泉，无相见也"的做法太过决绝，引起国人与邻国不满，不符合孝道，于是"既而悔之"，想恢复母子关系，正在这时候远在边邑的颍考叔出现了。《左传》中说他"有献于公"，献的是什么呢？自然就是如何恢复母子关系的主意。颍考叔的政治觉悟真是相当高，懂得在什么时候让国君舒服满意，于是，这桩二人导演的政治戏就这样完美落幕了。颍考叔的结局并不好，郑国将要讨伐许时，颍考叔与子都争夺战车。子都是个美男子，深得庄公宠幸，可能颍考叔太想在国君面前表现，拔了车辕就跑。子都拿着兵器去追，却没有追上，从此心生怨恨。后来在伐许时，颍考叔拿着郑伯大旗先登上城池，子都从背后放冷箭，将他射死。颍考叔怎么也不会料到自己的行为竟招来杀身之祸。

当然，所谓的"政治戏"也只是后人推断罢了，但我们也要有疑史的精神。

## 邙山：北邙山头少闲土——生在苏杭，死葬北邙

### 北邙行

唐·王建

北邙山头少闲土，尽是洛阳人旧墓。
旧墓人家归葬多，堆著黄金无买处。
天涯悠悠葬日促，冈坂崎岖不停毂。
高张素幕绕铭旌，夜唱挽歌山下宿。
洛阳城北复城东，魂车祖马长相逢。
车辙广若长安路，蒿草少于松柏树。
涧底盘陀石渐稀，尽向坟前作羊虎。
谁家石碑文字灭，后人重取书年月。
朝朝车马送葬回，还起大宅与高台。

王建是唐代诗人，他的乐府诗明白如话，思想深刻，与张籍并称为“张王乐府”。这首《北邙行》同样也具有这种特色。邙山，位于河南洛阳之北，又名北邙山。自东汉乃至魏晋、汉唐的王侯公卿多葬在这个地方。东汉时的一个隐士梁鸿登上邙山，作《五噫歌》：“陟彼北芒兮，噫！顾瞻帝京兮，噫！宫阙崔嵬兮，噫！民之劬劳兮，噫！辽辽未央兮，噫！”

北邙山地势较高，是俯视洛阳城的最佳地点。心忧天下的梁鸿看到的是连绵壮丽的宫殿与黎民百姓的辛勤劳苦，借以讽刺统治者的骄奢淫逸、贪图享乐。经过几百年，到了唐

代，诗人王建登上这埋葬着无数王侯将相的邙山，不由生出无限感慨。北邙山到处都是坟墓，以至于没有空闲的土地。生前积累再多的金银财富，到头来也是无处可用，孔丘与盗跖都化作尘埃，不过是赢得几声凄凉的挽歌。而当一众送葬的车马回到城里后，还是不辞辛劳地去兴建大宅与高台，洛阳城中依然重复着繁华的喧嚣，而洛阳城北却只是永远的寂静，只有丛生的杂草掩盖着字迹模糊的石碑。“眼看他起朱楼，眼看他宴宾客，眼看他楼塌了……”百年之后，无论是大厦广宇还是功名利禄，都将如云烟消散。

## 这里是古代的八宝山公墓

古人有诗云：“智者与愚者，尽归北邙山。”是说无论是智者还是愚人，都要归葬于北邙山。《红楼梦》开书第一回中，一僧一道说：“你我不必同行，就此分手，各干营生去罢。三劫后，我在北邙山等你，

◎邙山风光

◎邙山风光/孔繁尘 摄

会齐了同往太虚幻境销号。”林黛玉去世后，李纨悲叹道：“竟这样小小的年纪，就作了北邙乡女。”都是将邙山作为死亡与归宿的象征。

那么，邙山是如何成为丧葬之地的代名词的呢？首先，从邙山的地理位置说起，邙山南北十六公里，东西三十公里，面积约有五百平方公里。它地处黄河南岸，是秦岭的余脉，崤山的支脉，可谓是“枕山蹬河”。这是不可多得的风水宝地。再加上地势高，视野开阔，土层深厚，土壤紧硬密实，可以说是最适合安放墓穴的地方。所谓“生在苏杭，死葬北邙”，环境优美的苏州、杭州是人间的天堂，而地理位置极佳的邙山也可以称作死者的天堂吧。其次，这和邙山地处洛阳城有关。据知邙山第一次作为大规模的丧葬之地是在北魏时，孝文帝实行改革，迁都洛阳，并下令“迁洛之民，死葬河南，不得还北，于是代人南迁者，悉为河南洛阳人”。洛阳位于天下之中，有十三个朝代先后在此建立都城，在很长的时间内，它都是古代的政治与文化中心。洛阳距离长安很近，汉朝人与唐朝人将洛阳与长安分别称为东都与西都。但是洛阳与长安的政治地位又略有不同，从历史上看，至少有相当长一段时间，长安是士子们博取功名富贵实现人生价值的进阶之地，洛阳则是功成身退或者失意返乡的归处。无论唐代或宋代，政治上暂时失势的人多会选择退居洛阳，如白居易、司马光，进则可以入都城——长安或开封。保持观望的态势，退则可以远离朝局动荡的漩涡，至少可以独善其身是洛阳独特的地理位置赋予它独特的历史使命，它注定要用宽广的心胸接纳无数或显达或落魄的人。当他们魂归邙山，这里就成为人生永恒的归宿。

并不是所有人都有资格葬入邙山的，死后能在这里长眠的大多是帝王将相。在邙山诸多古墓葬中，有二十四座帝王的陵墓及其陪葬墓群。其中，东周王陵区埋葬着东周八位君王，东汉皇陵区埋葬着光武帝、安帝、顺帝、冲帝、灵帝等五位皇帝，还有曹魏皇陵区、西晋皇陵区、北魏皇陵区。

被称作“扶不起的阿斗”的西蜀后主刘禅，爱听“玉树后庭花”的陈后主陈叔宝，写下“问君能有几多愁”的南唐后主李煜，甚至还有客死于异国的朝鲜半岛的百济国国王，这些来自不同朝代、不同地域的君主，都在死后归于同一个地方。除帝王外，在邙山埋葬的官宦、文人、艺术家更是数不胜数，如当过秦相的吕不韦，投笔从戎的班超，富可敌国的石崇，善于断案的狄仁杰，瓦岗军领袖李密，唐代名将薛仁贵，还有汉代文学家贾谊，唐代大诗人杜审言与杜甫，书法家颜真卿、王铎……这些曾经烜赫一时的名字，永远埋藏于苍茫的邙山中，只有奔流不息的洛水，向人们倾诉着历史的更替与岁月的沧桑。

## 死亡主题的咏叹

死亡是文学作品永远的主题之一，人们对死亡的书写与咏叹折射出对生命的思考。在对待死亡的问题上，儒道佛思想都给出了各自不同的答案。儒家重视现实世界，孔子说：“不知生，焉知死。”认为一个人只有理解了生，才能理解死，死是缥缈虚无的，而生才是最需要去把握的。道家则主张自然无为，生或死都与天地同化。庄子说“死生为昼夜”，人生天地间如白驹过隙，生与死不过是昼夜的更替，已然是认识到生命的有限。汉代时，佛教传入，佛教认为生死轮回，生命是无始无终的，只有通过修持内心才能求得解脱的方法。它带来了一个神秘的三生世界，丰富了中国人对死亡的认识与想象。古人对死亡的认知也是这样一步步深化的，由原始的恐惧与回避，再到理性的探究与思索。而北邙山作为古代最为典型的坟墓茔地，集中体现着古人的死亡意识。从关于邙山的大量文学作品中，我们可以探知古人对待死亡的态度。

魏晋时期，书写邙山与死亡的诗篇很多，这是由当时的时代环境造成的。魏晋南北朝时，国家四分五裂，社会动荡不安，加之政治黑暗、战乱不断、瘟疫频发，人们的寿命往往很短。因此在诗歌中体现出了强烈的乐生恶死之感，如曹植的《送应氏诗二首》：“步登北邙阪，遥望洛阳山。洛阳何寂寞，宫室尽烧焚。”诗人登上北邙山，眺望那被烈火焚烧的洛阳宫室，进而联想到个体生命的渺小与无助，不禁流露出对死亡将至的无奈与感伤，这代表了当时人们的普遍思想倾向。

◎邙山墓葬群博物馆内展品

南朝时的田园诗人陶渊明则代表着另一种面对死亡豁达的态度，他的《拟古》诗："古时功名士，慷慨争此场。一旦百岁后，相与还北邙。"还有《形影神》："老少同一死，贤愚无复数。日醉或能忘，将非促龄具？立善常所欣，谁当为汝誉？甚念伤吾生，正宜委运去。"面对生命的无常变换，他能够委运自然，随遇而安，不欣喜也不悲观。既然个体生命是注定终止的，那么该如何拓展生命的广度与宽度呢？三国时期魏文帝曹丕在他的《典论·论文》中所说的一段话道出了古往今来无数文人志士的心声："盖文章，经国之大业，不朽之盛事。年寿有时而尽，荣乐止乎其身，二者必至之常期，未若文章之无穷。"年寿与荣华是有限而短暂的，而文学的生命是无限的，古代士子都把"三立"作为人生目标，即立德、立功、立言，追求道德、功业、文章的树立，实现其中的一个都足以彪炳青史，留名千秋。中唐时的韩愈与孟郊、贾岛是感情很深的好友，孟郊去世后，韩愈作了一首《赠贾岛》寄托了对孟郊的怀念与对贾岛的期许："孟郊死葬北邙山，从此风云得暂闲。天恐文章浑断绝，更生贾岛著人间。"孟郊的诗歌十分奇伟壮观，在当时风格独特，影响很大，以至于韩愈认为孟郊的诗歌可以搅动风云。现在孟郊死了葬在北邙山，又有贾岛出现在诗坛上大放光芒，这是上天也害怕文章的气运断绝啊。只要有这一线文脉留存，个体的思想与生命就能在岁月的长河中不被磨灭。富贵荣华转瞬即逝，功名利禄皆是过眼云烟，历朝历代富商巨贾、官宦权贵如恒河沙数，而邙山遍地坟墓早已忘却了他们的名姓，熏天的权势也不及诗人肩上的古旧诗囊，唯有诗歌是可以永垂不朽的。

# 洛水：宓妃留枕魏王才

## ——她才是曹植心中的女神

### 无题四首

（其二）

唐·李商隐

飒飒东风细雨来，芙蓉塘外有轻雷。
金蟾啮锁烧香入，玉虎牵丝汲井回。
贾氏窥帘韩掾少，宓妃留枕魏王才。
春心莫共花争发，一寸相思一寸灰。

李商隐的《无题诗》向来写得迷离惝恍，令人难辨其旨，这首诗是他的代表作之一。首联两句着力于环境描写，飒飒的东风吹来了蒙蒙细雨，荷塘那边传来了阵阵雷响，隐隐约约透露着一丝春天到来的信息。颔联从远处拉到近处，描写室内户外的环境，“金蟾”是一种形似蟾状的香炉，或说是锁头上蟾状的装饰，“啮”咬的意思，“玉虎”用玉石装饰的虎状辘轳，古代是用来提水的，“牵丝”拉动井绳的意思，这两句是说金蟾状的香炉内正烧着香，转动玉虎辘轳拉上井水，写女子幽居一人百无聊赖的生活，唯有烧香度日，汲井饮水，日复一日荒废着青春。

第三联用了两个典故，第一个典故见《世说新语》，讲的是韩寿与贾充女儿的爱情故事。晋代有个叫韩寿的男子年轻貌美，做了大臣贾充的下属。有一次贾充的女儿在帘子后面偷看到了韩寿，心生爱慕，便想办法和韩寿私通。贾充女儿把皇帝赐的西域异香转赠给了韩寿，香味被贾充发现了。

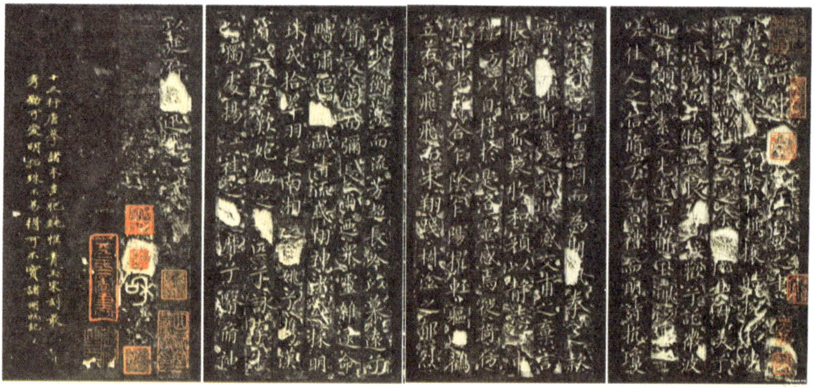

◎《洛神赋》碑拓 / 晋 · 王献之 书

贾充对这件事情也很大度，索性将女儿许配给韩寿。对句讲的是甄氏与曹植的典故。宓妃是伏羲氏之女，溺死在洛水，成了洛神。这里宓妃是指甄后，甄氏被曹操许配给曹丕，但原来却与曹植相恋。甄氏被谗而死，曹丕将甄氏遗物送给曹植，曹植离京途经洛水，梦见甄氏遂作《洛神赋》以纪念。然而《洛神赋》的主旨现在尚有存疑，甄氏究竟是否与曹植相恋现在尚无定论，在正史里不见，可能是后来人附会的。颈联贾氏从帘子后面窥看年少的韩寿，宓妃倾慕曹植才华赠送玉枕，都是描写女性主动大胆追求爱情，这在古代诗词中并不常见。尾联突然笔锋一转，春心也可以理解为爱情，千万不要随花一起开放，寸寸相思都会化成灰！以花和"春心"并提，花开得再美也终有"零落成泥碾作尘"的一天，所谓"春心"萌发的相思也会化成灰，想象奇特。正如越美好的事物越脆弱，越容易遭到毁灭，诗人呈现给读者一种无法抗拒的悲剧美，让"美"慢慢凋零，动人心魄。

李商隐《无题诗》主旨众说纷纭，提供给读者各种想象空间，也正是其美的所在，此诗用词典雅密丽，思维跳跃大，善用典故表明心迹，这些都是李商隐这类诗作的显著特色。诗颈联对句甄氏与曹植爱情、曹植的千古名篇《洛神赋》中那"翩若惊鸿，婉若游龙"的美女也成为从古至今津津乐道的话题，"洛神"这一典故形象在古诗中屡见不鲜。

## 河洛文明与传说

黄河支流有两条洛河，一条在陕西，发源于草梁山由西北向东南注入渭河，全流都在陕西境内，也被称为北洛河。另一条洛河发源也在陕西，郦道元《水经注》上说："洛出冢岭山。"冢岭山在今陕西省洛南县，这条河流主干在河南，从河南省巩县注入黄河，在古代也被称为洛水。这两条河经常被混淆。清代段玉裁说："自魏黄初以前，雍州渭洛字作'洛'，豫州伊雒字作'雒'，绝无混淆，黄初以后乃乱矣。"段玉裁的意思是在三国魏黄初年前，陕西这边渭洛的"洛"字就是这么写，河南那边是伊雒，"雒"和"洛"字明显不同，所以好区分。曹魏黄初年间，也就是曹丕当政的时候，把雒改成洛，这样伊雒就变成伊洛了，和陕西那边的"渭洛"混在一起，怪不得难以区分呢！

洛水与黄河交叉覆盖的大片地区，即河洛地区，是"天下之中"，这片地区究竟如何界定范围，目前各有答案，其主体地方就是河南一带。而洛水穿洛阳而过，洛阳也就成了河洛文明的中心地区。在古代山南水北被称作"阳"，因为城市建在洛水北面，所以也就被称作洛阳了。水是生命之源。在古时人们大多依水建邦，河洛地区也一度繁庶，这

◎洛水今景／岑岑 摄

里有着各种各样的传说，而最为有名的就是“河图洛书”了。正因为“河图洛书”诞生于此，也使得河洛成为华夏民族文化发源地。

《易·系辞上》中说：“河出图，洛出书，圣人则之。”意思是黄河出“图”，洛水出“书”，圣人依此作卦。理学家朱熹在《易学启蒙》中说得更玄乎：当年伏羲氏（三皇之一）君临天下时候，看到龙马从黄河里出来，于是根据龙马身上的文采，画成八卦，这就是河图；大禹治水的时候，看到一只神龟背上有文采，有数字到九，于是大禹按照这个排序，做成九畴，也就是洛书。无论如何，河图、洛书与中华文化有着密切的关系，从河图中推衍出八卦；而《汉书·五行志》中说上天赐给禹的洛书推衍成的九畴就是《洪范》，这个可不得了，是用来神化君权的，因此历来统治者都格外重视。“河图洛书”作为文化肇始与儒道联系也颇为紧密，并对宋代“洛学”产生深远影响，是古人智慧的结晶。

## 洛神：隐藏在诗词中的美丽女子

曹植的一篇《洛神赋》让一位女性火了起来，她就是洛神。《洛神赋》写于三国魏黄初三年（222），曹植从京城返回，渡过洛水，按照他序上说是“感宋玉对楚王说神女之事，遂作斯赋”。宋玉与楚襄王对答梦遇巫山神女，作了《高唐赋》和《神女赋》。曹植模仿《神女赋》对神女的描写，在《洛神赋》中着力描述自己在洛水边与洛神相遇场景，

洛神的出场惊艳极了。全赋较长，这里截取一小段：

其形也，翩若惊鸿，婉若游龙，荣曜秋菊，华茂春松。髣髴兮若轻云之蔽月，飘飖兮若流风之回雪。远而望之，皎若太阳升朝霞；迫而察之，灼若芙蕖出渌波。

翻译过来就是，她的身形翩翩若惊飞的鸿鸟，婉转如同游走的蛟龙，容光焕发像秋菊，体态丰茂就像春松。时隐时现好像轻盈的云笼罩了月亮，浮动飘忽好像流风吹舞着白雪。在远处望，皎洁如同太阳升出朝霞；在近处一看，鲜艳如同荷花从清澈的水中盛开。在这里曹植运用了比拟的手法大力渲染洛神的美丽，尤其以"髣髴兮若轻云之蔽月，飘飖兮若流风之回雪"写洛神姿态最为传神生动，也成为千古流传的名句。行文中罗列多个物象作比令人应接不暇，却又是那么准确合理。

关于《洛神赋》的主旨从古至今引起众多人的兴趣，说法不一。有人认为洛神就是曹植的嫂嫂甄氏。但也有人考证说，甄氏嫁给曹丕时曹植年龄尚小，只有十余岁，根本不可能对甄氏有爱恋之情。还有一种说法是"托辞宓妃以寄心文帝，其亦屈子之志也"，即托辞是爱恋宓妃其实是寄心于文帝，这是屈原心志。屈原写的《离骚》运用香草美人的寄托手法，香草象征着品德人格的高洁，美人或比喻自己或比喻君王，这样写的好处就是委婉，避免直抒胸臆一吐胸中不平之气。这种写法特别为主张儒家温柔敦厚的士大夫赞赏，所以就有许多人认为这篇赋文其实是"君臣遇合"。

自《洛神赋》问世后，洛神美丽、缥缈、可远观不可亵玩的形象

◎《洛神赋》（局部）/东晋·顾恺之 绘

让后来许多文人魂牵梦萦，于是洛神作为一个典故在诗词中大量出现。如南朝梁简文帝萧纲写的《赠丽人诗》：

腰肢本犹绝，眉眼特惊人。判自无相比，还来有洛神。

写美人的腰肢、眉眼惊艳无与伦比，直接将其比作洛神，因此洛神也就成了美女的代称。又如贺铸的名作《青玉案》中上片写道：

凌波不过横塘路，但目送、芳尘去。锦瑟华年谁与度？月桥花院，琐窗朱户，只有春知处。

她轻盈地踩着水波越过横塘，我只能目送她像芳尘一样归去。这锦瑟华年还能与谁共度呢？是在月下桥边花院，还是花窗朱门大户？也只有春天知道你的去处。“凌波”就是用的《洛神赋》中的句子，“凌波微步，罗袜生尘”写洛神在水波上细步行走，溅起水沫粘在罗袜上如同尘埃。贺铸这首词写路遇美女，她的离开就像洛神一样，而词人只能徒生怅惘看着她归去。这种迷离缥缈的场景，正像《洛神赋》中写得那样。

除此之外，“洛神”这个形象还被比拟成各种花，这是一种拟物象的修辞手法。如宋代词人王沂孙《水龙吟·白莲》下片这样写道：

步袜空留，舞裳微褪，粉残香冷。望海山依约，时时梦想，素波千顷。

这几句写白莲花的零落，一如洛神的归去，“空留”也就是留不住的意思，她舞动的衣裳褪尽，残留下粉红色花瓣和冷冷余香。最后三句宕开一笔，写词人遥望那远处海山，莫不是白莲已经成仙归去？我还时时刻刻想念你那摇曳身姿在千顷绿波中荡漾，将白莲花的凋零比作洛神的离去，所以词就有了种婀娜多情的姿态。

千百年来，吟咏洛神或用洛神典故的诗词多得数不胜数，看来洛神不仅仅是曹植心中女神，也是诗人们的大众女神呢！

# 金谷园：可怜金谷坠楼人

## ——一个因炫富引发的凄美爱情故事

### 题桃花夫人

唐·杜牧

细腰宫里露桃新，脉脉无言度几春。
至竟息亡缘底事，可怜金谷坠楼人。

七言绝句只有二十八字，要想用这么少的字数反映出深刻主题并不容易。杜牧的咏史绝句却往往写得十分精警，体现出诗人高度凝练的笔法和精彩的思辨能力，如其咏赤壁绝句中写道“东风不与周郎便，铜雀春深锁二乔”，则是通过巧妙的设想，翻出赤壁之战另一种结局的可能，令人拍案。而这首诗同样是咏史绝句，诗题“桃花夫人”就是息夫人，息夫人姓妫，是春秋时期陈庄公之女，她嫁给了息国的国君，所以也被称为息妫。楚文王垂涎于息夫人的美貌，一举灭了息国，强纳息夫人。息夫人死后葬在桃花夫人庙。

诗人首两句写息夫人在楚宫的生活。“细腰”用楚灵王典故，据说楚灵王喜爱细腰，所以大臣们都节食只吃一顿饭，吸一口气后才系上腰带，饿得扶着墙才能站起来。楚宫里桃花又开了，美人与桃花一样，默默无言度过了几度春。息夫人生得非常漂亮，据说目若秋水，脸如桃花，所以这里的“桃”一语双关，既指桃花又指息夫人。息夫人日日处在深宫之中，面对着楚国国君却终日不言一语，思念着从前的国君。这两句既写出了楚文王的荒淫，又写出了息夫人深宫中的寂寞生

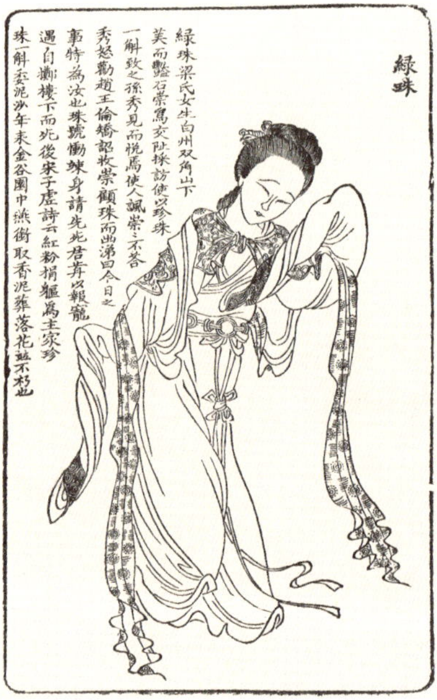


◎《无双谱》中绿珠像／清·金古良 编绘

活。第三句笔下突然一转，诗人发问道："息国灭亡究竟是因为何事？"既承前两句，暗讽楚王之荒淫，竟因一人之美色而倾覆他国，又接下尾句，故设伏笔。在此处看似诗人要回答这个问题，却又转一笔，写到"金谷坠楼人"——绿珠。"金谷"指晋石崇建造的金谷园，绿珠是石崇的宠姬，石崇死时绿珠也殉情而死。绿珠和息夫人处境有相同之处，即原先的伴侣都遭到杀身之祸，但她们二人处理方式又有不同，一个是殉情随爱人而去，一个是苟且偷生存活。诗人不做正面回答，只是叙述事实，两相对比，前用"可怜"二字点染，不涉褒贬一字，却能鲜明看出诗人态度，即：对避祸偷生之人感到同情，对勇敢抗争恶势力甚至不惜一死之人表示尊敬，就全诗来看，诗人更赞许后者。

这首绝句不流露出任何激烈之语，下笔曲折，寓意深刻，尤以结句神来之笔为后人激赏，温柔敦厚，颇为含蓄。清人吴桥的《围炉诗话》中评价说："用意隐然，最为得体。""隐然"即是指诗语含蓄的特点，这在古代颇为诗家看重。诗中尾句用"绿珠坠楼"的典故也是较为常见的典故。

## 晋代土豪宅院

金谷园是石崇建的别墅，旧址在今洛阳老城东北七里处，别称梓泽。现如今金谷园已不比往日繁华豪奢。但据《晋书·石崇传》记载："崇有别馆在河阳之金谷，一名梓泽，送者倾都，帐饮于此焉。"意思是石崇有别墅金谷在洛阳，当他出行镇守下邳的时候，送行的人几乎全城出动，在这里设帐饯别，可见当时之盛况。南朝宋刘义庆《世说新语·品藻》中引石崇自撰《金谷诗序》说："有清泉茂林、众果、竹柏、药草之属，莫不必备。又有水碓、鱼池、土窟，其为娱目欢心之物备矣。"金谷园类似于一个园林化的庄园，既能生产又能供娱乐，堆积了大量财富，在这里石崇与众宾客日日饮酒享乐，很是快活。《金谷诗序》一文还记录了金谷宴集的具体情况："昼夜游宴，屡迁其坐。或登高临下，或列坐水滨。时琴瑟笙筑，合载车中，道路并作，遂各赋诗，以叙中怀。"宴会从早到晚，来参加宴会的人屡次更换座位，有些人登高望下，有些人坐在水旁边。当时琴瑟笙筑都在车中响起来，于是大家写诗，叙说自己的心情。从引文中可以看到，这种文人的游宴虽然颇荒奢，却也十分雅致，有音乐还要作诗，因此在晋和南北朝时期，凭借金谷园的影响，这里流传的诗句颇多。据传，金谷园的修建和石崇与晋武帝司马炎的舅舅王恺争富有关，作为记录魏晋文人士大夫八卦史的《世说新语》自然也记叙了这场比富。

《世说新语》有"汰侈篇"，"汰侈"也就是骄纵奢侈的意思，专记石崇轶事。王恺和石崇经常暗自较劲，比谁更富有。王恺用麦芽糖和饭来擦锅，石崇就用蜡烛当柴火烧锅做饭；王恺用紫丝布做出行时于道路两旁设置用来避风尘或防止行人窥探的布障，石崇就用锦缎做成长达五十里的布障与他相抗衡，许多古诗文中"锦布障"这个典故就是这么来的。有一次石崇与王恺比富。晋武帝是王恺的外甥，知道此事后便资助王恺，送给他一株二尺来高的珊瑚，这株珊瑚在当时可谓很罕见，王恺得意扬扬拿给石崇看，想让石崇输得心服口服，哪料石崇看后拿起铁如意就把珊瑚打碎了。王恺大怒，以为是石崇妒忌故意破坏，声色俱厉。这时石崇说："不值得，我赔给你就是了。"

于是让下人把家里的珊瑚全部拿出来，有许多三四尺高的，树干、枝条举世无双的有六七株，像王恺那样的就更多了。王恺看了惘然若失，这场争富最终以石崇的大获全胜告终。

晋朝刚建国不久，就发生这场穷奢极欲的炫富，自然也会带动风气的转变。晋朝士大夫好清淡、游赏，经常不做实事。晋武帝一死，立了个白痴皇帝惠帝司马衷，大权经过几次易主落到了司马伦手中，距离司马氏代魏还没有几年，晋朝就已大厦将倾，石崇好日子也到头了。

## 真正的悲剧

或许有人要问，石崇哪里来的这么多钱呢？据《晋书》记载："崇颖悟有才气，而任侠无行检。在荆州，劫远使商客，致富不赀。"意思是说石崇这个人聪明又有才气，喜欢侠义自任，做出来的事却没什么操行。在荆州时，石崇抢劫远行的商旅客人，因此积累下数不清的财富。堂堂朝廷大员居然靠打劫致富，令人不齿。

石崇有个爱妾名叫绿珠。绿珠生得美艳极了，关于她的生平，大多出自一些野史方志。据传绿珠生在白州境内的双角山下，在今广西地区，当地风俗是以珠为上宝，生女称为珠娘，生男称为珠儿，绿珠的名字也因此而来。还有种说法是石崇用珍珠买下她，所以叫绿珠。

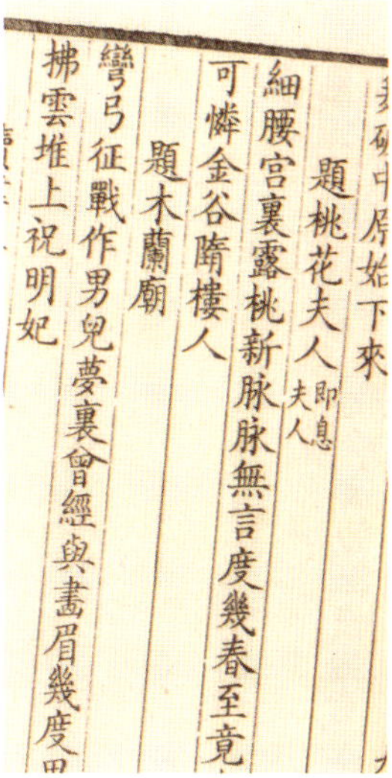
題桃花夫人 即息夫人
細腰宮裏露桃新脉脉無言度幾春至竟
可憐金谷墮樓人
題木蘭廟
彎弓征戰作男兒夢裏曾經與畫眉幾度
拂雲堆上祝明妃

◎《题桃花夫人》书影（清）

石崇身边其实有非常多的女人，《世说新语》中说石崇每次宴请客人，都要让美人劝酒，倘若哪个客人不喝酒，就要杀掉这个美人。王导和王敦曾一同去石崇家赴宴，王导心地比较好，虽然不能喝酒但每次都喝得酩酊大醉。王敦却坚持不喝，导致石崇连杀三个美人。这件事可以看出石崇的性情并不好，可谓十分残忍，然而他对绿珠却宠爱有加。石崇特别喜好宴请客人，且在宴会上让绿珠出来，大概也就是在这里孙秀看上了绿珠，由此埋下祸根。

石崇原先是依附贾谧的，贾谧是皇后贾南风的亲外甥，二人在晋惠帝在位时都是炙手可热的人物。后来贾谧被赵王司马伦杀害，石崇自然也就成了同党被免官。孙秀依附于司马伦，使人去要绿珠。石崇把自己数十个婢妾叫出来让使者挑选，使者执意要绿珠，石崇偏不给，孙秀得知大怒。恰好石崇的外甥欧阳建与司马伦有矛盾，孙秀就劝司马伦杀掉石崇和欧阳建。后来孙秀假托旨意去逮捕石崇，石崇对绿珠说："我是因为你而惹祸。"绿珠哭泣着说："我当在你面前死去来报答你。"于是跳楼而死。石崇也被杀害了，时年五十二岁。

◎《金谷园图卷》/ 北宋 · 王诜 绘

一代佳人香消玉殒，殉情而死，留给后人许多话题谈资。石崇真的很爱绿珠吗？此事也不好说，毕竟石崇身边有众多爱妾，绿珠只是最亮眼的那一个，宠幸胜过真真切切一心一意的爱，然而对绿珠来说一切就不同了，倘使真如诸方志笔记中记载的那样，绿珠千里迢迢从广西来到洛阳，身边没有熟悉之人，将全部身家性命都寄托在石崇身上，一旦失去石崇这个靠山，在如此纷乱之世，一死而免去受辱可能是最好的结局。

杜牧还有一首七言绝句写金谷园，放在这里可能更为恰切：

繁华事散逐香尘，流水无情草自春。日暮东风怨啼鸟，落花犹似坠楼人。

繁华已如芳香的尘屑一样散去，绿珠、石崇之事早如过眼云烟，经过金谷园的金水尚无情流去，草依然碧绿。春日暮色在东风中鸟声哀怨啼鸣，落下的花如同坠落的绿珠。诗人看到花联想到坠楼人，一切景物同旧，只是在暮春时节又渲染出一丝迷离惝恍的味道。整首诗极尽凄迷，令人读之哀怨不能自已。绿珠的悲剧也是那个时代女性悲剧的一个缩影，命运不能由自己做主，只能听从摆布。历代诗人多有赞颂绿珠“以身相许”的节烈，会对她表示同情，但鲜有人站在她的立场去考虑这种悲剧的根源是什么。这么说来，息夫人、绿珠谈不上谁对谁错，都是时代的悲剧。

# 天津桥：津桥春水浸红霞——一座美丽的桥与洛阳的兴衰

## 天津桥春望

唐·雍陶

津桥春水浸红霞，烟柳风丝拂岸斜。
翠辇不来金殿闭，宫莺衔出上阳花。

一如鱼香肉丝里没有鱼，天津桥并不在天津。天津桥建于隋朝，建在洛阳城南洛水之上，自唐代以来，经过数次修整，已与洛阳息息相关，成为洛阳文化的一部分。天津桥毗邻唐代著名宫殿上阳宫，在盛世之时桥上人来车往，各地商贸货船穿梭其下，周边市肆林立，文人墨客吟诗作赋，流连忘返。之所以叫天津桥，是将穿城而过的洛水视为天上银河，银河渡口的桥自然就是“天”之“津”了。安史之乱以后，洛阳残破，天津桥也见证了朝代兴衰。唐代诗人冯著在其诗《洛阳道》中写道：“君行不用过天津。天津桥上多胡尘，洛阳道上愁杀人。”反映了叛军占领洛阳的情况，此时桥面已经是一片肃杀，铁骑兵戈代替了昔日热闹繁华，上阳宫没有皇帝的巡幸也变得格外冷清。

雍陶的这首诗是诗人春天路过天津桥远眺所写。他是晚唐诗人，生活的年代距开元盛世相去很远，唐王朝内忧外患，藩镇割据，宦官专权，早就没了“万国衣冠拜冕旒”的气象。诗人笔下的天津桥是寂寞的，而这种今昔变化更令人不忍卒视。

前两句写天津桥的春色：桥下春水融融，灿烂绚丽的红霞倒映在水中摇曳，春风吹过，如烟般的柳树枝拂荡在岸边。场景如梦如幻，含情无限，读之令人神思飞荡。可是这时候的天津桥已经没有商旅阜盛、皇室游玩的景象，于是诗人在第三句处宕开一笔，转写离天津桥不远的上阳宫。上阳宫是高宗所建，武则天也曾长期居住于此，玄宗经常在这里宴会和朝见，到了德宗朝，上阳宫基本被废弃了。翠辇代指皇帝，皇帝经常不来，宫殿门紧紧关闭，一片寂寥中唯有黄莺衔着花飞出宫墙。

全诗不涉褒贬，娓娓道来，不用凄、惨、哀等词汇，仅仅通过场面渲染，一种哀恸便自然流露其中。全诗最为精彩的部分无疑是最后两句，上阳宫荒废许久，用黄莺衔宫花而出的“动”来反衬宫内的“静”，这也是春日里唯一的生机，至于宫内荒凉景色如何，只能任由读者联想。诗人紧扣“望”来描写，望桥下春水，望远处烟柳，望上阳宫，表达出深沉的今昔之慨，用笔又极为自然妥帖，感情在字里行间流转，达到了欲吐还吞、寄托遥深的效果，确实是一首非常出色的七言绝句。那么盛唐时天津桥又是什么样子呢？其实，天津桥和洛阳兴衰一直是紧紧联系在一起的，就让我们一起来看看吧。

## 天津桥与唐代洛阳社会文化

天津桥，或称津桥、天津，始建于隋朝。据《元和郡县图志》记载，天津桥最初是一座浮桥，即用大铁索勾连大船而成，桥的两头分别各建起两座高楼，应该是起到守卫巡视或负责桥面安全的作用，这四座重楼也象征着日月景象，与天河洛水相互呼应。隋朝末年，李密率军攻打洛阳，天津桥因战火焚毁；唐代重建改浮桥为石桥，加强了桥的稳固性。后世天津桥又经过多次毁坏，但大多数是与天灾有关。

天津桥一面对着皇城宫殿，一面接着市坊，因为独特的地理位置，从一开始就受到格外重视。初唐时，就有许多吟咏天津桥的诗作，我

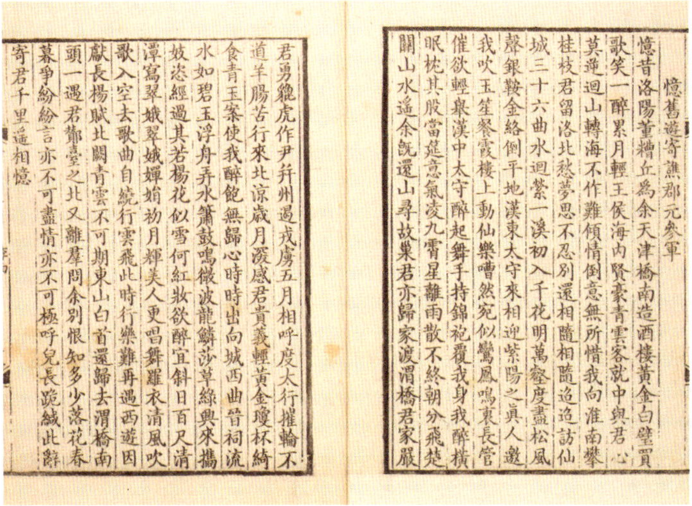
憶舊遊寄譙郡元參軍

憶昔洛陽董糟丘爲余天津橋南造酒樓黃金白璧買歌笑一醉累月輕王侯海內賢豪青雲客就中與君心莫逆迴山轉海不作難傾情倒意無所惜我向淮南攀桂枝君留洛北愁夢思不忍別還相隨相隨迢迢訪仙城三十六曲水迴縈一溪初入千花明萬壑度盡松風聲銀鞍金絡倒平地漢東太守來相迎紫陽之眞人邀我吹玉笙餐霞樓上動仙樂嘈然宛似鸞鳳鳴袖長管催欲輕舉漢中太守醉起舞手持錦袍覆我身我醉橫眠枕其股當筵意氣凌九霄星離雨散不終朝分飛楚關山水遙余旣還山尋故巢君亦歸家渡渭橋君家嚴君勇貔虎作尹幷州遏戎虜五月相呼度太行摧輪不道羊腸苦行來北涼歲月深感君貴義輕黃金瓊杯綺食青玉案使我醉飽無歸心時時出向城西曲晉祠流水如碧玉浮舟弄水簫鼓鳴微波龍鱗莎草綠興來攜妓恣經過其若楊花似雪何紅妝欲醉宜斜日百尺清潭寫翠娥翠娥嬋娟初月輝美人更唱舞羅衣清風吹歌入空去歌曲自繞行雲飛此時行樂難再遇西遊因獻長楊賦北闕青雲不可期東山白首還歸去渭橋南頭一遇君鄼臺之北又離羣問余別恨知多少落花春暮爭紛紛言亦不可盡情亦不可極呼兒長跪緘此辭寄君千里遙相憶

◎《忆旧游寄谯郡元参军》书影（清）

们正是通过这些诗作了解这座桥的文化、这座城的历史。初唐诗人刘希夷曾写了一篇《公子行》，内容是写公子与艺妓恋情，开篇就提到天津桥，其诗前四句写道：

天津桥下阳春水，天津桥上繁华子。马声回合青云外，人影动摇绿波里。

在风和日丽的春天，天津桥下水静静流淌着，天津桥上走过纨绔子弟，以桥上与桥下并提，富贵少年和春日万物复苏、热情洋溢的氛围结合在一起。马的嘶叫声回荡在青云之外，人影摇荡在绿波之中，在这种热闹、生机勃勃的场景中，马也尽兴地嘶鸣，嘶鸣声直入云霄。人们也沉浸在欢乐的游春队伍中。如果说在古代长安，人们游春赏花多去曲江，那么在洛阳，天津桥就成为春日游赏当仁不让之选了。从后面诗句中写的“此日遨游邀美女，此日歌舞入娼家”，也可以看到天津桥边市肆繁盛，也成了艺妓歌舞之所，那么这座桥与文人才子风流韵事联系起来也不足为怪了。大诗人李白在《忆旧游寄谯郡元参军》中也写道：

忆昔洛阳董糟丘，为余天津桥南造酒楼。黄金白璧买歌笑，一醉累月轻王侯。

“洛阳一酒家董糟丘在天津桥南为我造了一座酒楼”，这是何等自负炫耀的口吻！在诗人眼中，其他人都不懂得饮酒，或是酒量不行，这座酒楼就是为我而建，用黄金白璧买来歌舞欢笑，一场大醉足以让我数月轻蔑王侯。诗人在此处饮酒听曲，意气风发，多么逍遥自在，也足以证明天津桥在初盛唐时是游玩欢乐之地。这时的天津桥，就像初盛唐时一个个大诗人，自信、逍遥、洒脱，它连接南北两岸，迎接着来来往往客商、异国嘉宾，呈现出一种包容、开放的姿态。宰相张九龄有一首诗《天津桥东旬宴得歌字韵》，写的是在天津桥东朝廷举办旬宴之事。诗中说：“泉鲔欢时跃，林莺醉里歌。赐恩频若此，为乐奈人何。”无不溢美之词。这是一首分韵应制诗，在古代作诗前先规定用若干字为韵，作诗人分拈韵字，押韵就选择此字所在的韵部，应制诗也多是一些歌功颂德之类。此诗不见得写得有多么高明，却能看到，不仅是民间，连官方也经常在这里举行活动呢。

上面举的几首诗作与开篇引文诗同写天津桥，然而在感情和思想内涵上却有着天壤之别。安史之乱以后，洛阳遭到严重打击，天津桥也失去往日风采。在中唐时期，吟咏天津桥的诗便多了一丝凝重。大诗人白居易有一首《和友人洛中春感》中写道：

莫悲金谷园中月，莫叹天津桥上春。若学多情寻往事，人间何处不伤神？

金谷园也在洛阳，是西晋时期石崇的园林，石崇死后就渐渐荒废了。诗人以“金谷园中月”和“天津桥上春”发端，感慨世事变化良多。后两句颇语重心长地说：如果自作多情去寻往事，人间哪里不会让人黯然神伤呢？全诗简明流转，也是白居易对神都洛阳今昔变化的真切感受。又有晚唐诗人顾非熊《天津桥晚望》一篇，写登天津桥眺远感受，尾联两句“回首禁门路，群鸦度落晖”，以乱鸦和落晖给宫门路铺垫上一层凄凉色彩。晚唐国事衰颓，天津桥在诗人的眼中也成了见证由盛转衰的物象，引发无限牢骚凭吊。

## 天津桥的沉寂与洛阳的衰落

北宋都城是汴京，而洛阳也是一个重要的大都会。当时宋太祖赵匡胤甚至还想迁都洛阳，却因大臣们极力劝谏，最终放弃了定都洛阳的想法，但仍视洛阳为陪都。宋代许多皇陵也在洛阳，可见朝廷对此地的重视。靖康之变后，金人占领了洛阳、开封并大肆洗劫，宋室南迁，从此洛阳也渐渐衰落，只被当成一个军事重镇存在。虽经元明清三代，洛阳也无法恢复往日繁盛，这座千年古都渐归沉寂，令人无可奈何。

南渡的宋人对故土的依恋仍能在诗词的字里行间显露出来。南宋诗人王同祖有一首七言绝句《天津桥》，其诗后两句写道："黄尘障断中原路，忍立桥头听杜鹃。"此时故土已沦入金人之手，"黄尘"喻外族侵略者，南宋复故无望，所以说"黄尘障断"。杜鹃在古诗词中是一个常见意象，多与自身悲苦或国家兴亡之事联系在一起。天津桥作为洛阳的象征，随着洛阳一起落入金人手中，又岂忍在桥头听着杜鹃彻日哀鸣呢！宋末诗人艾性夫同样有首《钱塘闻子规》和王同祖诗颇类似，却又翻出另一层意思：

汴水凄凉已百年，长因啼鸟一潸然。天津桥上无人听，尚喜钱塘有杜鹃。

◎《元和郡县图志》书影

到了南宋末，距汴京失陷

已有百余年了，诗人以汴水代指汴京，所以说“凄凉已百年”，春日里竟时常因为听到鸟啼鸣而潸然落泪。第三句诗人联想洛阳城中的天津桥，旧京沦落许久，天津桥寂寞恐怕也无人于此听鸟鸣了吧。“尚喜”二字用得极好，南宋小朝廷偏安杭州，不思恢复中原，统治者只知享乐，对外屈膝投降，于钱塘江边尚能听到杜鹃啼鸣，以为万事皆安。这句与林升的《题临安邸》“暖风熏得游人醉，直把杭州作汴州”同一机杼。“尚喜”似喜实悲，不仅仅是对收复中原无望，更是有“后不如今今非昔”的感慨，全诗扣住“闻子规啼”来写，以“天津桥上无人听”和“尚喜钱塘有杜鹃”作对比，很好地传达出诗人的情绪。

历史的车轮不可阻挡地前进着，政治中心、经济中心或北移或南移导致类似洛阳、长安这种中原大都市在唐宋以后逐步湮没。如今，我们在诗里似乎能隐隐看到当时的繁华场景。但是繁华并不是昙花一现，毕竟这些城市在那时甚至持续百年都发挥着举足轻重的作用，中国也正是有了一座座有文化、有底蕴的城市，还有一群默默付出、舍身为国的人，才一步步走到今日。

# 上阳宫：红颜暗老白发新

## ——埋葬宫女青春的禁地

### 上阳白发人

（节选）

唐·白居易

上阳人，红颜暗老白发新。

绿衣监使守宫门，一闭上阳多少春。

玄宗末岁初选入，入时十六今六十。

同时采择百余人，零落年深残此身。

“一代有一代之文学”这句话，放在文体上不合适，放在文风上却有些道理。中唐著名诗人白居易积极倡导了一场诗歌革新运动，叫作“新乐府运动”，主张用诗歌来讽喻时事，使诗歌起到“补察时政”、“泄导人情”的作用。诗中多用自创新的乐府题目来写，故称新乐府，这是相对古乐府而言的。白居易积极投身新乐府的创作中，作《新乐府》五十首，《上阳白发人》是其中第七首，诗前有小序说：“天宝五载以后，杨贵妃专宠，后宫人无复进幸矣。六宫有美色者，辄置别所，上阳是其一也。贞元中尚存焉。”天宝是玄宗的年号，天宝五载，即公元746年，杨贵妃得宠于唐明皇，此后皇帝不再临幸后宫宫女，只要有稍微漂亮的宫女就被安置在别的地方。上阳宫就是安置的地方之一。直到唐德宗贞元年间，上阳宫这个地方还存在。白居易曾在《长恨歌》中写道：“后宫佳丽三千人，三千宠爱在一身。”古代皇帝身边往往有许多妃子侍女，她们一方面服侍皇帝生活，另一方面又肩负着皇室传宗接代的任务。但是到了唐玄宗这里就变了，玄宗对杨贵妃真是恩爱有加，以至于不宠幸其他女人，所以就有了“三千宠爱在一身”的说法。杨贵妃倒是很幸福，可是那些宫女呢？她们早早入宫，就是为了有朝一日能得到皇帝宠幸，然而杨贵妃专宠就彻底断绝了她们念想，于是有无数宫女在寂寞的上阳宫中浪费着青春，直到老去也不得见皇帝一面。这首诗正是讽咏此事，通过描写一个上阳宫中的普通宫女，来展现这一不为人注意的群体凄清惨淡的生活，表达诗人对她们同情的态度。

开篇直接从上阳宫女写起，她们在上阳宫中度过一日又一日，花容月貌早已不见，取而代之的是憔悴的容颜和新添的白发。绿衣监使把守着宫门，宫女们出不去，这里不仅仅关闭的是上阳宫的春天，更是宫女们的青春年华啊。第五句从上阳宫女的遭遇写起，她们在玄宗末年被选入皇宫，进来时才十六岁，现在已经有六十岁了，同时选入宫的有百余人，随着年华的流逝，那些同入宫的姐妹或老而死去，或移住他所，现在只剩我一个人孤零零于此。本诗开头这八句，介绍了一个终身被关在上阳宫的宫女的凄惨遭遇，她大声地控诉着，却没有任何用处，诗中“零落”“残”字鲜明地写出这位宫女绝望的心境。全诗收尾部分写道：

外人不见见应笑，天宝末年时世妆。上阳人，苦最多。少亦苦，老亦苦，少苦老苦两如何！

至此，宫女的感情收将不住，如洪水一般喷涌出来，外人你切莫笑我，我久幽居此地，妆容还是四十年前天宝时期流行的样子，上阳宫人真是很苦！年轻时候苦，老了也苦，一生都是苦又能如何呢！

在封建社会，历朝历代存在嫔妃制度，“家天下”是一个朝代维持统一的支撑，君王世代相袭，需要子嗣，选取宫女的数量、年龄、宫女进宫干什么都不受法律约束，一些宫女得到皇上宠幸就会飞黄腾达，而另一些则会彻底沉沦，无人问津。白居易有感于这个制度的不合理，还曾给唐宪宗写过奏章《请拣放后宫内人》，谏请挑选一些宫女把她们放出来。白居易认为宫女渐多，首先要保证她们的饮食穿衣，这是一笔不小的开销；其次，宫女们禁锢久了难免有怨抑，隔离亲戚朋友，不近人情。这篇奏章可与《上阳白发人》一起参看，足见白居易关心民生疾苦，是真情实感。

上阳宫，唐代埋葬宫女青春的禁地，流传了太多诗篇、惹人嗟叹的典故，让我们从诗篇中去感受它的兴衰吧。

## 锁不住的愁怨

上阳宫是唐代东都洛阳的一处著名宫苑，始建于唐高宗时期，在洛阳宫城以西。据考这里楼阁林立，芳气袭人。正殿叫观风殿，宫内又有仙居、甘露、丽春等殿，帝王在这里既能理朝政，又能游宴玩乐，旧址在今洛阳市。红叶题诗是与上阳宫有关的一个典故，在后世许多诗文中都能看到。这个典故最早见于唐代孟棨的《本事诗情感第一》中，这本书里收录了唐朝许多诗人的奇闻轶事，并附有诗词。相传唐代诗人顾况在洛阳，闲时与三位诗友游苑，在流水边忽然发现一片梧桐叶，上面写着一首诗：

一入深宫里，年年不见春。聊题一片叶，寄与有情人。

◎上阳宫题诗石壁／岑岑 摄

顾况读了这首诗不由心神一荡，仿佛看到一位寂寞的宫女，独坐吟叹，消磨着美好的春日，这让他格外怜惜，于是第二天也在叶子上写了首诗放在

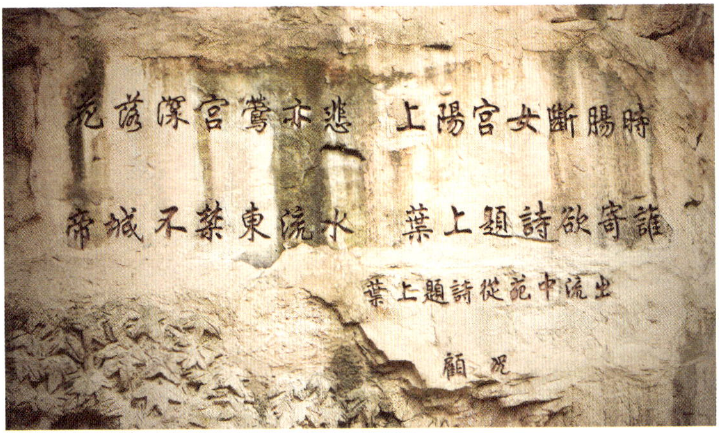


◎上阳宫题诗石壁/岑岑 摄

水波中任由叶子流去，这首诗写的是：

花落深宫莺亦悲，上阳宫女断肠时。帝城不禁东流水，叶上题诗欲寄谁？

过了十几天，顾况已将此事渐渐淡忘，忽然有人拿着叶子来找顾况，上面又是一首诗，写道：

一叶题诗出禁城，谁人酬和独含情？自嗟不及波中叶，荡漾乘春取次行。

宫女将上阳宫说成禁城，这里锁住了她们的自由，却锁不住她们的青春。她们哀叹自己还不如水中一片叶子，毕竟叶子能荡漾在春水中想去哪里就去哪里。故事到这里戛然而止，但这确实是一个唯美动人的故事，只可惜没有结局。后来就有好事者增附故事内容，梧桐叶也变成了红叶，见于唐代范摅的《云溪友议》下卷，篇名为“题红怨”，内容发生了不小改变；顾况和宫女这两个主要人物没有变，但宫女和顾况写的诗都有变化，而且这件事还被皇帝知道了，于是放了一批宫女出去。有个叫卢渥的诗人在御沟中看到一片题诗的红叶，便将这片叶子保存在巾箱之中。宣宗皇帝时下诏，出去的宫女可以嫁给百官和司吏，不许嫁给来京应试的举子，大概是因为知道了这件事情吧。后来卢渥到范阳去任职，看到一位上阳宫出来的宫女，那宫女看到卢渥保存的红叶叹息道："当时偶然让它随着水漂流而去，不料竟被你收藏了。"叶子上的诗写的是：

流水何太急，深宫尽日闲。殷勤谢红叶，好去到人间。

"殷勤谢红叶，好去到人间"，读之备觉风神摇曳。"题红怨"出自笔记小说，自然有文人敷衍增益成分在内，这种机缘巧合也颇似传奇笔法，故事到了这里也就愈发生动曲折，值得人玩味再三。这则故事在文人笔下变化也越来越多，宋代《北梦琐言》《侍儿小名录》中都有记载，到了宋代传奇小说《流红记》中则最为详尽完备了。于是"红叶题诗"也就成了诗词中一个常见典故，诗句中经常以"怨红"、"啼红"等字眼出现。

## 她们都老了吗，她们在哪里啊

高宗修建好上阳宫后，在此打理过一段时间朝政。武则天都洛阳，更是时常去上阳宫。后来张柬之等人趁其病时发动兵变，武则天迫不得已让位给太子李显，从此移居上阳宫直到死去。至于玄宗更是与上

上陽人紅顏闇老白髮新綠衣監使守宮門一閉
多少春明皇末歲初選入入時十六今六十同時
百餘人零落年深殘此身憶昔吞悲别親族扶入
不敢哭皆云入内便承恩臉似芙蓉胷似玉未容
得見面已被楊妃遥側目妬令潛配上陽宮一生遂
空房宿秋夜長夜長無寐天不明耿耿殘燈照背影
闇雨打窗聲春日遲日遲獨坐天難暮宮鶯百囀
聞梁燕雙栖老休妬鶯歸燕去長悄然春往秋來
年惟向深宮望明月東西四五百廻圓今日宮中年
老大家遥賜尚書號小頭鞋履窄衣裳青黛點眉眉
外人不見見應笑天寶末年時世粧
苦老亦苦少亦苦

◎《上阳白发人》书影（清）

阳宫有着密切关系，不但在这里上朝，还在这里观灯、举行院考、宴会。

公元 755 年，安史之乱发生，洛阳在不久后遭到重创，上阳宫自然也无法幸免。白居易的好朋友元稹也有一首《上阳白发人》，诗中这样写道：

御马南奔胡马蹙，宫女三千合宫弃。宫门一闭不复开，上阳花草青苔地。

御驾一路南去，三千宫女也被抛弃了。上阳宫宫门被彻底关闭，花草青苔滋生蔓延，一幅凄凉萧瑟景象。据史书记载，唐军曾和叛军在上阳宫附近进行激烈交战，唐军失败，叛军占领洛阳。可以想象，上阳宫中宫女结局自然不好，不是被赏赐给叛军将领，就是惨遭屠戮，或许能有一部分幸存下来，成为白居易《上阳白发人》诗中的形象。

时过境迁，安史之乱结束后，唐王朝也转向衰落，西京长安再次成为政治中心，上阳宫和洛阳一样，渐渐被冷落。上阳宫具体被废弃时间于今难考，从白居易诗序中“贞元中尚存焉”可知，最早应当可以追溯到德宗时。元稹还有一首非常出名的五绝，正是写上阳宫被废弃的景象，诗题为《行宫》：

寥落古行宫，宫花寂寞红。白头宫女在，闲坐说玄宗。

那时青春之少女如今已然垂垂老矣，她们寂寥时闲坐在一起，说着玄宗的那些陈年往事。青春消逝，鬓发转白，唯有不变的就是“闲”，还有对玄宗那一丝慢慢淡去的记忆。诗人并没有写出她们的控诉，仅用“寂寞红”、“白头”、“闲坐”点染，深刻地揭示了宫女悲惨的生活处境。上阳宫就像监牢一样锁住了她们的自由，消磨着她们的青春。那一片叶子终究漂到人间，希望它永远载着梦定格在温暖的泥土里。

# 香山寺：他生当作此山僧

## ——白居易与香山寺的情缘

### 香山寺二绝

唐·白居易

其一

空门寂静老夫闲，伴鸟随云往复还。
家酝满瓶书满架，半移生计入香山。

其二

爱风岩上攀松盖，恋月潭边坐石棱。
且共云泉结缘境，他生当作此山僧。

白居易归老洛阳后，写了大量的闲适诗，这两首诗是其晚年的代表作。诗人在香山寺中的悠闲自得跃然纸上。据考这两首诗作于唐文宗大和七年（833），这时白居易六十一岁，担任太子宾客一职。龙门香山寺位于洛阳香山上，紧邻龙门石窟，风景秀美。白居易晚年常于此处游赏，并与诸多诗人唱和。《香山寺》诗第一首写出了一个“闲人”悠然自适的生活状态，“老夫”是作者自称，空门是佛门的意思：我闲居在空灵静谧的香山寺中，看着飞鸟随云来去。诗人只是用平常的口吻叙述，却在字里行间毫不掩饰其喜爱之情。家里酿的酒装满了瓶子，书也堆满了书架，原来我已经把一半的生活移到香山了。诗人把香山当作自己的家，在此酿酒读书，日日沉浸在安然又逍遥的生活中。

第二首更细致地写出诗人的生活状态。登到“爱风岩”

上，攀着那弥天盖野的松树枝叶，又走到“恋月潭”边找石头坐了下来，且和那白云、泉水结成缘境吧，来生当能做此地山僧。“缘境”一词是佛教用语，“缘”就是根源，缘来的意思，“境”指的是观察到的客观物象。长久生活在城市中的人读到这首诗必会十分歆羡向往。白居易对俗世的厌恶，官场倾轧的厌倦不言自明，长期在香山中受到佛法以及自然的熏陶涵养使其疲倦的心灵得到一个真正的休憩之所，怪不得会情不自禁地说“他生当作此山僧”呢。这不由使人想到陶渊明的《归园田居》中“久在樊笼里，复得返自然”，将俗世纷纭比喻为“樊笼”，也真是恰切。

这两首诗不用典故，不用密丽的辞藻，只是用最平淡的语言写出最真实的情感。所谓“老妪能解”即将自己的诗念出来连老妇人都能听懂，这是白居易追求平实诗风的生动诠释。“元白诗派”在中唐别开一面，故与追求险怪的韩愈、孟郊诗派分道扬镳。

◎龙门风光／孔繁尘 摄

## 紧邻龙门的香火胜地香山寺

龙门位于洛阳南，在古代又被称为伊阙。“阙”就是门的意思。这里两岸分立香山和龙门山，伊水从中间穿流而过，仿佛伊水通过了一扇大门一样，这个名字取得十分形象。至于何时称龙门，可能源自于隋代。隋朝杨广都洛阳，天子为“龙”，故又名其为龙门。龙门石窟开凿于北魏孝文帝时期，星罗棋布般扎根在两岸山上，经东魏、北齐、西魏、隋、唐、五代、宋等朝代继续开凿。石窟中的佛像形态各异，栩栩如生，代表了古代石壁造像非常高的成就。

香山寺位于洛阳龙门香山上，与洛阳龙门石窟西窟隔伊水相望，紧接龙门石窟东窟和白园，始建于北魏孝明帝熙平元年（516）。孝明帝在位时期，也是佛教在中原的鼎盛时期。天授元年（690），武则天在洛阳称帝，下敕定此寺名为香山寺，并大力重修该寺。寺中檐牙高啄，飞甍丽瓦，相当壮观。武则天时常到香山寺游赏，她又是一位喜欢奖掖文人的君主，这里曾经产生过一个有趣的典故。据《新唐书·宋之问传》记载：“武后游洛南龙门，诏从臣赋诗。左史东方虬诗先成，后赐锦袍。之问俄顷献，后览之嗟赏，更夺袍以赐。”武则天同大臣们游赏洛南龙门，下诏让臣子赋诗以观。左史东方虬比较捷才，先行写成，武则天便将锦袍赐给了他。过了一会儿，宋之问也写成了，武则天拿来一看，这可比东方虬写得好多了，于是后悔了，夺过锦袍又送给宋之问。这则典故流传非常广，成为后世文人的谈资。诚然武则天这么做多少有些不厚道之嫌，但也能看出她是十分爱才的。

◎龙门香山寺弥陀宝殿

香山寺在初盛唐时还能保持繁荣景象，到了晚唐，或由于多年战乱，或由于佛寺普遍衰落，香山寺也一度蒙尘，变成一个无人问津的地方。直到白居易到来重新修缮香山寺，才使其焕发光彩。这里流传大量文人赋咏诗篇，白居易题咏香山寺作品除了《香山寺》两首外，还有多首，可见他是真正喜爱这个地方。

香山寺在宋、金朝时仍然存在，到了元朝就废弃了。明清时期康熙、乾隆都曾到过香山寺，乾隆还写了两首五言诗镌刻在香山寺中。中华人民共和国成立后，香山寺又经多次修葺，原址未变，香火依然颇盛，乾隆御碑亭、衣钵塔等文物均得以保留至今。

## 白居易晚年在香山

大和三年（829），白居易拖着疲惫的身心回到洛阳后，可能不会想到自己竟与香山寺结下不解良缘。白居易生于新郑，唐穆宗长庆四年（824）在洛阳买了宅院，这次归来也算是还乡河南。项羽曾在攻占咸阳后说："富贵不归乡，如衣锦夜行，谁知之者。"意思是如果富贵了还不回归家乡，就如同穿着漂亮衣服在夜里走路，谁看得见呢？这句话也为人讥讽一番，认为没有大志。白居易这次可不是特意穿着锦衣夸耀着回来的，经历贬谪江州、苏杭任职后，大和元年（827 年）

返回长安任秘书监，后转为刑部侍郎，到因病改授太子宾客分司，白居易仕宦一生经历了太多起起落落，到了六十岁这个年纪对于官场仕途也颇为厌倦。这时白居易来到龙门香山寺中，身在隔绝莽莽红尘的禅境，脚下是静静流淌千年的伊河，不再为“案牍劳形”，其身心迅速为香山寺俘获。

大和五年（831），白居易一生的挚友元稹离开人世，这对白居易来说确实是个重大的打击。在这个世上知白居易者非元稹莫属。元稹去世前，嘱托家人让白居易为其写墓志铭，后来元稹家人带着很多珍贵物品前来洛阳致谢，这在白居易撰写的《修香山寺记》中有记载。白居易感慨香山寺年久失修，亭台楼阁坍圮，佛像暴露在外，僧人以此为耻，颇好佛道的他也以此为耻，因此下决心修缮寺庙。他用元稹家人带来的钱把寺庙翻修一遍。文中写道，修好的香山寺可以看到边塞的景色、龙潭的景致、香山的泉水山石、石楼的风月，气象焕然一新。在夏天夜晚，白居易在石楼潭洗澡，并写诗记录下来：

起向月下行，来就潭中浴。平石为浴床，洼石为浴斛。绡巾薄露顶，草屦轻乘足。清凉咏而归，归上石楼宿。

在月夜下行走去石楼潭中洗浴。平滑的石头当作浴床，凹凸不平的石头就当作澡盆。洗好了用薄薄绡巾盖在头上，穿着草鞋轻快地走着路，凉凉爽爽地唱着歌回到石楼上睡觉去了。这是多么悠然自适。

◎《香山九老图》/明·谢环 绘

就是得病后，白居易在香山寺的生活也是那么平淡恬适，他在《五年秋病后独宿香山寺·其二》一诗中写道：

饮徒歌伴今何在，雨散云飞尽不回。从此香山风月夜，只应长是一身来。

前面两句写以前的纵酒放歌，如今仿佛雨散云尽一般再也回不来了，幸好还有“香山风月夜”相伴，别人无法领略到的快活，也正好由我一人来领略。“只应长是一身来”一种萧然独立于尘外，却与自然万物相亲的形象在诗人笔下生发出来。

唐武宗会昌五年（845），白居易与胡杲、吉旼、郑据、刘真、卢贞、张浑、李元爽、禅师如满结成“香山九老会”，忘情于山水，隐居其中，日日唱和赓吟。后来为了纪念这场聚会，白居易还请人把九人聚会的场景画了出来，就是有名的“香山九老图”。此后，许多士大夫、文人对这样的集会盛况表达出羡慕，这在诗中经常见到，如宋代诗人张伯玉就曾写道：“行当乞挂朱轮去，别作香山九老图。”朱轮是红色的轮子，指代古时王侯显胄乘坐的车子，宋伯玉不愿追求富贵名利，所以说“乞挂朱轮去”，还不如“香山九老”那样逍遥快活呢。元代曹文晦也写诗道：“乌巾鹤氅舒徐步，宜入香山九老图。”同上两句诗差不多一个意思，“鹤氅”是用仙鹤的羽毛做成的披肩，形容飘飘然的神仙姿态。

又过了一年，即公元846年，白居易在洛阳去世并埋葬在香山。早在唐文宗开成五年（840），白居易就将在洛阳作的八百余首诗结成集，藏于香山寺经藏堂，这些诗也与白居易一样，深深地烙上了洛阳龙门香山的印记。白居易终于终老此地满足了自己的愿望，或许来生真能成为寺中僧人，不再受任何羁绊。

# 白马寺：白马驮经事已空

## ——都缘于皇帝的一个梦

### 宿白马寺

唐·张继

白马驮经事已空，断碑残刹见遗踪。
萧萧茅屋秋风起，一夜雨声羁思浓。

张继是唐代诗人，流传下来的诗并不多，《全唐诗》中仅存其诗作一卷，主题也大多为登临旅次之类。不过一个知名诗人倘能留下一到两首作品口耳相传也就足够，譬如张若虚的《春江花月夜》被誉为“以孤篇压倒全唐”。而张继最有名的一首当属《枫桥夜泊》。这首《宿白马寺》与《枫桥夜泊》一样，为羁旅诗，同样颇值得玩味。

白马寺在唐代经过武则天的敕修，一度香火繁盛，可在经历安史之乱后寺庙又破败不堪。这首诗写于安史之乱后诗人夜宿白马寺时，眼前断壁残垣，佛碑仆倒，已早非畴昔。诗人感慨发咏，又加入羁旅之思，故全诗带着萧萧秋气般的凄凉况味，有一唱三叹之妙。

首句用了“白马驮经”的典故。东汉明帝向西域求经，以一匹白马驮经书而来，故以其名寺庙，谓白马寺。白马驮经之事已不知过去多久，那断碑零落、寺庙破败之处似乎隐隐约约能看到旧日辉煌。先一笔提出寺庙久远的历史，于首句尾着以“空”字，便能见沧桑感。第二句又以眼前之情景点染，遗踪补足前句“空”意。第三句紧接而来，独宿于此，正值秋夜时分，天上看不到月亮，淅淅沥沥飘起了冷雨，这种场景愈发衬显出人的孤寂和寺庙的残破，故在结句一笔点醒，听那一夜的秋雨，又处在这个环境中，只会让我的羁旅之思越来越浓了。

这样伤时之感、羁旅之思融为一体，读之让人深切体味到安史之乱带给大唐王朝的变化，连寺庙都不能幸免，何况其余呢！诗人的羁旅之思中加入了感时伤世之痛，故颇为沉痛。

## 缘于皇帝的一个梦吗？寺名的多种来历

白马寺位于河南省洛阳市老城区洛龙区白马寺镇，是一座历史悠久的古刹，始建于东汉永平十一年（68），为佛教传入中原后修建的第一座佛寺，距今有一千九百余年历史。白马寺在历史上经过多次毁坏和重建，现在看到的遗址已非最初的样子，乃是元、明、清三朝所留，但仍具有极高的历史文化价值。

白马寺中最有名的典故当是“永平求法”“白马驮经”。“求法”

◎白马寺

意即明帝遣使去天竺（今印度）求取佛经之事，这也是中国历史上首次以官方名义与佛教接触，从此佛教传入中国，成为中国历史上一个相当有影响力的宗教。汉明帝刘庄活了四十八岁，在东汉初也算是颇为有政绩的皇帝，但大多数人记住他也多是因“感梦求法”这个故事。

东汉永平七年（64），汉明帝刘庄做了一个奇怪的梦，梦见大殿中飞来一位神仙，这位神仙全身有金光环绕，非常奇异。第二天一大早上朝时，明帝把这个梦告诉了群臣，问这个神仙是谁。有个叫傅毅的大臣告诉明帝说：“西方天竺有神，被称为佛，能飞上空中，大概就是您梦到的神仙吧。”明帝听了非常高兴，便命郎中大臣等十多人去求经。过了三年他们回来，果然带了一大批经书佛像，同行的还有两位印度的得道高僧，这两位高僧叫摄摩腾、竺法兰，有名的《四十二章经》也就是这个时候传入中国的。为了纪念这次白马驮经，明帝就立白马寺于洛阳，这两位得道高僧在这里传法，后来也是在这座寺庙里圆寂。这是寺以白马命名的一个说法。

还有一个说法出自《高僧传》，说的是当时高僧摄摩腾来到洛阳，明帝接待很是周到，在洛阳城西门外建了座精舍安置他，这就是白马寺了。可是这时候白马寺并不叫白马寺。相传外国有国王曾经破坏许多寺庙，唯有招提寺还没来得及毁坏，夜里出现一匹白马，绕着塔悲伤鸣叫，国王知道后就停止毁坏寺庙，于是就把招提寺改名为白马寺，后来很多地方的寺庙都命名为白马寺。至今还有一些诗句中有绕塔白马的典故，如宋代诗人舒亶就写过“绕塔想曾随白马”的句子。

再有种说法可能是由上个说法演变而来，因为上面提到的那个国王没有特指是哪一个，于是就有人说是明帝封的王想要毁坏寺庙，夜里看到白马绕塔悲鸣而止，所以就更名为白马寺。

然而，白马寺这个名字在汉朝时的典籍中没有记载，最早是见于西晋王浮的《老子化胡经》，而后见诸翻译为汉语的佛经之中。这件事情比较奇异，毕竟汉明帝见都没见过佛，怎么会突然梦见佛呢？会不会是后人作伪以此来提高佛教地位呢？梁启超曾经写了篇《汉明求法辨伪》专门来论述这个问题。梁启超指出《老子化胡经》这本书的作者王浮不过是一个妖妄道士。这本书说老子出关西度流沙，佛陀是老子的弟子，这就有些胡言乱语了。这本书历经六朝、隋、唐被禁毁过很多次，有识之人一眼看过去就知道是假的。梁启超在文中详细考证后说："汉明帝求法这个事情，只是外族人无稽之谈，它的来历本来就是一个妖道妄造的，后来竟被佛徒引用附会。"这篇文章反响很大，也为后来许多人接受。

◎ 白马寺 / 岑岑 摄

## 白马寺的重修竟因为他

白马寺自东汉建立后，历经魏晋、南北朝，到唐代遭到过无数次毁坏又重修。武则天时期，她亲敕修复白马寺。这次重修白马寺，据《旧唐书》记载，竟是因为薛怀义。这个人可是武则天的男宠！

真相是怎样的呢？薛怀义本名冯小宝，是在洛阳做买卖的，但身材魁梧、强壮有力，被千金公主发现后推荐给武则天做侍卫。武则天十分赏识他，为了方便他出入宫中，干脆把他剃发为僧，又想提高他的地位，就让他和太平公主的夫婿合族，也姓薛，这样他就成皇族了。从此以后，薛怀义跟从洛阳著名僧人法明、处一等人念经诵法，出入宫廷，大臣们看见他都要跪下匍匐在地，民间叫他“薛师”。武则天让薛怀义做僧人只是个幌子罢了，是想让他进宫有个理由；薛怀义也绝非真想做僧人，而就是这么个假僧人，竟然做了白马寺主持。

垂拱初年（685），薛怀义劝说武则天重修白马寺，武则天毫不犹豫地答应了，还让他总领兴修。白马寺修复后薛怀义便当了寺庙主持。自这一系列事情后，武则天对薛怀义愈发宠爱，给他加官升职，赐给许多金银。薛怀义也给武则天当皇帝造势，他和法明和尚编撰《大云疏经》，专门写了许多符谶鼓吹武则天是佛陀转世，大唐王室将衰，故应为“周”所代。“符谶”就是浮图谶纬，是古代一种迷信做法，它以文字或是图案形式记录下来，代表一种来自上天的神秘预示，其实大多是伪造的。做“符谶”是古代皇帝更朝换代的常用手法之一，比如王莽篡汉之前，一个叫哀章的人本来没有什么学问，终日游手好闲，却瞅准这个时机，做了两个铜匮，上面封了题签，其中一条题签上写着“天帝行玺金匮图”，另一条题签上写着“赤帝行玺某传

◎乾陵无字碑

予黄帝金策书”。赤帝即刘邦，因高祖斩蛇，故民间流传着赤帝之说。铜匮中有谶书，写着王莽是真天子，故刘邦将汉家帝王之位传予王莽。王莽得到铜匮自然大喜过望，有了符谶，当皇帝就有了合理性，因为这是“上天的旨意”。后来哀章也因为这件大功而受了封赏，从一个市井小民一跃成了上公。陈胜吴广起义时，也在鱼肚子里塞“大楚兴，陈胜王”的谶言迷惑众人。历史总是惊人的相似，六百余年后，武则天这个对权力无限渴望的女政治家，想要更进一步成为中国历史上唯一有名有权的女皇帝，自然需要有人为她造势，以宣扬其合法性了。

薛怀义后来进宫次数渐渐减少，大多时候待在白马寺。他对当和尚似乎也越来越感兴趣，自己当还不够，非要强迫别人当，于是他抓了很多强壮有力的平民强行剃度。这件事被一些大臣发现，就上奏弹劾他，说他招人剃度是假，其实是想聚众谋反。但是武则天并不理会这些言语，后来没办法，就把这些剃度的僧人全部发配。

薛怀义终究不过是武则天的一个男宠，并不能得到永久宠爱。后来武则天喜欢上一个御医，薛怀义恩遇衰减。薛怀义对此事大为恼火，甚至放火烧了新建的宫殿。武则天隐瞒了此事，但没过多久，对薛怀义就厌恶起来，于是命太平公主派人对他严密防范，最终薛怀义被勒死，尸体送回白马寺。

这是有关白马寺的另一桩典故，以假僧人为主持，看起来并不是给白马寺抹金添光的一件事。但是白马寺在中国佛教历史上地位却是不容忽视的，它成为中国佛教祖庭和释源也为后世公认。唐以后，在宋代、明代、清代，白马寺都被统治者敕修，千百年来的佛寺在今天依然焕发光彩。

# 函谷关：东来紫气满函关

## ——有得道成仙之人也有鸡鸣狗盗之徒

### 秋兴八首

（其五）

唐·杜甫

蓬莱宫阙对南山，承露金茎霄汉间。
西望瑶池降王母，东来紫气满函关。
云移雉尾开宫扇，日绕龙鳞识圣颜。
一卧沧江惊岁晚，几回青琐点朝班。

《秋兴八首》是杜甫入夔州以后创作的七律组诗，本篇引诗选其中第五首。诗人从对长安帝都的遥想落笔，又写到如今沧江岁晚，抒发今昔之感。“蓬莱宫阙”指唐大明宫，“承露金茎”指仙人承露盘下的柱子，首两句即写出一种阔大的景象，似是在云雾缭绕的天间，以喻旧时长安。第二联写传说中的王母从瑶池降下到汉宫中，老子骑青牛入函谷关，借这两个典故极写长安恢宏壮丽之景象。三联分写朝仪与帝王容貌，尾联从对过去的回忆转入现在，自从病卧夔州，年龄老大，久未入朝班之列。青琐是宫门上的门饰，涂上绿色，兼雕镂花纹，故说青琐，代指朝廷。至此全诗一片浑融，忆旧忠君之思，嗟叹自伤之感，油然而生。诗中“东来紫气满函关”用的是老子出函谷关典故。

说起函谷关，自然是绕不开老子。老子是楚国人，姓李，名耳，字聃，是道家的代表人物，后被道教奉为始祖，在周朝做过掌管藏书室的史官。他在周朝待了很久，后来觉得周朝衰弱了，就离开了周朝一路向西来到函谷关。函谷关令尹喜见了他很高兴，说：“您既然隐居，那就写本书吧。”老子禁不住关令的软磨硬泡，最终写了本书，这本书很有名，就是后世所见的五千字《道德经》。老子出了关后又向西走，就没人知道他的行踪了。《史记》上记载的很简单，并没有说老子乘青牛。老子乘青牛的说法见于西汉刘向的《列仙传》，“紫气东来”的说法也见于《列仙传》：“老子西游，喜先见其气，知有真人当过。”后来“紫气东来”也就成了典故，比喻吉祥的征兆。

明代诗人宋登春写过一首《自题画老子图》七绝，颇有意趣，录于此处：

函谷关西几度游，至今紫气未全收。青牛老子头如雪，莫怪山人浪白头。

看题目可知，是诗人画了一幅图，然后题上这首诗。已经游函谷关西很多次寻访老子的踪迹，直到如今，当年紫气祥瑞仍在，骑青牛的老子头发花白如许，也别怪题画的山人生性放纵一样白头呢。山人，即指诗人自己，因修身悟道，不与世俗往来，隐居山中，故称山人。观此诗意，诗人十分歆羡老子能辞去周官，得道成仙，过着逍遥自由的生活。“莫怪”颇有自谑意味，也能读出诗人倜傥不羁的生活态度。

◎《老子骑牛图》/北宋·晁无咎 绘

那么老子出关究竟去了哪里

呢？历来解释颇多。《列仙传》中记载，关令尹喜得到老子《道德经》后，与老子一起前往流沙以西，去教化胡人。《后汉书·襄楷传》中则说："或言老子入夷狄为浮屠。"就是说老子到了西域天竺，变成了佛陀，教化胡人。这个说法影响颇大，乃至后来有一本书叫《老子化胡经》是西晋时道士王浮所写，他应该是综合了《列仙传》《后汉书》《魏书》看法，附会了很多内容。这本书后来有人陆续增广改编，越传越奇，成了道教借此提升自身地位攻击佛教的工具。当然这本书也被禁止，元世祖还下令焚毁该书。于是又有人考证，最初"老子化胡"说法，是佛教徒带起来的，因为佛教刚传入中国，怕不为中国民众接受，所以通过攀附已在中国根深蒂固的道教来提高自己的地位。无论如何，老子被道教奉为始祖，在中国古代一直有着很大的影响，"紫气东来"这个典故经常见于诗中。

## 雄关险塞阻六国

函谷关旧址在河南省灵宝市，又可称函关，位于豫陕晋三省交界处，因路在谷中，深险如函，所以得名。函谷关西至潼关，东到崤山，在战国初年本是魏国的领土，后来秦国逐渐强盛，占领了这片地方，并在此设关，函谷关的名称最早见于公元前 318 年。

春秋战国时期，这里是兵家必争之地，山东诸国联军要攻秦，一般都要攻打函谷关。《史记·魏公子列传》中记载："公子率五国之兵破秦军于河外，走蒙骜。遂乘胜逐秦军至函谷关，抑秦兵，秦兵不敢出。"战国时期，六国迫于秦强大的实力对本国政权构成威胁，于是策划"合纵"联合抗秦，魏公子即信陵君魏无忌，率领魏、赵、韩、楚、燕第四次攻秦时取得胜利。当时秦正攻打魏国，信陵君从赵国赶回，还搬来救兵，在黄河以南将秦军打得大败。秦将蒙骜逃跑，五国联军一直追到函谷关，秦国据关力守，也不敢出去。秦国攻六国时，也是从这里出兵直指中原河南腹地。可以说秦国占领了这里也就在错综复杂的战局中把握住先机。在冷兵器时代，没有飞机大炮，愈是险要地段，士兵愈难逾越，函谷关之险无疑成了一道天然屏障。秦国一方面可以仗着函谷关守护关中地区，谋求稳定发展，另一方面也可以随时出关东巡，遏制六国，所以《战国策·赵策》中说："六国从亲以摈秦，秦必不敢出兵于函谷关以害山东矣。"六国如果合纵联盟来抗秦，秦兵必然不敢出兵函谷攻打崤山以东地区。古时山东即指崤山以东中原腹地。

汉代贾谊写《过秦论》，开篇说："秦孝公据崤函之固，拥雍州之地，君臣固守以窥周室，有席卷天下，包举宇内，囊括四海之意，并吞八荒之心。"秦孝公占领的这片地方真是好，有崤山、函谷的屏障，雍州秦中一大片地方，有了席卷天下、包举宇内的想法。这一段很好地概括了函谷关在秦时重要的战略作用。

在公元前 241 年，还发生了一件大事，那就是五国联盟第五次攻秦，这也是最后一次攻秦之战。这时秦王嬴政已经即位，吕不韦为相，多次攻打周边魏、韩、赵，各国终于忍耐不住，不能束手待毙，于是又联合起来，这次参与国有赵、楚、魏、韩、燕，还推举楚考烈王为纵约长，春申君为主帅，反攻秦国。春申君虽然贵为战国四公子之一，但这次却没有信陵君的运气能把秦军压在关内，五国联军打至函谷关时，秦军倾巢而出，将联军打得落花流水，四散奔逃。考烈王在诸国首领跟前丢了面子，全部归咎于春申君，对春申君也慢慢疏远了。从此以后，六国再也无力同秦国作战，秦国一出兵他们就割地赔款，终于在公元前 221 年，秦王嬴政横扫六国统一了天下。

## 员工层次决定领导未来

"鸡鸣狗盗"原来指微不足道的本领，现在也指做偷偷摸摸、卑下的事情，这个典故竟与孟尝君、函谷关有关。这是怎么一回事呢？

孟尝君叫田文，孟尝君是他的号，战国四公子之一，齐国的贵族。战国时期，许多贵族喜欢养门客，门客寄居在贵族家，替贵族出谋划策。孟尝君也有养门客这个癖好，而且他钱多，史载有门客数千。有一次齐湣王派他去秦国，当时秦国的统治者秦昭襄王早就听闻孟尝君的大名，求贤若渴，任命他为秦国相国。这下秦国的大地主、贵族、旧臣们可就不干了，你一个外来人凭什么一下就能当上秦相？于是就有人给秦王说孟尝君是齐国人，在秦国待不久，而且他办事一定会先考虑到齐国的利益，于是昭襄王就把孟尝君关了起来。

孟尝君想尽办法要逃跑，于是向昭襄王的一个宠妾求救。这个宠妾说："我想要你的白狐裘。"孟尝君已经把这个白狐裘献给昭襄王了，正在发愁之时，恰好门客当中有个善于偷盗的主动请缨，半夜化装成狗把狐白裘偷了献给宠妾。宠妾向昭襄王说好话，就把孟尝君放了。孟尝君连夜逃跑，到了函谷关。这时候昭襄王后悔了，派人来追，但函谷关门是关着的，直到天明鸡叫时才能放行，孟尝君出不去。正在

◎ 如今的函谷关关楼

这危机时刻，孟尝君门客当中正好有个会学鸡叫的，那门客叫了一声，其他鸡都跟着叫，孟尝君趁机逃出函谷关。孟尝君就是靠着这两个人从虎狼之秦逃出去。之前孟尝君养二人为门客时，众门客羞辱他们二人，自从这件事后，门客都佩服了。

这个看似很离奇的故事，却引发了古人很大的兴趣。有人赞赏孟尝君能得士，也有人发表反对的声音，比如王安石写了一篇《读孟尝君传》，很有名。原文很短，却十分精练，笔法老道，这里录全文于下：

世皆称孟尝君能得士，士以故归之，而卒赖其力，以脱于虎豹之秦。嗟乎！孟尝君特鸡鸣狗盗之雄耳，岂足以言得士？不然，擅齐之强，得一士焉，宜可以南面而制秦，尚何取鸡鸣狗盗之力哉？夫鸡鸣狗盗之出其门，此士之所以不至也。

全文仅仅百余字，却驳斥得相当有力。世上不是都称赞孟尝君能得士之力为其效劳吗？我可不这么认为，孟尝君就是鸡鸣狗盗之雄罢了！因为孟尝君身处的是一个强大的齐国，他靠着齐国的强大，若得一有力之士就足以制衡秦国。这是作者的看法，即“士”不应该是鸡鸣狗盗之徒只会这些小伎俩，而应该是出谋划策，有大本事制衡敌国之人，“尚何取鸡鸣狗盗之力哉？”鲜明地表达出作者的态度。下一句接着一转，说出孟尝君不能得士的原因：鸡鸣狗盗之徒都被当成士出于其门下，那些真正的士不屑同这些人为伍，所以就不会来了。议论精警，有理有据，一章读罢，令人拍案叫绝。没有高层次人才，再如何有能力的领导，也不足以支撑未来。看来史言孟尝君能得士，并没有仔细考量这些所谓“士”的真实水平啊。

# 渑池：人生到处知何似
## ——古地千年兄弟情

### 和子由渑池怀旧

宋·苏轼

人生到处知何似？应似飞鸿踏雪泥。
泥上偶然留指爪，鸿飞那复计东西。
老僧已死成新塔，坏壁无由见旧题。
往日崎岖还记否？路长人困蹇驴嘶。

苏轼与苏辙的手足之情，大概可以在诗人家庭中排到前三——一半是感情，一半是成就。第一是要留给虐心的曹丕、曹植兄弟。宋仁宗嘉祐元年（1056），苏洵带着苏轼、苏辙二兄弟赴京应试，路过崤山时马不堪重负被累死了，他们只能骑驴到渑池歇脚。到了渑池后住在当地僧舍，虽然疲累了一天，但兄弟二人还是不减兴致，在僧舍墙壁上题下了诗句。那一年苏轼十九岁，苏辙只有十七岁。过了一年，即1057年，两兄弟又同登进士第，可谓少年有为，春风得意。嘉祐六年（1061），苏轼与苏辙参加“贤良方正能直言极谏”科制考试，也都通过了。苏轼任凤翔府签判，到宝鸡凤翔去做官；苏辙任商州军事推官。当时苏洵编修礼书，哥哥去做官，父亲旁边不能无人，于是苏辙上奏章请求养亲，皇帝答应了。苏辙将苏轼送到郑州西门，两兄弟分手。苏轼到了渑池时，苏辙写了一首《怀渑池寄子瞻兄》寄给苏轼，苏轼立马回了这首《和子由渑池怀旧》。

◎苏轼像

这首诗写得非常深情又含有一定哲理，开篇就大发感慨：你说人生中所路过的地方和经历的事情像什么呢？不就像是飞鸿偶然踏过雪中的泥土，留下爪印一样。第二联首句又用“泥”字开头，这就和首联尾句形成顶针效果，一气呵成。飞鸿在泥上留下指爪是十分偶然的，它接下来飞东还是飞西也没有定计。人生在世，漂泊不定，一日过去，已成陈迹，未来之事又如何，谁能知道呢？就如同五年前你我还在此处歇脚，五年后独我一人来到这里恍若隔世，人生之遭遇即为偶然，也当顺其自然地看待当下处境。因为这四句有着深刻的哲理又形容十分贴切，后来“飞鸿踏雪”“雪泥飞鸿”也变为固定成语，形容时间易逝，又指往事遗留下来的痕迹。

颈联诗人笔锋一转，“老僧”句回忆过去，意谓当年接待我们的老僧已经去世，他的骨灰也埋葬在新塔里。古代僧人死后，一般会建造一座新塔来安放他的骨灰。墙壁剥落，上面的字体湮灭难见，已经看不到当年一起题写的诗作了。这两句是将“雪泥鸿爪”具体化，感慨时间飞逝，人世无常。“往日崎岖”句接着回忆，当年他们赴京赶考，一路行来，遥远艰难，蹇驴嘶鸣，人也十分疲乏，想想现在你我二人也都中了举，故不应该对前景抱有悲观态度。后两句似是回忆前尘往事，实则也是对现在彼此的激励。整首诗不刻意用典，读之只觉有股真气流转其间，明白晓畅，是东坡颇有代表的七律作品。

# 苏轼苏辙兄弟情

渑池，在今河南省三门峡市，处于河南西北部。渑池得名应该是与当地的池水和池水中的一种动物有关，《河南通志》说：“黾似蛙而腹大，池有此，因名。”渑池最早置县时间可以追溯到秦代，历史上有名的渑池秦赵会盟就在此地，现在渑池西南还有秦赵会盟台，为中华人民共和国成立后翻修而成。

渑池历史悠久，因此也引发不少诗人凭吊，苏轼、苏辙都在这里留下了动人的诗篇。他们二人是兄弟，兄弟情深，又同朝做官，都是大文学家，在文学界留下一段佳话。眉山三苏祠有一联很有名，即：“一门父子三词客，千古文章四大家。”其中“三词客”指的就是苏洵和苏轼、苏辙父子三人。唐宋“古文八大家”里，苏氏独占三席，这么高的文学成就集中在一家，世所罕见。苏洵给苏轼、苏辙二人命名就有寓意，他们的名字都和古代的马车有关。轼是车前面供人手扶的横木，车是载人前进的，这项功用并没有什么帮助，但缺少了轼，车就不完整了，苏洵以此提醒苏轼，担心他不会隐藏自己的锋芒。至于辙是车轮碾出的痕迹，天下的车都顺着辙走，车辆行走的功绩不会归在辙上，但是倘若出了车祸，也没有人会把责任归咎于车轮

◎渑池韶山风光

印，车轮印处在祸福之间，苏洵以此命名，表示他对苏辙是放心的。苏轼与苏辙的性格，也正与他们的名字相符，苏轼性格豪放，论事言辞激烈，也得罪了不少人，被贬官好几次，“乌台诗案”险些丢了性命，苏辙相比于哥哥来说就要沉稳得多，《宋史·苏辙传》中说：苏辙性情沉静简洁，作文章澹泊而气势宏大，和他为人相似，不愿被别人知道。

虽然，苏轼与苏辙性格差异大，但二人之间的感情却是十分深厚，这从苏轼的诗词中也能看出来。苏轼有《沁园春·赴密州早行马上寄子由》一词，这首词作于神宗熙宁七年（1074），苏轼由杭州赴密州，在途中寄给弟弟，词下片写道：

当时共客长安。似二陆初来俱少年。有笔头千字，胸中万卷，致君尧舜，此事何难。用舍由时，行藏在我，袖手何妨闲处看。身长健，但优游卒岁，且斗尊前。

长安指宋都汴京，二陆指西晋陆机、陆云两兄弟，他们也很有才气。苏轼将自己和弟弟同二陆作对比，写年轻时刚到汴京时的景象。那时，他们只有二十岁左右，都豪情迸发，充满着自信与活力，想为朝廷尽自己一番力，“致君尧舜”，使国君变成像尧舜那样的君主，表现了他们远大的政治理想。可是现实是冷酷的，苏轼在经历了一系列打击后也渐渐变得沉稳，如果不为朝廷任用的话，无妨从容不迫，袖手闲看，“且尽尊前有限杯”吧！既是自我宽慰之词，又是对弟弟的谆谆劝导，真不愧是一个当大哥的呀。至于《水调歌头》一篇更是千古有名了，苏轼在词题中写道：“作此篇，兼怀子由。”因中秋醉酒望月，又想到了弟弟，词下片写道：“人有悲欢离合，月有阴晴圆缺，此事古难全。但愿人长久，千里共婵娟。”那些所谓的悲欢离合、阴晴圆缺让人无奈，但只要“人长久”便好。“分离”是中国诗词中的永恒主题，“人长久”也是最简单的祝愿和殷切期盼。

“乌台诗案”发生后，苏轼被投入大牢，危在旦夕时写了两首绝命诗寄给弟弟苏辙，诗中有“是处青山可埋骨，他年夜雨独伤神。与君世世为兄弟，更结来生未了因”句，读来格外凄怆，想到自己可能会死去，又希望来世再做弟兄，“更结来生未了因”写得真切动人。哥哥入狱，弟弟自然不会袖手旁观，苏辙迅速写了一篇《为兄轼下狱上书》呈交皇帝，文中有“臣欲乞纳在身官，以赎兄轼，非敢望末减其罪，但得免下狱死为幸”句，意思是我愿意用自己官职赎回苏轼，不奢望能减轻他的罪过，只求能免去他一死，还用“缇萦救父”这个典故举例，表达了他急切的心情。

公元 1101 年，苏轼卒于常州，死前写信给苏辙，让弟弟给自己写墓志铭。苏辙收到信后大哭，后来还是给哥哥写了墓志铭，文中对苏轼大为称誉。过了十一年，苏辙也去世了，他与哥哥一起葬在了郏县小峨眉山下。他们以这种方式完成了人生的最后一次聚首，如果有来生，一定会再做兄弟吧。

## 秦赵会盟之地

渑池不仅仅是见证苏轼、苏辙兄弟情义的地方，它在战国时期就已经很有名，且看唐诗人胡曾的《咏史诗·渑池》：

日照荒城芳草新，相如曾此挫强秦。能令百二山河主，便作樽前击缶人。

胡曾这首诗咏渑池会盟一事。渑池会盟是战国时期一次重大的外交事件，会盟的两方是秦国和赵国。虽说是“会盟”，但其中处处藏有杀机，可以说从一开始赵国就被置于十分危险的处境，幸亏赵国名臣蔺相如出马，才化解了紧张的局面。关于这场会盟，《史记·廉颇蔺相如列传》中有详细记载。当时秦国攻打赵国，夺取了石城，第二年，秦国又攻打赵国，杀死了两万人，公元前 279 年，秦昭襄王派人通知赵王，准备在西河外的渑池与赵王进行一次友好会见。赵国处于弱势一方，赵王对要不要去其实还是很犹豫的，因为毕竟有前车之鉴，当年秦昭襄王也是派兵一直攻打楚国，后来约楚怀王相见，楚怀王不听屈原的劝告执意前往，结果被秦王扣留，最后竟客死他乡。所以，赵王也不敢贸然行事，怕重蹈覆辙，便找人商量。廉颇、蔺相如都说：“大王如果不去，显得赵国太胆小了。”赵王被说服，只得硬着头皮前往，蔺相如陪同。

很快，秦王与赵王在渑池见面，一边设宴奏乐，一边饮酒谈天。秦王喝得高兴，便对赵王说：“听说你爱好音乐？不如弹个曲助助兴。”便把瑟交到赵王手中，赵王迫不得已只能弹上一曲。秦王立马派人把这件事情记录下来：“某年某月，赵王为秦王弹瑟。”蔺相如一看不高兴了，这不是羞辱我朝国君吗？上前一步说：“听说秦王擅长秦地的音乐，您不如来击盆缶，大家一起娱乐。”秦王好不容易占了便宜哪里肯答应，蔺相如立马变了脸色，大声说：“在这五步之内，我蔺相如就要把血溅到您身上了！”秦王勉强地敲了一下，蔺相如立马让赵国史官记录下来。秦朝的群臣说：“请赵国用十五座城池给秦王作寿礼。”蔺相如回答说：“请用咸阳城来给我王作寿。”这次会盟就这样结束了，秦国始终没压倒赵国。蔺相如也因为这次出使被封为上卿。

胡曾这首咏渑池诗表达了对蔺相如的崇敬之情，“能令百二山河主，便作樽前击缶人”身份尊贵的秦王，拥有百二山河的主人，也不得不击缶给赵王听，这全是蔺相如的功劳啊。赵国也正是拥有类似蔺相如这样的贤相、廉颇这样的猛将，才足以抗衡强大的秦国。又过了不到二十年，蔺相如死去，廉颇老矣，纸上谈兵的赵括几乎葬送了赵国全部的军队，辛辛苦苦打下的基业毁于一旦，令后人为之叹息！

# 长平：长平瓦震武安初——坑杀四十万人的白起下场如何

## 咏史诗·长平

唐·胡曾

长平瓦震武安初，赵卒俄成戏鼎鱼。
四十万人俱下世，元戎何用读兵书？

唐代诗人胡曾写了一百五十首咏史诗，全部都是七绝，咏长平是其中一首。公元前 260 年，秦军与赵军在长平交战，赵军惨败，全军覆没，损失四十余万人，以致赵国境内几乎无成年男子，国力大伤，再无力同秦国抗争，秦横扫中原只是时间问题了。

第一句用“气震长平瓦”典故，形容秦军声势浩大，威风凛凛。据史书记载，秦国打算攻击赵国要地阏与，派军驻扎在武安西面，擂鼓呐喊，耀武扬威，一时武安房子上的瓦片都被震碎了。赵王派赵奢领兵去救，赵奢知道秦军强大，故不直接去救武安，而是在离开邯郸三十里就坚壁不出，就这样守了二十八日以麻痹放松秦人警惕，趁其不防备急速出军，两天一夜就赶到距阏与五十里的地方驻军，又采取当时只是百夫长的许历的建议占领北山高地。秦军攻山不下，被赵军由上而下反攻，大败而去，阏与之围遂解。第二句中的“俄成”形容时间变化之快。阏与之战发生在公元前 269 年，而以后的长平之战赵卒被坑发生在公元前 260 年，中间相隔了九年时间。这九年之中发生了什么并不是诗中重点，所以一笔略过，阏与之战也同样一字不提，只突出秦军强盛。史载赵兵被围长平，四十六日不得食物，军士自相残杀，这种处境正如游在鼎中之鱼，等待死亡。限于七绝篇幅短小，诗人故意拉近了时间距离，前两句又产生了强烈的对比效果，让读者一眼就能看到秦军之强大，赵军之孱弱不堪。

后来的史实大家耳熟能详，纸上谈兵的赵括被杀，赵军投降白起的有四十万，白起只放了年龄较小的二百四十人回赵国通风报信，其余全部坑杀，制造了中国历史上的一大惨案，故曰："四十万人俱下世。""下世"就是死亡的意思。尾句紧接前句而来，"元戎"指赵军主帅赵括，赵括自小学兵法读兵书，连父亲名将赵奢都难不倒他，但是赵括只会纸上谈兵，赵奢评价赵括说："破赵军者必括也。"不料一语成谶。"何用"就是不须、不必的意思，用于反问句中表示肯定。那么主帅真的是不用读兵书吗？不是的，诗人的意思很明显，主帅需要实战，率军打仗时根据战场形势做出判断，而不能全部信奉兵书上所说。赵括没有做到这点而惨败也在情理之中了。

## 长平惨败赵括应该负全责吗

长平之战发生在今山西晋城高平市城北十公里处。这里群山环绕，中间地势则相对平坦，现在仍留有长平古战场遗址，埋葬着累累白骨，令人触目心惊。长平之战历史意义十分重大，如果我们翻看史籍及地图便不难发现，战国时期，占据中原的赵、魏、韩三国阻塞了秦军东进线路，尤其以赵国实力最为强盛。赵国在东方挫败了齐国，赵武灵王胡服骑射改革让赵军拥有一支在当时颇为先进的骑兵部队。武灵王死后，秦赵的实力其实也是处于一个相对平衡状态，秦军还在阏与惨败于赵军，直到长平之战后，局势才被彻底扭转。

长平之战的导火索其实就是上党郡的归属问题。上党郡原来是晋国领地，三家分晋后，韩、赵、魏各得上党郡一部分，如秦能获得上党郡，就相当于扼住三国之命脉。公元前 262 年，秦攻占韩国野王，实际上切断了上党郡与韩本土的联系，上党已为秦国囊中之物，韩桓惠王也有意将上党郡拱手出让。但这时韩国上党郡郡守冯亭却投降了赵国，将上党郡十七座城池全部献出，这样，赵国坐享其成，不费一兵一卒拿到上党大片土地。秦国自然大为不满，秦昭襄王派大将王龁强攻上党拉开了对赵作战的序幕，因此上党之战应该归在长平之战中。从这场战役开始，赵国一步步走错，最终酿成长平惨案，赵括当然也有责任，但将全部责任都推到赵括身上是不合理的。

首先，秦在攻上党时，赵国缺乏应对措施。冯亭在献上党郡投靠赵国时，赵内部曾就应不应该接受上党郡发生激烈的争论。赵孝成王很想得到这块土地，因此找来平阳君赵豹商量，赵豹对形势估量得还是很清楚的。他告诉赵王，韩国不想归顺秦国，无缘无故把土地让给咱们，这是想嫁祸于赵，秦国付出辛劳而赵却白白获利，秦一定不能接受。赵王又问了平原君赵胜和大夫赵禹，他们二人都觉得这是个大便宜，绝不能丢掉，于是赵王就高高兴兴地接收了土地。如果说这第一步接受上党郡就是个错误的话，第二步则又走错一步。上党郡地势险要，一旦拿下应当立即派兵驻守，然而赵王却错误地以为秦不会立刻进攻，直到秦将王龁打下上党郡，百姓纷纷逃往赵境，赵王才醒悟过

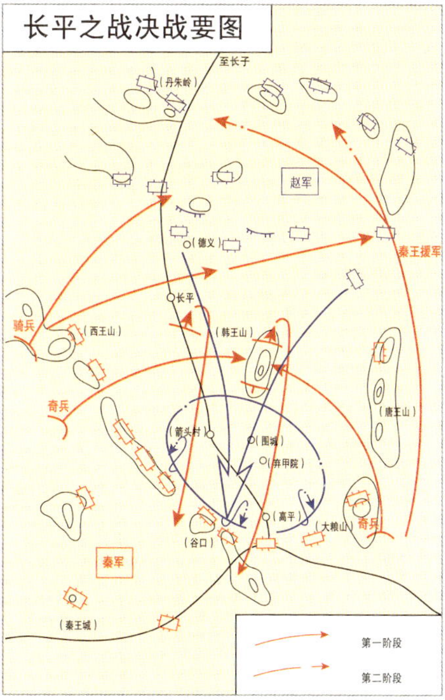


◎长平之战决战要图

来，赶忙派老将廉颇前往长平迎接百姓并作战，这时秦已攻下上党。赵军在战斗中处于相当不利地位，本来以逸待劳瞬间转成仓促应战被迫防守，在廉颇数次出战都失败的情形下，不得不坚壁不出。

其次，赵军粮草短缺，不能支撑持久战，只能速战速决。在秦赵长平僵持阶段，两方都损失惨重。赵被秦夺取西垒后就彻底闭门不出，任秦军数次挑战都不为所动。赵王反倒数次让廉颇出战，为什么呢？原因就是军队数量太过庞大，粮草跟不上。这一仗赵军出动了近五十万人，几乎调动了国内所有士兵，这么多人吃饭供给都是问题。秦军出击，赵军一退再退已经引起赵王的不满，何况国内条件根本不允许打消耗战。反观秦国，国力则处于鼎盛时期。公元前 278 年，秦攻破楚都郢，已无南顾之忧，同时控有巴蜀，粮草供应充足，并不惧怕相持。至于《史记》上记载，是赵王受了秦国的反间计，“秦之间言曰：‘秦之所恶，独畏马服君赵奢之子赵括为将耳。’赵王因以括为将，代廉颇。”秦人说自己害怕的是赵奢之子赵括，赵王果然就用赵括替代了廉颇。诚然，赵王中了反间计是原因之一，但最主要的原因还是赵国不能再等，而这时名将赵奢已死，廉颇被撤下，在这种情况下，或许换上一位更主动的帅才是好的选择，于是赵奢的儿子赵括也就临危受命了。

赵括当上主帅后立刻发兵进攻，确实错误判断了战局形势，加之又没有什么实战经验，自然不是名将白起的对手。秦军诱敌深入，出奇兵断赵军后路，粮道阻绝，赵军坚壁而守。秦王听闻消息亲自跑到沁阳，发动年龄在十五岁以上男子全部到长平去参与作战，赵军被围困日久，曾分成四队想要突出重围，可惜没有成功。后赵括亲率精兵突围，但被乱箭射死，四十万赵军全部投降秦国。白起以为赵军会反复，留着有后患，所以全部坑杀，制造了中国历史上一大惨案。

赵括指挥失误，赵军遭全歼，这个责任肯定是甩不掉了。但是赵括非常清楚形势，派自己来就是出战的，否则也不会撤下廉颇，于是率军猛冲秦阵，在被围后身先士卒勇敢突围，虽战死沙场，却也不至于落个身败名裂的下场。综合全局来看，赵国从一开始就没做好应战的准备，让赵括负担这么重的罪名实在有失公允。

## 白起的下场

白起，秦国名将，伊阙之战全歼韩魏联军，攻入郢迫使楚国迁都。长平一役重创赵国。平生大大小小七十余战未尝败绩，被封为武安君。就是这样一位声名显赫的将领，却不得善终，以自杀结束了戎马倥偬的一生。白起落得这个下场，有两个原因：其一将相不和，与范雎产生矛盾；其二，功劳太大，又自恃有功。第二个是主要原因。

◎白起像

公元前 260 年，白起拿下长平之后，本来想趁势一举攻破邯郸，赵国很害怕，就让苏代去说服秦相范雎，让他想尽办法阻止白起进军。苏代的说辞大概是赵国一亡，秦王就可以在中原称王称霸了，白起功劳太大，也将位列三公，到时候就压你一头，你甘心吗？这一说其实正戳范雎心头。范雎早年家境十分贫穷，又想为魏国建立功业，就投靠须贾当门客，后来随须贾出使齐。齐襄王知道范雎口才好，给他十斤黄金和酒，范雎辞而不受，须贾却告诉魏国宰相魏齐，说他收受贿赂，结果范雎遭受各种摧残，得赖于魏人郑安平的帮助，见到秦王为秦效力，才一步步走到今天。所以混到这个位子是相当不容易。能轻易让权力从自己手中溜走吗！因此，有大功劳的白起自然成了范雎的眼中钉肉中刺，于是范雎建议秦王接受韩、赵割地赔款，也可以让士卒休息。

秦王听从建议，这样范雎和白起就结下仇怨。

范雎这个人虽然很有谋略，却是个睚眦必报之人，换句话说就是有点小心眼儿。他当上秦相后报答了曾经帮助他的郑安平，却狠狠羞辱了须贾，并依赖秦王拿下魏齐的脑袋，所以他也不会放过机会，要将白起彻底打倒。但如果没有把柄，凭白起的声望地位想要扳倒他那是难于登天。恰恰就在这时候，白起犯了错误，将自己推向深渊。

白起犯的第一个错误就是推病不起。秦国后来又发兵攻打邯郸，命王陵为将军。刚一开始白起还在生病，病愈后秦王让他代替王陵，白起却认为“邯郸实未易攻也”，如果诸侯救兵到来，秦国一定会失败。连秦王亲自去请他，白起都不去，秦王又让范雎去劝说，白起干脆推托生病。这可让范雎抓住了把柄：当时你想趁势攻下邯郸，怎么这时候让你去打邯郸你又不去，不是伐功矜能吗？

白起犯的第二个错误就是在秦军失败时还幸灾乐祸。秦王见叫不动白起，让王龁代王陵去攻邯郸，结果吃了场大败仗。白起这时却有失时宜地说：“当时秦王不听我的，现在败了吧！”秦王听到后果然被激怒，派人强行让白起出来，白起推病；又像第一次让范雎去找，白起更是不来。这时，诸侯也在攻秦军，秦王终于派人赶着白起出来，还将他贬为士卒。范雎看时机已到，就和秦王、群臣商议，认为白起怏怏不乐，心有怨言，秦王遂赐白起自尽。白起仰天长叹说：“我本来就应该死，长平之战欺骗坑杀赵兵，足以让我死了。”于是自杀。

这样看，白起之死确实和范雎有关。但军事才能出众的白起显然无法应付政治上的斗争，加之他功劳太大，却居功自恃，不懂得藏拙，甚至连秦王也没放在眼里，故而有此结局，真是可悲可叹。

# 晋阳：已报周师入晋阳

## ——倾国的美女和哀伤的城市

### 北齐二首

唐·李商隐

其一

一笑相倾国便亡，何劳荆棘始堪伤。

小怜玉体横陈夜，已报周师入晋阳。

其二

巧笑知堪敌万几，倾城最在著戎衣。

晋阳已陷休回顾，更请君王猎一围。

晋阳古城旧址在今天的太原，在历史上是北方重镇，具有极为重要的战略地位，始建于春秋时期，在宋初被愤怒的宋太宗毁掉。晋阳这座城市的发展最为鼎盛之时应是在南北朝时期，因其为军事要冲，受到数代统治者重视，北方游牧民族和中原汉人在此融合交流，形成独特的文化氛围。《北齐二首》是李商隐有名的绝句，题为北齐。北齐是南北朝时期北方的割据政权，被北周所灭。高纬是北齐的第五个皇帝，他在位时荒淫成性，残害忠良。李商隐有感于史，写下了这两首诗借古讽今。诗中小怜就是冯淑妃，她是高纬的宠妃，高纬沉溺于她的美色之中，不理朝政，最终导致亡国。咏史诗的笔法之一便是从细微处着笔，以兴亡哀乐作对比。

## 香艳的套路

《北齐二首》的第一首开篇写到美人一笑，君主为美色所迷，便会导致亡国的悲剧发生。“一笑”典故出自西汉李延年的诗：“北方有佳人，绝世而独立。一顾倾人城，再顾倾人国。”“何劳”是用不着劳烦的意思，这句又用了个典故。晋代时有个人叫索靖，他预感到天下将要大乱，指着洛阳宫门口的铜驼说：“必定要见到你们埋在荆棘中了！”这句是说用不着等到宫门被荆棘埋没、国都沦陷才开始悲伤。这首诗前两句就已议论完，美色是祸根，君王沉湎不得，否则不用看就知道必定要亡国。后两句只是陈述客观事实，对前两句进行补充，运笔格外冷静，委婉成讽。冯淑妃向高纬进御之夜，北周军队占领晋阳战报已经传来。诗人在此处截取了个极具画面感的春宫艳图，玉体横陈，温柔之乡，令人不能自拔，然而此时的战场却形势严峻，北周军攻破晋阳，高延宗投降。如此一来，高纬在邺城也就失去了最后一道屏障。承光元年（577），邺城沦陷，高纬在逃跑时候被抓，北齐国灭。其实，冯淑妃进御之夜与晋阳城破并非同一时，但诗人却有意将这两个场景置于一处，这样就形成了鲜明对比，也更加深化了“贪恋美色便会导致亡国”的主题意蕴。

第二首仍是写高纬与冯淑妃。“巧笑”用《诗经》中的句子：“巧笑倩兮，美目盼兮。”形容美人的神态。敌，比得上、抵过，美人一笑足以抵得过日理万机。第二句用典故，据史书记载，武平七年（576），北周军队攻取平阳城，晋州告急，就在这时高纬和冯淑妃还在三堆打猎。“倾城”指美色，因为要打猎，所以冯淑妃身着戎装，这时也正是她最美的时候。此处诗人似褒实贬，冯淑妃虽然身着戎装，但居然是在如此危急关头陪君主打猎，置国家存亡、百姓战士生死于不顾。诗人写出这种反常现象，“最在”二字实为点睛之笔。第三句紧接上句，晋阳已被攻陷休要回头去看，这句话当是诗人借冯淑妃之口来劝高纬的，在这里，诗人却把地名给记错了，“周师取平阳，晋州告急”，当是平阳，并非晋阳。然而在古代检索资料自然不如现在这么方便，一般都是靠脑子记，记错也不足为怪。《北史·列传·后妃》所载：“帝将还。淑妃请更杀一围，帝从其言。”高纬听说平阳已陷，大事不好，正要回去，淑妃却请再围猎一次，于是高纬听从了她的请求。一边已是十万火急，大势已去，另一边却是打猎嬉戏，游宴享乐，还要再猎一围。这首诗同上一首一样，也是在尾句用了对比的写法，不发任何议论，只是选取两个特别的镜头放在一起，一个荒淫不作为的君主就活脱脱地出现在读者眼前，可见诗人写作手法之高超。前人十分赞赏两首诗的后两句，俞陛云的《诗境浅说续编》中说：“名都已失，戎马生郊，而犹羽猎戎装，掷金瓯而不顾。后二句神采飞扬，千载下诵之，声口宛然，词人妙笔也。”

冯淑妃究竟是谁，竟能把高纬迷得如此晕头转向呢？冯淑妃叫小怜，本来是高纬皇后的一个侍女。她十分聪慧，能弹琵琶，唱歌跳舞，高纬被其深深吸引，坐则同席，出则并马，还发誓许愿生死都要在一起。这后主也真是够痴情，可是这不只是痴情这么简单，而是近乎沉湎了。高纬和冯淑妃打猎后，马不停蹄赶到晋州，这时晋州已经失陷。高纬

◎晋祠圣母殿／天淡云闲 摄

下令士兵挖地道对城池展开猛烈进攻，城墙渐渐倒下，士兵正要趁机而入，高纬却不干了，“等等，朕的妃子小怜还没看到呢。”于是找人去请小怜。小怜这时候在干什么呢？原来正在梳妆打扮，这一等可延误了战机，周军赶忙用木头把缺口堵严实，齐军也就攻不进来了。

北齐亡国之时，高纬和冯小怜都被抓，高纬这时还惦记着她，到了长安后请宇文邕归还小怜。宇文邕是个有大气魄的人，他说：“我看待这天下就像是脱掉的鞋子一样，怎么会舍不得一个老妇人。”于是把小怜还给了他。都已亡国灭家，却仍想念着自己最宠爱的妃子，荒淫成性的北齐后主高纬确实无药可救。

## 如何毁掉一座城

晋阳有过辉煌之日，也有过伤心之时。如果说李渊于此起兵，最终建立唐帝国让它名噪一时的话，那么宋太宗赵光义一把大火，近乎不仁的做法让它变为废墟，又使之成为伤心之地。这是怎么回事呢，还得从宋对北汉作战说起。

北汉是五代十国北方的政权之一，其都城就在晋阳，这个王朝传祚虽然仅仅二十八年，却是个十分难啃的硬骨头。为什么？因为不但国土地形险要，最主要的是背后还有辽国契丹撑腰。北宋军攻晋阳可是大费周折，损失人马钱粮不计其数。为什么宋要全力拿下北汉呢？因为北汉在北方与辽国相接，都晋阳，南下十分方便，对宋政权构成一定威胁。宋一旦拿下晋阳后也就基本结束了五代十国割据局面，对发展自身经济，获得长治久安局面都有帮助。

早在后周时，赵匡胤就和北汉交过手，那时候赵匡胤还是禁军将领，北汉世祖刘崇轻敌，不想让契丹帮忙，还想让契丹人看他们是怎样击败后周军队的，因而贸然出击，结果吃了场大败仗，数万人损伤殆尽，逃回去的只有百余人。这一次后北汉彻底学乖了，决定安安心心地抱住辽国这个大腿，据守晋阳。北宋建国后，宋太祖赵匡胤深知北汉不好对付，与其长时间耗在此处不如先去统一相对容易点的南方。北汉知其暂时无暇北顾，经常出兵骚扰宋境，这让赵匡胤憋着一口气。宋开宝元年（968），赵匡胤命手下大军，其中不乏李继勋、曹彬等大将大举攻汉。此时北汉内部正经历一场动乱，刘钧病逝后传位给刘继恩。刘继恩没什么才干，被侯霸荣杀害，最终刘继元继承皇位。赵匡胤看到这是个好时机，迅速进军，一路打到晋阳城下，本来以为这下十拿九稳，还派人去让刘继元投降。刘继元赶忙求助于契丹。辽军南下。宋军打不进晋阳，撤军之时自己的晋、绛两州反倒被抄袭。赵匡胤气不过，又过了一年，也就是969年，宋太祖亲征北汉，又是打到了晋阳城下。北汉军民一心，据险力守，宋军连攻三个多月，各种方法都用上了，甚至还在外面修建一圈城墙把晋阳包围住，仍是没有攻破。辽军援军一到，宋军又遭惨败。直到976年，宋太祖第三次出师伐北汉，八月宋军与北汉、辽相持于城下，不料十月宋太祖离奇暴毙，宋太宗即位，立刻召回北伐之师。最终宋太祖三次出师北汉全因辽国的帮助无功而返。

◎永祚寺双塔／天淡云闲 摄

太平兴国四年（979），在经过一段时间发展与筹划，宋太宗继承赵匡胤遗志，再次出兵北汉。这次宋太宗吸取了前面的教训，鉴于每次攻晋阳辽都会插手帮忙的情况，决定阻击辽援，再全力攻城。这次进展比较顺利，从二月开封出师，打到晋阳是四月，仅仅花了两个月的时间，将辽援军耶律沙打败，宋军包围了晋阳。猛烈攻城的同时引汾水灌入，使城内一片汪洋，最终刘继元宣布投降。这场耗时长久的战役终于结束。对宋来说，损失千军万马与数以万计的钱粮，对北汉晋阳来说，则是一场灾难，晋阳经北宋多次强攻后早已千疮百孔，宋太宗赵光义更是下决心毁掉晋阳城。

晋阳城，是座历经千年的历史古城。这里与三家分晋的传说有关；北魏权臣高欢在这里手握兵权，睥睨中原，最终起兵南下铲灭尔朱氏；李渊在这里起兵，一统中国，代隋为唐。宋太宗历经千辛万苦夺下晋阳后，也许是出于愤恨，也许是出于惧怕这里再出现个真龙天子，先将晋阳城内居民移走，再放火烧了晋阳。晋阳城最终在一片火光中化为废墟，留给后人无数嗟叹。

赵光义毁掉晋阳后，又出于国防需要，让大将潘美在晋阳故城东北三十里重建新城，起到防御北方的作用。世传潘美在修建新城时故意将街道改成丁字路而不修成十字街，意为钉死晋阳龙脉。又有解释说这样的道路可有效防御辽国骑兵。但晋阳被毁确实让北宋失去了北方一道屏障，百年后金兵南下势如破竹，一路打到汴京，北宋两个皇帝徽宗、钦宗也体验到北汉刘继元当亡国奴的滋味了。

# 鹳雀楼：更上一层楼

## ——因魅力太大引发的争议

### 登鹳雀楼

唐·王之涣

白日依山尽，黄河入海流。
欲穷千里目，更上一层楼。

鹳雀楼是四大名楼之一，位于今山西省永济市蒲州黄河东，始建于北周宇文护军镇蒲州时，原楼在宋金时毁于战火中，或说是之前毁于洪水。故元代王恽在写下《登鹳雀楼记》时说“获登故基，徙倚盘桓”，可见那时只剩下一部分台基。现在的鹳雀楼是在二十一世纪初经过专家学者商定选址重建而成的。足下河水滔滔流去，与名楼相呼应，真是中原一大奇景！登楼远眺河水落日融为一体，裹挟着千年历史尘埃滚滚远逝，使人心潮澎湃，感慨不已。唐代就有许多诗人到此游历，为这壮丽景色吸引而提笔赋诗，是以这里有再多的名篇佳作也不足为奇。我们最熟悉的当然是王之涣的这篇《登鹳雀楼》（一作《登鹳鹊楼》）。

王之涣是唐代著名诗人，虽留诗仅有六首，但几乎篇篇有名。唐代一些诗人写诗追求的是质量，在精不在多，一两篇能出名就足够，比如张若虚的《春江花月夜》，“以孤篇压倒全唐”之评确实有些夸张，但就质量来看，放在唐诗中绝对是数一数二的。又比如崔颢，除了他的诗作《黄鹤楼》，大家还能背得出几首他的作品？但也就是这一篇

◎鹳雀楼

千古绝唱，让大诗人李白掷笔，感慨道："眼前有景道不得，崔颢题诗在上头。"

王之涣的名作《登鹳雀楼》，只有二十个字，却气象雄浑，波澜壮阔。后来吟咏鹳雀楼的诗很多，然而和王之涣这首比起来，都要逊色一些。这座楼也因这首诗而声名大噪。

由于此诗太有名了，这里也不作过多赏析。前两句写登楼眺望所见之景色，气势雄浑壮阔，"依"和"入"两个动词用得极好，那白日、黄河似乎都活了起来。这两句气魄如此之大，似乎意思已经写尽，后两句非要有大手笔才能撑得住。第三句诗人笔锋一转，将整首诗推到一个新的层面，要想看到远方更壮丽的景色，须要再登上更高的楼层。我们仔细品味后两句，精神会为之一振，这种积极进取、昂扬向上的姿态，正是盛唐诗人精神风貌的体现。

## 魅力太大而引起的争议

王之涣的这篇《登鹳雀楼》魅力大，很多人对其赞赏评点，还有人对这首诗的作者产生质疑，认为并非王之涣所作。这首诗旁题为王之涣所作，最早见于宋代李昉等编的《文苑英华》一书，这部书成书时间为公元986年，距王之涣活动时期已经有两个半世纪。唐代时有个叫芮挺章的人，编了一部书叫《国秀集》，此书编于天宝三载（744），就年代来看比《文苑英华》早，所载的诗与作者应该可靠很多。《国秀集》里收了这首诗，但署名为处士朱斌所作。处士也就是未做过官的士人。于是就有些人认为，这首诗真正的作者应该是朱斌，而非王之涣。至于李昉编书时误署名王之涣，应该是没有见过《国秀集》，又不知从哪里得来的消息。

然而我们若仔细考辨一下，这样的说法未必能站稳脚跟。首先，《文苑英华》是官修类书，是宋太宗亲自下令李昉、徐铉等人编纂，以凸显他的文治武功。如果不谨慎，肆意乱改作者，不是打自己的脸吗？那么署名为王之涣，一定是有根据的。宋初时，鹳雀楼仍存，距这首诗题写时间过去了两百多年。唐代诗人喜欢在名胜处题诗纪念，倘若放在今天是损坏文物乱写乱画，在当时却是风气使然，所以才有李白登黄鹤楼看到崔颢的诗不敢动笔的故事。这首诗当年题写在壁上，应该被很多人传抄下来，故李昉等人编书时会根据以往资料慎重考虑，他们甚至还有可能亲自去楼上探看一番，也许墨迹仍存。当然，由于年

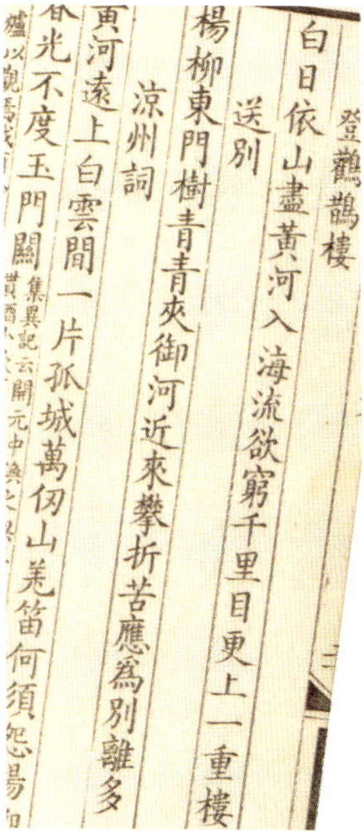
登鸛鵲樓
白日依山盡黃河入海流欲窮千里目更上一重樓
送別
楊柳東門樹青青夾御河近來攀折苦應爲別離多
涼州詞
黃河遠上白雲間一片孤城萬仞山羌笛何須怨楊
春光不度玉門關

◎王之涣《登鹳鹊楼》书影（清）

代太久，壁上字因风化剥落也是有可能的，这也成了如今存有争议的原因。

其次，《国秀集》经唐五代战乱以后散佚，增删情况是会有的。重新问世是到了宋代元祐时期，唐代刻本较少，这本书如果是在传抄中被人妄改也极有可能，且这部书在编选上有自己的特色，即“风流婉丽”。什么意思呢？就是选的诗歌都是一些风格柔美、音韵和谐之作，对于有大气象、豪放的诗则选取很少，因此李白、岑参等人的诗是一首也没选，选了王维的七首诗，这七首诗都偏近于谐婉流转风格，如王维其他名作《使至塞上》《观猎》这种豪放风格诗并未入选。如此就带来一个疑问，按选取标准，《登鹳雀楼》这类诗作应该很难入选才对，就算入选这类诗作也应是名诗人的作品。事实正是如此。全书入选风格偏于豪放的诗基本上都是有名的诗人所作，何以仅选一首名不见经传的布衣朱斌之作呢？在同卷之中，也选了王之涣的三首诗，就说明这首诗有可能在传抄中被单列出来，又让人篡改了名字。

当然，古书散佚、流传、增删这个问题比较复杂，我们不能妄下结论，但就千百年评说，认可是王之涣所作的还是多数。

关于此诗还有个问题，是诗的内容上的问题。我们一般理解为作者写这首诗时的心态是积极向上的，表达的也是一种努力进取、高瞻远瞩的人生观。不过也有人提出质疑，认为“白日依山尽”表达的是盛年难再、光阴流逝之感，比如曹植的《名都篇》“白日西南驰，光景不可攀”即是此意；“黄河入海流”则更进一步说明时光一去不复返的道理，如孔子曾站在河岸边说：“逝者如斯夫，不舍昼夜！”而登楼又多与心情惆怅、苦闷，不得施展才华抱负联系在一起，如杜甫诗中曾有“花近高楼伤客心，万方多难此登临”的句子，所谓伤心正是因为登高望见满目萧条多难的景象。至于宋代词人辛弃疾则有《摸鱼儿》：“休去倚危栏，斜阳正在、烟柳断肠处。”也是由登高望远而引发的伤心。因此这首诗的意义就全变了，即诗人一生不得志，而借登楼排泄苦闷。

但是，诗是一个整体，我们并不能拆开诗句臆测而形成一个结论。盛唐时，诗歌的风貌是明显向上的。诚然，王之涣是不得志，但就《唐才子传》记载，王之涣是个少年时就有侠气，好纵酒击剑悲歌，工诗文，喜好交游名士之人。另有一篇给王之涣作的墓志铭说："会有诬人交构，公因拂衣去官，遂优游青山，灭裂黄绶。夹河数千里，籍其高风；在家十五年，食其旧德。雅淡圭爵，酷嗜闲放。"大致意思是有人诬陷他，王之涣就拂袖而去，优游山水之中，闲适放达，是一个很有"高风"的名士。综合来看，以王之涣的性格和日后优游山水之事，他并没有受到离官的影响，也谈不上是登楼排解心中苦闷。再读《登鹳雀楼》文本，"更上"明显就是一种积极向上的心态。如果前面可以那样解释，到这里则解释不通。所以我们宁愿相信这首诗绝不是抒发什么忧愁烦闷，而是体现盛唐文人的自信、大气。

## 另一首登鹳雀楼的诗

写鹳雀楼的诗，中唐至唐末则完全是另一种气象，举李益《同崔邠（一作颁）登鹳雀楼》一诗就能略窥大概，这首诗同样也很有名。

鹳雀楼西百尺樯，汀洲云树共茫茫。汉家箫鼓空流水，魏国山河半夕阳。事去千年犹恨速，愁来一日即为长。风烟并是思归望，远目非春亦自伤。

诗人同样也是登高眺远，但跟王之涣所见的景致、心中的情绪则完全不同。前两句写登高远眺，只见汀洲和云树混在一起，茫茫一片，首联就写出一种迷离怅惘的意味，为全诗情感定下基调。颔联又说汉家箫鼓随着流水不闻不见，昔日魏国山河也隐入夕阳之中。由此发下大感慨：事情已经过去千年了，仍遗憾过得快，忧愁到来就算一日也觉得太长。就历史来看，一转眼已成往昔，千年也是短暂的，但就个人来说，一日之愁未免也太长了！下面揭示出忧愁的原因：一是由登楼望远而产生想要回归家乡的想法；二是“自伤”，而“自伤”又是和“非春”紧密结合在一起，意即春日美好光景不再，国家衰落战乱，自伤与伤国、伤离交融在一起，所以读起来凄怆动人。

李益是唐大历年间的著名诗人。大历时期的诗歌与盛唐诗歌对比就能看出其中发生的显著变化，此时的诗作大多表现一种孤独冷漠的情绪，格调自然衰弱了，却有着自己的特色。倘使将这首诗置于盛唐诗人集子之中，很可能一眼就看出这衰飒诗风与积极进取的盛唐诗风有些格格不入。对比李益这首诗和王之涣的《登鹳雀楼》不难发现，李益才是真正登楼抒愤的那个人，而在王之涣的诗中读出孤情之意，显然是被过度解读了。

# 普救寺：待月西厢下

## ——张生是痴情种还是负心汉

### 答张生

唐·元稹

待月西厢下，迎风户半开。
拂墙花影动，疑是玉人来。

元人王实甫所作的《西厢记》几乎妇孺皆知，这部元杂剧成功地塑造了崔莺莺、张生、红娘的形象。“愿普天下有情人都成了眷属”的愿景，写出了爱情的心声。书生张拱在普救寺偶遇已故前朝崔相国之女崔莺莺，对她一见钟情。判将孙飞虎听说莺莺美貌率兵来抢。张生修书武状元杜确，计退了孙飞虎。在酬谢席上，崔老夫人却不遵守“能退贼寇以莺莺妻之”的承诺，以崔莺莺已许配给郑恒为由，让张生与崔莺莺结为兄妹，再另择娶豪门大户女。可是张生早就对崔莺莺一见钟情，回去后十分痛苦。这时红娘给张生出谋划策，让他上演一出“琴挑卓文君”的好戏。正当张生要一诉爱慕之意，红娘却以老夫人传唤为由将莺莺叫走，张生如霜打的茄子，彻底蔫了，一病不起。后来崔莺莺听说张生病了，叫红娘来探望，张生抓住这难得机会托红娘给莺莺带去一封信，并在后面附了一首五言诗，本篇引诗即是崔莺莺回复张生的一首诗。这首诗其实出自唐代元稹的《会真记》，王实甫在《西厢记》里直接引用了。

诗句的意思很简单，月明中天之时我在西厢等待，清风

◎ 今普救寺内景 / 王云珊 摄

吹得屋门半开，看到墙上的花影动，以为是等待的有情人来了。张生看到这首诗喜不自禁，高兴地给不识字的红娘解释这首诗：“‘待月西厢下’着我月上来；‘迎风户半开’，他开门待我；‘隔墙花影动，疑是玉人来’，着我跳过墙来。”张生自作聪明，将后两句解释为让自己跳墙过来，傻得可爱。结果张生果真翻墙去找莺莺约会，这一举动把莺莺吓了一跳，她故作恼怒，指责张生不懂礼节，还要把张生扯到夫人那儿去说理。这一招着实把张生吓得不轻，病也越来越重了。

《西厢记·第三本·张君瑞害相思》写得极为巧妙，将痴情鲁莽的张生、故作矜持状的崔莺莺刻画得活灵活现，令读者印象深刻。后来在四大名著《红楼梦》里，宝玉和黛玉共同读“西厢”成为一个经典情节，不过他们读的是《会真记》，是杂剧《西厢记》的前身。宝玉趁机撩拨黛玉说：“我就是个‘多愁多病身’，你就是那‘倾国倾城貌’。”“多愁多病身”是张生，宝玉用来自指，“倾国倾城貌”说的是崔莺莺，用来指黛玉。黛玉听了之后满脸通红，说这是淫词艳曲，还要去告状，宝玉吓得赶紧道歉。这也从侧面上反映出“西厢”中描写的崔张爱情是开放热烈的，在封建礼法森严的社会并不被接受。但人类的情感往往会在缝隙中成长。

## 普救寺：张生与莺莺爱情发生地

山西省永济市蒲州古城附近有一座非常有名的寺院，这就是普救寺。张生、崔莺莺的爱情在这里萌发，这座寺庙也因《会真记》《西厢记》而传名海内外。元稹在《会真记》中写道："蒲之东十余里，有僧舍曰普救寺，张生寓焉。"可见普救寺在唐代时就已经有了，最早建造年代可以追溯到隋初，后来唐代有一位叫释道积的高僧在此基础上续建。《蒲州府志》上还记载着一段有意思的传说。普救寺原名西永清院。五代时天下大乱，后汉朝郭威将军讨伐李守贞，围困了蒲州很久都未攻下，郭威就召集寺中僧人商量对策。僧人说："将军如果能发善心，这座城就能攻破。"郭威折箭为誓，第二天果然攻破了，他也不杀一人，改寺院名为普救寺。现今，这座寺庙中许多建筑还与张生、莺莺的爱情故事有关，如梨花园，崔莺莺一家到普救寺的临时寓所，书中的张生就是从这里翻墙和莺莺私会的。

◎ 今日殿宇嵯峨的普救寺 / 王云珊 摄

为什么选择这样一座佛寺作为两人爱情的发生地呢？这里也体现出作者的良苦用心。其实《西厢记》的前身《会真记》中，就将这里设置为故事发生的场景了，到了王实甫的《西厢记》，普救寺也同故事情节融为一体，并且有较为深刻的寓意，变得不是那么可有可无了。

《西厢记》为我们展示的是以崔老夫人为首的封建势力与张生、崔莺莺、红娘为代表的追求自由恋爱，反叛礼教者之间的矛盾冲突。王实甫特别用心地延续了这一场景。佛寺在常人心中一直是庄严、肃穆的地方，偏偏在这个地方发生了大胆的爱情故事，冲破了保守封建牢笼枷锁的束缚。

《西厢记》第一本楔子交代了故事发生的背景，崔相国死了，崔老夫人带着崔莺莺扶柩安葬，因道路受阻，便在普救寺内停驻。恰巧张生也路过此地，见到容貌俏丽的崔莺莺。结果这座可以容纳三教九流的佛寺，造就了张与崔的姻缘。试想一下，如果换做是其他地方，以张生落魄文人的身份，未必能进去轻易地见到崔莺莺。故事情节也紧紧围绕普救寺这个场景展开。崔老夫人治家严谨，莺莺正值青春年少，一举一动被封建礼仪禁锢着。张、崔二人相遇在佛殿之上，莺莺离开佛殿时“回顾——觑末——下”的举动，表明了她春心萌动，向往接触异性。普救寺内，既有寺庙建筑，也有花圃园林，前门和佛殿场景比较庄严，因此二人的爱情在这里发生得比较少，而后花园特别是梨花深院的场景相对开放，带给人的是轻松的氛围，于是承接了大部分戏份，如“请宴”“赖婚”“逾垣”“拷红”都在此处发生。在佛祖的注目下，张生和莺莺完成了相遇、互生爱恋到团圆，如此更能显示出大胆追求爱情行为对封建礼教的强烈冲击。

## 痴情种还是负心汉？

张生到底是痴情种还是负心汉？这取决于故事结局。早在唐代，诗人元稹就写过传奇小说《会真记》，又叫《莺莺传》。这是董解元《西厢记诸宫调》和王实甫《西厢记》的前身。这篇小说仅有三千余字，却完整曲折地描述了张生与崔莺莺相知、相悦、相欢到张生翻脸不认人、另娶他人的故事。崔莺莺从最初的初见时两腮飞红，到义正词严以“礼”来数落张生跳墙，到后来自荐枕席，一夜春梦，完成了“情胜礼”的转变，可惜她最后的结局却是十分悲惨。张生赴京赶考，留下独守空房的莺莺，莺莺给张生寄去长信，言辞凄楚动人，然而这都打不动铁石心肠的张生，张生毅然和她决绝，理由很是荒谬可笑：“历来的绝代佳人都是红颜祸水，例如商纣王的妲己，周幽王的褒姒，她们都害得国君身死国灭，而我张生更没有能力战胜妖孽，只能控制下感情。”张生将崔莺莺称为妖孽很是绝情，之后崔莺莺嫁人，他也另娶妻子，但不知怎么又旧情不忘，以表兄的身份瞒着崔莺莺的丈夫请求与她会面，结果遭到拒绝。这一故事看下来，相信读者对张生的印象会大为

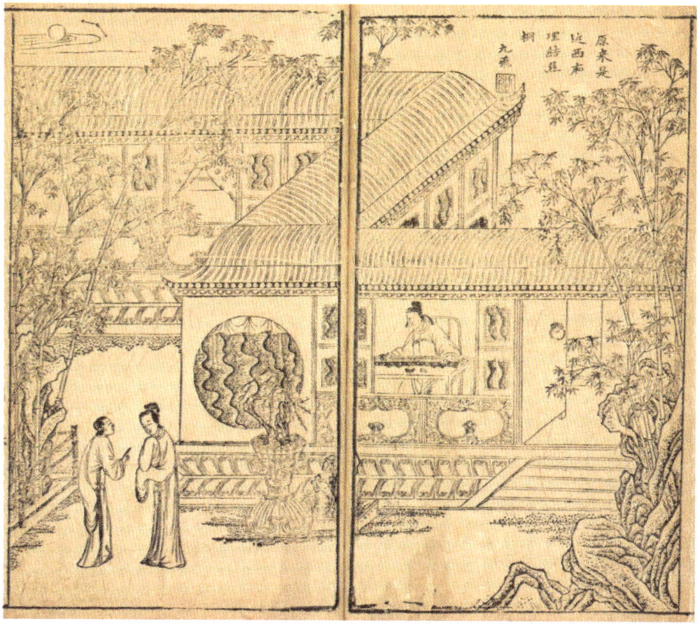


◎《新刻魏仲雪先生批点会真记》书影（清）

改变，原来是个十足的“渣男”啊。这是后来一些以爱情为主题的传奇和杂剧的模式化内容，即男子“始乱终弃”，往往是男子考取功名或另有所爱，抛弃最初的恋人，造成悲剧结局。

到了王实甫的《西厢记》，张生却从“渣男”瞬间变为好男人。张生不仅有智谋，更难得的是有一颗一心一意不变之心，他为崔莺莺神魂颠倒，爱她爱得是那么纯粹。当老夫人得知崔莺莺和张生的私情后，气急败坏，拷问红娘。老夫人理屈词穷，稍微退了一步，但又提出条件，逼张生考取功名，才答应二人亲事。《西厢记》和《会真记》的情节都走到同一步，即赴京赶考。结果又如何呢？《会真记》中，张生抛弃了莺莺；《西厢记》中张生考上科举，高高兴兴地回来迎娶莺莺。老夫人本来还打算赖婚，然而已经许定亲事的郑恒自讨没趣一头撞死，于是成全了这一对神仙眷侣。

“愿天下有情人都成了眷属”至今还在一些青春偶像剧中听到，这句话出自王实甫之口。他在作品中对“情”的关注可谓是空前的。关汉卿也在《拜月亭》中提出：“愿天下心厮爱的夫妇永无分离。”另一位元杂剧作家白朴在《墙头马上》中提出：“愿普天下姻眷皆完聚。”我们对比一下不难发现，虽然都是喊口号，关汉卿、白朴的祝愿仅仅局限于夫妇之间，而王实甫明确指出是“有情人”，这在当时“父母之命、媒妁之言”的婚姻背景下，具有很强的现实意义，矛头直指不合理的封建礼教，无疑是给旧时代人们一针有力的强心剂，鼓励人们大胆地去追求爱情生活。王实甫的《西厢记》处处渗透着“情”，若用《会真记》和《西厢记》作一对比，就能发现《西厢记》独特魅力所在。

# 潼关：飞鸟不能逾
## ——唐玄宗自毁长城的昏招

### 潼关吏

唐·杜甫

士卒何草草，筑城潼关道。大城铁不如，小城万丈余。
借问潼关吏，修关还备胡？要我下马行，为我指山隅。
连云列战格，飞鸟不能逾。胡来但自守，岂复忧西都？
丈人视要处，窄狭容单车。艰难奋长戟，万古用一夫。
哀哉桃林战，百万化为鱼。请嘱防关将，慎勿学哥舒。

杜甫的“三吏三别”指《新安吏》《石壕吏》《潼关吏》和《新婚别》《无家别》《垂老别》都是无复依傍、即事名篇，写出了战争对人民的影响，自己的漂泊落寞孤寂生涯。这首《潼关吏》是借潼关吏的话反映“安史之乱”有名的桃林塞一战，据考此诗作于唐肃宗乾元二年（759），是“安史之乱”进行的第四个年头。诗题下另有小注云：“安禄山兵北，哥舒翰请守潼关，明皇听杨国忠言，力趣出兵，翰抚膺恸哭，而出兵至灵宝潼关遂失守。”大意是安禄山叛军到来，哥舒翰守护潼关，唐玄宗听信杨国忠的话催促哥舒翰出兵击敌，结果哥舒翰的军队在灵宝失利，潼关遂失守。

诗的前四句写诗人眼中的潼关，士卒多么辛劳，在潼关道上筑城，“草草”是辛劳的意思，大城小城比铁还要坚固，它依山而建有万丈那么高，这里“大城”“小城”两句应当作互文来理解。接下写诗人与潼关吏的问答，诗人发问道：

"你们修这个关隘是要防备叛军吗？"于是潼关吏请诗人下马，带他查看山隅情形。此处笔锋一转，从"连云"句到"万古"句都是潼关吏的回答，在借潼关吏口说出关隘险要时并没有大肆铺叙，而仅仅以两句带过却十分生动精确。"战格"指"战栅"，"战栅高入云端，甚至连飞鸟都不能越过。叛军来了只需要自守即可，哪里用得着担心西京呢！"从这两句可以看出，凭恃天险，在这里守关非常自信。潼关吏又对诗人道："你看这山口要冲，窄的地方仅仅能容得下一辆车过去，在这里挥动长戟看守，用一个人就可以了。""一夫"出自《淮南子·兵略训》，所谓一人守关，千万人也过不去，指地形险要。听完潼关吏一番话，诗人没有跟着高兴，而是陷入沉思，发为感慨，"桃林战"指的是"桃林塞之战"，大约在河南灵宝附近。这里唐军遭叛军重创，所以说"哀哉"，许多将士也随之葬身河水中。"请嘱咐守关将领吧，一定不要学哥舒翰。"诗人的语气是痛心抱憾的。为哥舒翰轻率出战葬数万守城将领于鱼腹而痛心，为唐王朝随意丢弃潼关天险而抱憾，如此一来，叛军便再无阻挡，直趋长安了。

这首诗既写诗人亲眼所见，又写与潼关吏的问答，这种问答入诗在"三吏三别"中很多地方都见到，也是杜甫古乐府诗中颇有特色的创作手法。诗句娓娓道来又饱含着诗人深切的感情。

## 古来天险话潼关

潼关在今陕西省渭南市，依水靠山，具有得天独厚地理优势，北有渭川、洛川，南边依靠秦岭，西边又近华山，扼住西安至洛阳要道，是连接两京大门之锁钥，又是关中的门户。谈到关中不得不说潼关。潼关在冷兵器时代为兵家必争之地，在这里发生过数次战争。东汉末年，曹操设潼关防止羌民作乱威胁洛阳，并在建安十六年（212），与马超、韩遂在此地大战，最终曹操军队取胜，基本结束了关中军阀割据局面。

南北朝时期，刘裕出兵伐秦曾攻打过潼关。东魏、西魏对峙，高欢、宇文泰都曾率军攻守潼关。潼关可谓见证了大大小小战役、朝代的兴衰更迭。

潼关自汉代建立以来，经过多次迁徙，隋朝大业七年（611）是第一次迁徙。唐朝天授二年（691）潼关又经历了第二次迁徙，移近黄河北岸。这样潼关不仅能够居高临下抵挡外敌进攻，还可以较为容易地控制黄河水道。唐潼关遗迹如今踪影全无，但根据史料、文献、作品中零星记载隐约能见当时关隘之险峻。当时潼关建有四门，如韩愈诗中所言“日出潼关四扇开”。“四扇开”即四门开的意思。除此外还建有关楼，城外有堑沟，关内建筑也甚是雄伟。唐代诗人许浑《行次潼关题驿后轩》诗有“飞阁极层台，终南此路回”句。“飞阁”是古代宫殿楼宇间连接的跨道，可见当时潼关内许多高台由跨道连接，与城池相互呼应。唐代的潼关扼守水陆交通要道，真可谓“一夫当关，万夫莫开”，杜甫诗“连云列战格，飞鸟不能逾”所言非虚。唐朝统治者凭借极佳的战略眼光将潼关设在最为险要的位置，也正因此，其后宋、金、元、明、清历代统治者都没有再迁徙潼关，在其故址扩防。

◎今日潼关

唐朝的兴衰与潼关有着很大关系。首先李渊晋阳起兵迅速渡过黄河守住潼关，将其余反隋力量拒之门外，为而后打下长安奠定良好的基础。“安史之乱”，叛军一路西进，安禄山本与唐军僵持进退两难，因为攻下潼关才能毫无阻挡地直扑西京，最终打碎了唐王朝的盛世美梦。广明元年（880），黄巢起义军攻下洛阳，仅十多天便直指长安，使唐僖宗及臣民如釜中游鱼。广明二年（881），唐僖宗仓皇逃往四川，给本来就摇摇欲坠的唐王朝又一记重击。

## 玄宗的一着“坏棋”

哥舒翰是唐朝的著名将领。李白诗《答王十二寒夜独酌有怀》其中有五句这样写道：

君不能学哥舒，横行青海夜带刀。西屠石堡取紫袍。吟诗作赋北窗里，万言不值一杯水。

诗中的“哥舒”就是哥舒翰。李白说友人王十二“不能学”哥舒翰跨刀横行青海，攻取石堡城以博取功名，在北窗下吟诗作赋，千言万语还不如一杯淡淡的清水。用哥舒翰的穷兵黩武换取皇帝欢心与王十二甘于寂寞自斟自吟作对比。这里“西屠石堡”指的是著名的石堡城之战。唐天宝八载（749），时任陇右节度使的哥舒翰夺取吐蕃军事要地石堡城（今青海湟源西南）。吐蕃占据石堡城后以此为攻击唐河湟之地的据点，石堡城易守难攻，唐军数次出征皆无功而返。哥舒翰统领六万余人，最终以伤亡万余人的代价攻下石堡城，李白对哥舒翰的这种行为并不赞许，诗里的“屠”字可能更多地指的是唐军战士的白白牺牲。紫袍是唐朝三品以上官吏穿的服装。这场大战获胜后，玄宗大大奖赏哥舒翰，不仅擢其为鸿胪员外卿，还给了他儿子一个五品官。

玄宗本来对这样的骁将很是信任的。天宝十四载（755），安禄山反叛，封常清战败，玄宗立马召见哥舒翰，任其为太子兵马元帅，与诸将等二十万军队共同镇守潼关，还亲自到御政楼慰劳遣送，命百官饯别。其时安禄山虽然已经攻占了河北、洛阳，但他对所经之处进行大肆杀戮，人民对他恨之入骨，因此并未得到支持。郭子仪、李光弼率领的唐朝军队已经潜行到叛军后方，攻占了常山等十多个郡。安禄山得知消息害怕自己老巢不稳，前方又攻不进去，有点后悔起兵，打算回到幽州固守。郭子仪和李光弼劝玄宗令哥舒翰不要出关迎战，只须据守，这样可以让在河北的唐军迅速直抵叛军老巢，不出几个月便可取安禄山人头。

宰相杨国忠是杨贵妃的族兄，年轻时候是个小混混，后来凭借杨贵妃得宠而飞黄腾达。哥舒翰借机除掉安思顺和安之贞，让本来就与哥舒翰有些矛盾的杨国忠害怕了，加上听到有人劝哥舒翰留精兵守潼关，挥师西向除掉自己，于是打算先下手为强。他日夜劝玄宗命哥舒翰出兵迎击叛军，说哥舒翰的坏话。唐玄宗竟然听信杨国忠命令哥舒翰出击。哥舒翰知此行凶多吉少，大哭着出关，在灵宝遭叛军的伏击，几乎全军覆没，自己也被崔乾佑俘虏。唐玄宗此举可谓糟到极点，将原本的大好形势拱手出让，河西、陇右、朔方等地精兵几乎损伤殆尽。

◎ 潼关岳渎公园落日

安禄山夺下潼关后再无阻挡，一路挥师而下将玄宗赶出长安。

玄宗此举不禁让人想到南北朝时期的宋文帝刘义隆，疑檀道济有变，杀掉这位北伐功臣。檀道济被捕时掷帽怒喝：“你自己破坏掉万里长城！”后来北魏多次威胁宋，甚至打到了长江北岸的瓜步。文帝登石头城北望，后悔道：“如果檀道济还在，怎么会到今天这个地步。”庆幸的是，终文帝一生，北魏对宋都无法构成实质性威胁。而唐玄宗这一步棋无疑是将唐之“长城”毁得更彻底，也将自己推向深渊。

杜甫曾极力赞美哥舒翰，如其长诗五言排律《投赠哥舒开府》前四句写道：

今代麒麟阁，何人第一功。君王自神武，驾驭必英雄。

麒麟阁是汉武帝刘彻所建，坐落在未央宫中，后来宣帝刘询命画十一功臣像于麒麟阁中以纪念表扬。杜甫诗开篇说“何人第一功”的意思不言而喻，将哥舒翰列为“当代麒麟阁”功劳最大的人。玄宗是神武君王，所以哥舒翰也一定是英雄。这四句将哥舒翰大夸一通，与后来潼关吏中所写的“慎勿学哥舒”的批评真是有别天壤。多有史学家将这次潼关失守的原因解说为君臣猜疑得以被叛军利用，其实哥舒翰自身也有一定原因。《旧唐书》中记载哥舒翰不爱惜士兵，不问士兵饥渴，甚至连朝廷发给士兵制战袍的衣物也私藏起来，稍微得势就除掉与自己有矛盾的安思顺等人，这些也是最终导致其失败的原因。

# 司马祠：不失孟子直——史家之绝唱

## 司马迁

宋·王安石

孔鸾负文章，不忍留枳棘。嗟子刀锯间，悠然止而食。

成书与后世，愤悱聊自释。领略非一家，高辞殆天得。

虽微樊父明，不失孟子直。彼欺以自私，岂啻相十百。

历史上真实的励志鸡汤，总少不了太史公司马迁。司马迁在极其困难的条件下完成《史记》，成了众多人心目中的偶像，而王安石就是他的一位忠实的粉丝。这篇咏司马迁的五言古诗，赞颂了《史记》一书，并高度评价了司马迁的人格。首句以孔鸾作对比，目的是为了引出司马迁。“孔鸾”指孔雀和鸾鸟，“文章”指美丽的花纹，这里指羽毛。“枳棘”即枳木和棘木，多刺，以喻险恶环境。因为孔雀和鸾鸟爱惜自己的羽毛，不肯在艰难险恶环境中多逗留一会儿，然而司马迁虽遭受腐刑却完成了不朽名作《史记》，此举更为不易。“悠然止而食”形容司马迁在不利环境之中仍能做到宠辱不惊。司马迁在《报任安书》一文中说：“《诗》三百篇，大抵贤圣发愤之所为作也。”后来就引申为“发愤著书”说。“愤”是指心中的郁结不平之气，故而借著书立说宣泄，也就是诗中“愤悱聊自释”一句的意思。接下两句说司马迁《史记》一书之成就，“非一家”即不是一家，而贯通百家之说，精妙的言辞大概是从天上得到的。上句赞颂《史记》思想内

◎汉太史司马祠／岑岑 摄

容，融汇百家，自成一家之言，下句赞颂其语言艺术风格魅力。“虽微”“不失”两句又以两个人作对比。樊父是东汉人樊宏，他是汉光武帝刘秀之舅，在哲学上信奉老庄思想，他认为“富贵盈溢，未有能终”“保身全己，岂不乐哉”，故而处处明哲保身，甚至在赤眉军攻打营寨时不率众抵挡，还讨好敌人，送美酒、粮食去犒劳赤眉军，让赤眉军感动不已，主动撤出。这种左右逢源的行为诗人是看不起的，这里说他“明”，用了似褒实贬的手法，司马迁虽然没有樊宏那样“明智”，却如孟子那样正气凛然，“彼欺以自私”是说樊宏这人其实是为了私利欺世盗名之徒。“岂啻”是“岂止”的意思，樊宏和司马迁相比，何止差了十倍百倍呢！

南宋一位大词人辛弃疾也是司马迁的忠实粉丝，他在词中不止一次提及司马迁，如其《沁园春·灵山齐庵赋，时筑偃湖未成》下片中写道：

争先见面重重。看爽气朝来三数峰。似谢家子弟，衣冠磊落，相如庭户，车骑雍容。我觉其间，雄深雅健，如对文章太史公。新堤路，问偃湖何日，烟雨蒙蒙。

词人抒写自己进入大自然的感受，想象奇特，隽语连出：你看那数峰矗立，气象雄浑，正像司马迁的文章一般，多么雄深雅健！太史公指的就是司马迁，司马迁因做过太史令，常常在文中自称“太史公曰”，故后人也称其为太史公了。司马迁和《史记》的魅力果然很大呢。

## 史家之绝唱

司马迁，西汉著名史学家、文学家，字子长，阳夏（今陕西韩城）人。司马迁是司马谈之子，任太史令，就是记录史料的官员，后因为替投降匈奴的李陵辩护被投入大狱，遭到宫刑。出狱后任中书令，发愤最终完成《史记》的创作。他死后葬归故里。司马迁祠墓在今陕西省韩城市。墓冢坐落在土山之上，位于全祠的最高处，下临滔滔而去的黄河水，景象大气壮阔。联想司马迁之事迹，参谒祭奠者不由得心潮澎湃。祠墓建于何时，具体年代已难考，一说为西晋时期，也有人认为韩城这个司马迁墓其实是衣冠冢。

司马迁留名于世的原因正是因为他创作了不朽巨著《史记》。鲁迅对《史记》的评价非常高，即："史家之绝唱，无韵之离骚"。将《史记》定为绝唱，是称赞其史学价值，史记的文笔可以和《离骚》媲美，是称赞其文学价值。鲁迅此说绝非虚誉。谈及《史记》，我们先从其创作动机说起。司马迁父亲是司马谈，也当过太史令。司马谈病死前曾握着司马迁的手语重心长地说："自获麟以来四百余年，诸侯相互斗争兼并，史书也被丢弃了。如今汉朝兴起，海内统一，作为太史令而没有记载这些事，使天下史文废弃，我非常惶恐啊。你一定要记得我的遗愿。"司马迁始终记得父亲的遗志，子承父业。司马谈去

◎ 司马迁像 / 岑岑 摄

世三年后司马迁当上了太史令，开始收集历史书籍和档案文献。正当司马迁准备大展身手，好好作为一番时，一场灾祸降临在他头上。

天汉二年（前 99），汉武帝命李广利出击在天山盘踞的匈奴右贤王。天子本来打算让李陵负责护送辎重，李陵却自请五千步卒要独自攻击匈奴。“上壮而许之”，武帝答应了他的请求。李陵在浚稽山扎营，遇到了单于主力军队。李陵虽然兵少仍然奋力拼杀，几次杀退单于进攻，却因寡不敌众和营中一校尉的出卖，最终失败，投降了匈奴。武帝本来是想让李陵死战，听到他投降的消息勃然大怒。群臣都认为李陵罪不可恕，这时只有司马迁站出来替李陵说话，概括起来有三点：一、李陵孝顺亲人，与人交往有信誉，在国家需要的时候可以奋不顾身站出来，因此有国士之风；二、李陵虽然兵少，仍然深入地方腹地，转战千里，士兵都肯为他尽死力，这是古代名将都比不上的；三、李陵不死而选择投降，这是想要以后再报答汉朝。这次出征的李广利本来率领的是汉军主力部队，然而和单于主力相遇的却是李陵，李广利功劳很少。汉武帝听了司马迁的说辞认为他是诋毁李广利而替李陵说情，于是就将司马迁投入狱中施以腐刑。

腐刑对男人来说是极大的耻辱，司马迁出狱后任中书令，中书令一般只有宦官担任，虽然是皇帝的近臣，却被士大夫看不起。司马迁在给好友的一封回信《报任安书》中写出了自己为何不“引决”即自杀的原因：“且夫臧获婢妾，犹能引决，况仆之不得已乎？所以隐忍苟活，幽于粪土之中而不辞者，恨私心有所不尽，鄙陋没世，而文采不表于后也。”连一些下人婢妾都能自杀，为什么我司马迁受了如此大辱还不自杀？之所以隐忍苟活，是因为心愿还没有了结，这个心愿就是文采还没有传于后世。看到这里相信读者都会心中一动，人固有一死，或重于泰山，或轻于鸿毛，如果什么都没有做就死了，岂不视生命太过随便！司马迁心中始终有一个执念，那就是完成所著之《史记》。他想到了周文王被拘而演《周易》，仲尼困厄时作《春秋》，屈原被放逐而写下《离骚》，等等，这些前贤都是他的榜样，于是更激发了他写完《史记》的决心，终于使一部“究天人之际，通古今之变，成一家之言”的伟大著作诞生了。所以我们也理解为什么司马迁会为李陵求情，他深知李陵是有英雄气概的大丈夫，不自尽是有原因的。如果说司马迁不死是为了文章传于后世，那么李陵忍辱负重活着就是为了日后报答朝廷。耿耿之心，日月可鉴！

## 不美好的可能结局

《史记》是一部伟大的史书，它被广泛称赞的原因中很重要的一点是具有实录精神。汉代史学家班固在《汉书·司马迁传》中给《史记》下了“实录”赞语：“然自刘向、扬雄，博极群书，皆称迁有良史之才，服其善叙事理，辨而不华，质而不俚。其文直，其事核；不虚美，不隐恶，故谓之‘实录’。”什么是实录精神？就是真实地记录历史事件，不虚誉也不隐藏恶事，本着实事求是的态度，所以刘向、扬雄这样的大学者也对司马迁赞不绝口，认为他有“良史之才”。

司马迁要著史书，记录汉朝的历史，有一个绕不开的人物，那就是汉武帝。本着实录精神，自然要对武帝有个全面正确的评价。司马迁也确实没有讨好汉武帝，据史料记载：“司马迁作《景帝本纪》，极言其短及武帝之过，武帝怒而削去之。”在写《景帝本纪》的时候，司马迁写了汉景帝的短处和武帝的过错，这让武帝刘彻大怒，将这一部分删去。我们提到汉代，总会想起文景之治，汉景帝也被后人给予了极高的评价，但也不能表明他一点过错都没有，逼死大功臣周亚夫就是证明。至于武帝想要长生不老求仙无度，好大喜功，四处征伐，都给后人留下口实。司马迁很可能记录了这些事情，惹得武帝非常不满，因此，我们现在读的《史记·孝武本纪》并不是司马迁的原著，而是后人抄《封禅书》补缀而成。看来，司马迁确实本着史家之精神，为给后代留下真实可信的材料，对本朝伟人之评价也毫不留情。

司马迁是如何死的？因《汉书·司马迁传》中没有记载司马迁具体死亡时间，这也成为历史上一桩悬案，引起后世争论。目前来看有几种说法：其一，善终说；其二，下狱而死；其三，巫蛊之祸而死。

现就后两种说法谈谈。汉人卫宏写的《汉旧仪》中这样记载："后坐举李陵，陵降匈奴，故下迁蚕室，有怨言，下狱死。"这则材料被后人多次引用，例如学者郭沫若就对材料内容颇为相信。这样看来，司马迁之死确实有些疑问，他的死有可能与他《报任安书》有关。司马迁替李陵说话，并不会导致他死罪，下投蚕室遭腐刑只是汉武帝给他的一个惩罚、警告，即你不要乱说话了，小心性命不保。但司马迁作为一位出色的史学家，更是"发愤著书"之人，统治者不可能钳制住他的口舌，于是他给在狱中的任安回了一封信，信中不仅诉说自己的理想抱负，还有些怨言。任安是什么人？如果翻下史书就会知道，征和二年（前 91），发生了著名的巫蛊之祸，武帝的儿子戾太子因小人陷害迫不得已起兵，最终兵败自杀，而当时任安担任北军使者护军，乱中按兵未动。武帝认为任安"坐观成败"，有诈心，论罪下狱腰斩。司马迁是在任安被临刑前给他回信的，试想，在如此敏感的政治环境中，在汉武帝怒气未消时，司马迁没有一点顾及，甚至在信中抱怨，自然触犯武帝逆鳞。汉武帝很可能拿到这封信，而这封信也成了司马迁的死刑判决书。

# 商山：更无奇士出商山

## ——“商山四皓”办了件好事吗

### 辛丑年

唐 · 韦庄

九衢漂杵已成川，塞上黄云战马闲。
但有羸兵填渭水，更无奇士出商山。
田园已没红尘里，弟妹相逢白刃间。
西望翠华殊未返，泪痕空湿剑文斑。

诗人韦庄身处晚唐五代之际，写了很多诗反映唐末动乱、农民起义史实，具有诗史意义。名篇《秦妇吟》以“秦妇”口述描写黄巢起义给当时社会生活带来的巨大影响。这篇《辛丑年》作于唐僖宗中和元年（881），比《秦妇吟》早了两年。同样是写黄巢起义，这时唐僖宗已逃到成都，黄巢率军离开长安，屯兵灞上，目的是以空城引诱唐军，再伺时伏击。唐军果然中计，入城大掠。黄巢军倾巢而出，如瓮中捉鳖，趁唐军还未来得及反应已风卷残云般杀将而来。这次长安大战唐军损失惨重，卒者“十八九”意谓有八九成人都死了，原本围在长安附近的唐军慢慢撤退，黄巢军也有了喘息之机。诗人在此地目睹了这一切，于是用十分沉痛的口吻将其记叙出来。

首联即写战时触目惊心的场景。“衢”是道路的意思，“九衢”就是纵横交叉的大道。“漂杵”意谓漂起舂杵，形容血流成河已经能漂起舂米之杵。战马闲散漫步在黄云蔽天的塞上。战马为什么会闲散呢？一个原因是士兵死得多，战马失去主人所以“闲”；另一个原因，诗人这么写可能暗讽官军不作为。颔联紧承首联而来，只见羸弱士兵的尸体填满了渭水，可惜此时没有像“商山四皓”那样的谋士出山呀。这里用了“商山四皓”的典故。“商山四皓”是秦朝末年隐居在商山中信奉黄老之学的四位隐士，他们后来被张良请出山，劝谏刘邦放弃废黜太子刘盈的想法。作者眼睁睁地看着如此惨烈场景，想到于今朝中无人力挽狂澜，所以才会发此感慨。颈联写出了长安之战带给普通百姓的灾难性影响：田园在战火中沦没，兄弟姊妹四散奔逃，相逢也是在兵戈之中。杜甫《恨别》诗中有“草木变衰行剑外，兵戈阻绝老江边”，意即草木由青转衰，我来到剑阁之外，兵戈使我老于锦江之边与亲人阻绝。意思和韦庄这句相近。两位诗人都经历了战乱，有异代同悲之感吧。尾联诗人宕开一笔：我向西望着僖宗的车驾还未返还，泪痕早已滴湿剑锋变成斑文了。“翠华”指的是皇帝的车驾，也用来代指君王。诗人不禁联想到皇上如今尚蒙尘蜀中，自己也无从效力，只能滴泪“空湿”宝剑。读来沉郁敦厚之至。

全篇诗紧紧抓住战乱带给战士、百姓的影响来写，语言朴实，没有过多用典，却使读者有不小的心灵震撼。正是因为诗人写的是眼前真切可见之景，生活在平安年代的人读之仿佛嗅到战争的血腥气息。颔联用“商山四皓”是古诗中常见的典故，一般是用来形容隐士或谋士，商山也因为出了这四位隐士而名播天下。

## 云雾缭绕的“仙山”

商山位于陕西省商洛市丹凤县丹江南岸，因其形状似汉字的“商”字所以得名。商山海拔一千多米，山上景色宜人。明清时候山上尚有四皓庙、关帝庙、唐玄宗封的土地庙、佛殿等，现在四皓庙还存有前殿和后殿的残垣断壁，记录着隐逸往事。冬日雪后看山，宛如一幅优美的画卷，隐隐约约散发着“仙气”，令人神往。因此“商山雪霁”也成了古商洛八景之一。

历来吟咏商山的诗词非常多，其中涉及“商山四皓”传说的如白居易的《答崔十八》，诗中写道：

劳将白叟比黄公，今古由来事不同。我有商山君未见，清泉白石在胸中。

劳烦你将我比作商山中的夏黄公了，今古事情已经不同了，我其实有商山你没看到，那是山中的清泉白石呢。以山中清泉白石喻胸中之高洁。夏黄公是“商山四皓”之一，白居易此诗特地以他来引出。

还有是写商山景致的，如宋代大诗人王禹偁在一首咏商山的五篇排律中写道：

势斗嵩并华，名欺霍与潜。石危蹲虎脚，松老咤龙髯。

意思是商山山势堪比嵩山与华山，名声比霍山和潜山高多了！从“斗嵩并华”能看出其高峻。高高的石头像是老虎蹲着的爪子，老松像是龙的胡须，可见山中景色之奇丽秀美。

提到商山诗作，最为有名的当属温庭筠的《商山早行》：

晨起动征铎，客行悲故乡。鸡声茅店月，人迹板桥霜。槲叶落山路，

◎晚霞映商山

枳花明驿墙。因思杜陵梦，凫雁满回塘。

这首诗写于唐宣宗大中十三年（859），诗人离开长安奔赴襄阳路过商山时所作。题为“早行”可见是诗人一大早就出门了。“征铎”是马脖子上挂的铃铛，黎明一早赶着马上路，走在路上，游子不禁思念故乡。颔联是名句，仅仅罗列了鸡声、茅店、月、人迹、板桥、霜，这几个意象，中间不用任何动词而境界全出，一幅衰飒的景象仿佛就出现在读者眼前，补足说明首联“悲”字的来由，远离故乡，又在这秋冬寒日，如何不让人心有悲寂呢！颈联接着写道：槲树的枯叶已经飘满了山路，枳树的白花也映亮店墙。“明”就是照的意思，花很多所以能照亮一面墙，也是诗人心灵孤寂的投射。在这种凄冷孤寂的环境中，不由梦到了长安，那野鸭大雁挤满了池塘。“杜陵梦”就是长安梦，因为杜陵在长安城南，汉宣帝葬于此，故用杜陵代指长安。全诗扣住“早行”这个词来写，游子去国怀乡之情在诗人笔下油然而生。

## “商山四皓”与汉朝社稷

商山最有名的典故就是“商山四皓”了。“商山四皓”见于《史记·留侯世家》，这四个人是东园公唐秉、夏黄公崔广、绮里季吴实、甪里先生周术，在秦末汉初避居商山中。至于为什么要避居山中，解

释基本有两种：其一是天下动乱；其二可能与刘邦对待儒士态度有关。刘邦之前讨厌儒生。《史记》中记载："沛公不喜儒，诸客冠儒冠来者，沛公辄解其冠，溺其中。"意思是，刘邦不喜欢儒生，如果发现他的客人中有戴儒冠来的，就把儒冠解下来尿在里面。在《史记·留侯世家》中太史公也借张良口说出实情："四人者年老矣，皆以为上慢侮人，故逃匿山中，义不为汉臣。"这四人已经很老了，都觉得刘邦轻慢侮辱人，因此逃匿在山中，不做汉朝臣子。刘邦在剪除项羽以后建立了大汉王朝，对儒生的态度也有转变。汉初叔孙通帮刘邦制定宫廷礼仪，刘邦心满意足地说："我现在才体会到当皇帝的尊贵。"在统一全国后要稳定局面，修订律令，这些都需要儒士。

"四皓"的出山是吕后听从张良建议邀请的，又与刘邦废立太子有关。刘邦的原配是吕雉，生下太子刘盈。刘邦当汉王后遇到了定陶的戚姬，戚夫人给他生下了赵王如意。建立汉朝以后，刘邦越来越宠幸戚夫人，也想改立赵王如意为太子。废立太子毕竟是大事，虽然群臣切谏，但刘邦就是不听。万般无奈下吕后只得找张良帮忙，张良让吕后请"四皓"出山。公元前 195 年，刘邦击败作乱的黥布军队后回来病重，愈发想更换太子，一天，刘邦与太子饮宴，"四皓"陪着刘盈出来，刘邦看到后大吃一惊说："我求访你们多年，你们都避着我，如今怎么愿意和我的孩子交游呢？""四皓"把刘盈赞美一通，大致

◎《四皓图》/ 五代 · 王齐翰 绘

意思是太子仁义孝顺，谦恭有礼，我们愿意跟随他。这番话彻底打消了刘邦废太子的想法。刘邦死后刘盈继承皇位，也就是汉惠帝。

这则典故其实有诸多疑点，譬如“四皓”是避刘邦而躲进山中的，为何吕后去邀请他们就肯出山？而且“四皓”是被写进《史记·留侯世家》里，那么张良与这四人是什么关系？《史记》中记载是吕后让吕泽带着刘盈的信去请“四皓”的，恐怕很难请动，必要的时候需要张良亲自去才行。而“四皓”出山后就凭一句话保住刘盈太子之位，也非常可疑。之前那么多大臣劝说，张良亲自进谏都很难改变刘邦的想法。“四皓”在帮助刘盈确保帝位后就彻底消失了，之后史书一点不提，这难道不会引起人的怀疑吗？于是近来也有人考述并非有“商山四皓”这四个人，只是附会，聊备一说。

刘盈顺利登上帝位后，由于自身软弱加上年龄尚小，大权旁落在吕雉手里。吕后在朝廷遍植亲党，露出了残忍的一面。她趁惠帝不在时毒死赵王如意，又把戚夫人剁了手脚挖去眼睛扔在猪圈里，带惠帝去看，告诉惠帝这叫“人彘”。彘就是猪的意思，惠帝看到后受到惊吓，不久竟然病倒。

“四皓”之举保住了刘盈帝位，但也让吕雉有可乘之机在政坛上兴风作浪一番。有人因此便把这归罪于“四皓”。但如果让赵王如意做了皇帝结果会如何呢？我们看到史籍上记载，如意并无野心，在自己有可能被立为太子时从来不去争取，在刘邦死后被召入长安也不懂得明哲保身，最后竟因贪睡让吕雉抓住时机给毒死了。倘使这样的人当上皇帝，加上母亲戚夫人在朝中没什么威望，怕是很难服众，矛盾激化到一定程度，也许会出更大的乱子。

总之，“商山四皓”已成历史，好与坏已成定论，不必再问种种假设的结果。

# 华山：西岳峥嵘何壮哉

## ——帝王与文人的种种传说

### 西岳云台歌送丹丘子

唐·李白

西岳峥嵘何壮哉，黄河如丝天际来。
黄河万里触山动，盘涡毂转秦地雷。
荣光休气纷五彩，千年一清圣人在。
巨灵咆哮擘两山，洪波喷流射东海。
三峰却立如欲摧，翠崖丹谷高掌开。
白帝金精运元气，石作莲花云作台。
云台阁道连窈冥，中有不死丹丘生。
明星玉女备洒扫，麻姑搔背指爪轻。
我皇手把天地户，丹丘谈天与天语。
九重出入生光辉，东来蓬莱复西归。
玉浆倘惠故人饮，骑二茅龙上天飞。

唐玄宗天宝三载（744），李白送别元丹丘归长安，于华山上作下这首诗。元丹丘是唐代的一位著名隐士，他与李白交游很多，李白诗集赠元丹丘的诗作有十一首，这篇也是李白的名作。第一句写西岳华山，第二句又以黄河作比，站在山上眺望，只见黄河如丝一般从天上奔流而下，气势雄浑。接下几句全铺叙黄河浩荡的景色，至“巨灵咆哮”句收住。转写华山和首阳山挡住了黄河的去路，而河神巨灵发起神威，将二山劈开，黄河便一路向东流去，此处笔势大开大阖，想象奇崛，充满了浪漫主义色彩。而后诗人便一发不可收，各种神奇浪漫的想象层出不穷，让读者应接不暇。只见那华山的三峰（朝阳峰、落雁峰、莲花峰）在巨灵斧子震荡下差点被击倒，勉强立住，翠崖丹谷上还留下巨灵的掌印，白帝将山巅化作一朵莲花，变成云台。白帝是神话中的五位天帝之一，主管西方，华山地处西方，故为西岳，属白帝。诗写至此处又宕开一层，下几句终于看到李白朋友丹丘生出场了。前面大肆地铺叙让元丹丘的出场格外闪耀，明星玉女为他清洁洒扫，麻姑给他轻轻搔背。明星玉女是仙女，一直居住在华山上，服玉浆延生。“麻姑搔背”典故出自晋代葛洪的《神仙传》，说的是仙人麻姑，手长得像鸟爪一样，可以搔背痒。诗里引用这个典故以说明元丹丘得道成仙之惬意。在玉女和麻姑的热情款待后，把持天地门户的吾皇邀请丹丘谈天地之道，丹丘身上散发着光辉从东边蓬莱仙山而来又归返西京去了。丹丘呀，如果你能将玉浆给我喝，我李白会和你骑着两条茅龙一起飞升呢。茅龙典故出自汉代刘向的《列仙传》，是仙人骑的神物。

一章读罢让人有飘飘欲仙之感，恍临神境，文字跳跃，纯以气行。笔势能开能阖也是李白七言古诗的特色。这首诗充分体现了李白的审美追求。诗中所写的朝阳峰、落雁峰、莲花峰、云台峰都是华山有名的山峰，风景优美，历代文人题咏极多。“麻姑搔背”“饮玉浆”“巨灵劈山”典故代表了古时人民的美好想象，在古诗中也较为常见。

## 奇峰险峻的华山

华山位于关中平原东部，陕西省华阴市境内，主要由五座陡峭奇峻的山峰组成，东峰朝阳峰、西峰莲花峰、南峰落雁峰、中峰玉女峰、北峰云台峰。南峰落雁峰海拔最高，也是华山主峰。宋代名相寇准七岁便在此处写下了《咏华山》：“只有天在上，更无山与齐。举头红日近，回首白云低。”通俗易懂，脍炙人口。华山历史久远，最早在先秦古籍《山海经》中便能见到："太华之山，削成而四方，其高五千仞，其广十里。""太华之山"指的就是华山，书中说华山高五千仞，一仞有三千尺，当然这是种夸张的表述。《史记》中记载上古黄帝、尧、舜去过华山，其后秦始皇也巡祭过华山，汉代有数位皇帝去过华山，不少皇帝与华山有密切关系。

◎华山风光／岑岑 摄

华山在"五岳"中以险峻著称，东南西三面悬崖峭壁，所以有"自古华山一条路"的说法。华山绝佳景点大多都与险峭有关，如凌空架设在石壁间的长空栈道，悬空而下的"鹞子翻身"，峭壁悬崖上的"千尺幢"等。登山者手脚并用，或仅依一条铁索而上，可谓真正体验到"爬山"的乐趣。华山上道观众多，著名宫观有西岳庙、云台观、玉泉院等。传说中的仙人、方士于此聚集，氤氲着道教文化。

## 真正双宿双飞的爱情

尝闻秦帝女，传得凤凰声。是日逢仙子，当时别有情。人吹彩箫去，天借绿云迎。曲在身不返，空余弄玉名。

——《凤台曲》李白

萧史、弄玉之事见刘向《列仙传》中，这个典故后来也和道教文化有关。讲的是秦穆公时期有个人叫萧史，会吹箫，箫声十分动听，竟能将孔雀、白鹤引到庭中。秦穆公有个女儿叫弄玉，喜欢萧史，秦穆公便将女儿嫁给他，他又教弄玉作凤鸣声，过了不久弄玉作凤鸣声就能吸引凤凰了。于是秦穆公建了一座凤台让他们居住。又过了数十年，二人居然乘凤翩然而去，双宿双飞。这个典故流传甚广，如今在华山玉女峰上的玉女祠、玉女崖、玉女洗头盘等都与这个典故有关。传说秦穆公追至玉女峰不见女儿，知其二人已达天界，便于此建祠作纪念。李白这首诗咏此事，尾联"曲在身不返，空余弄玉名"，人间箫曲凤声已传千年，却不见弄玉萧史，流露出一丝怅惘之情。

杜甫有《望岳》诗云：

西岳崚嶒竦处尊，诸峰罗立似儿孙。安得仙人九节杖，拄到玉女洗头盆。车箱入谷无归路，箭栝通天有一门。稍待秋风凉冷后，高寻白帝问真源。

前两句写华山之高耸突兀，其他山峰罗列其边如同儿孙一样低矮下去，毕恭毕敬，通过对比将华山"处尊"地位凸显，描写绘声绘色。接下两句说如何能得到仙人手杖呢，一路拄着走到玉女盆。"九节杖"传说是仙人的手杖，典出晋代葛洪的《神仙传》。颈联"车箱"指的是车箱谷，"箭栝"指的是华山金锁关，"无归路""有一门"说明其环境之险要，正要等待秋风过后去寻觅仙源呢。诗人诗中特地提到"玉女洗头盆"，可见此地神秘传说的影响之大。历代文人引用萧史、弄玉典故作诗，大多是写游仙，如晋张华《游仙诗》引曰："萧史登

◎《吹箫引凤图》/明·仇英 绘

凤音，王后吹鸣竽”；或是借以写美好的爱情，如唐代赵嘏代人赠别所写：“会须携手乘鸾去，萧史楼台在玉京”。然而也有另辟蹊径的，如唐代诗人李商隐在《碧城三首·其二》中前两联写道：

对影闻声已可怜，玉池荷叶正田田。不逢萧史休回首，莫见洪崖又拍肩。

看到你的影子听到你的声音已经让我有万般怜爱了，玉池上的荷叶正鲜美盛密，像弄玉一样。如果没看到萧史千万不要回头看别人，更不要看到洪崖就和他拍肩而走。洪崖是古时的仙人，郭璞《游仙诗》有句：“左挹浮丘袖，右拍洪崖肩。”写与仙人同游。李商隐这首诗一改以往诗作隐晦含蓄的风格，写得大胆、热烈、奔放，也许真是被“爱情冲昏头脑了吧”，对恋人既是恋爱又是担心。前两句极力赞美恋人姿容，让自己魂不守舍；后两句连用两个典故担心恋人被他人抢了去，略带醋意，让人不觉捧腹。

李商隐《碧城三首》是写女冠的生活的，关注点在女冠的爱情，是诗人着力描写的地方。历来对这三首诗众说纷纭，有的说是李商隐写给自己喜爱的一名女冠的，还有的说是感君臣遇合的，然而都没有什么根据。我们读诗不妨将注意力更多放在文本上，去感受诗人所描写的爱情和情感的流露吧。

## 幸运的皇帝与倒霉的文人

下棋亭为华山著名景点之一，其址在东峰。这里流传的最有名的典故当是宋太祖赵匡胤遇陈抟。陈抟字图南，号扶摇子，是唐宋年间人。传说陈抟身怀异术，早就看出赵匡胤有帝王之相，于是在赵匡胤被官府通缉来华山避难时，诱他与自己在华山上下了一盘棋，以华山作为赌注。结果不出意料，赵匡胤输了。赵匡胤做了皇帝之后，华山就理所当然地封给了陈抟。

这则典故如汉高祖斩白蛇得天下一样，自然有后人附会的成分在里面，给皇帝的出身经历蒙上一层神秘的色彩，却流播甚远。元代著名戏曲作家马致远写的一部耐人寻味的神仙道化剧《陈抟高卧》即是源于这个故事。陆游也曾有诗道：

素月徘徊牛斗间，天风吹鹤度函关。一年似此佳时少，唤起陈抟醉华山。

斗牛是二十八星宿中的斗宿和牛宿，函关指的是函谷关。诗人看到素月分辉，天风吹鹤，一时逸兴勃发，这样好的时候太少了，陈抟醉卧华山是多么逍遥自在。看来陈抟隐居华山过着悠然自得的生活也引起不少诗人的艳羡。

相比于赵匡胤经陈抟指点得到天下的幸运，大诗人韩愈似乎狼狈多了！华山苍龙岭上至今刻着“韩愈投书处“五个大字。相传韩愈因谏阻宪宗迎佛骨一事被贬去潮州，出了长安城来到华山上散心，一路攀登到华山苍龙岭上。苍龙岭横亘在云雾之间，寒风削骨，两边深不见底，一时间韩愈不知如何是好，僵在原地迈不开步子，被困多时又想起自己遭遇，不由扔下书放声大哭，后来经华阴县令亲自救助才得以脱身。

这则故事乃是文人轶事，究竟起于何时已难考，后人的真伪考辨颇多，大多持怀疑态度。但就从后人不断渲染来看，华山的险峻已是名播天下。韩愈的一首名作《左迁至蓝关示侄孙湘》也作于此时。左迁是降职贬官的意思。唐元和十四年，韩愈才被擢升为刑部侍郎就因谏迎佛骨被贬往潮州，由升到贬仅仅两年时间，心里是何滋味不言而喻。其诗中有“云横秦岭家何在，雪拥蓝关马不前”之句，谓阴云笼罩下的秦岭没有立身之处，大雪封住的蓝关马也难以前行。“蓝关”指的是蓝田关，“云横”隐喻朝廷中那些阿谀奉承排挤忠良的官员，“雪拥”喻前方道路险阻未可知，大有英雄失路的感慨。仕途不顺，一心忠诚还疑似被后人调侃，韩愈确实有些“倒霉”。

# 终南山：坐看云起时

## ——大诗人王维的隐居生活

### 终南别业

唐·王维

中岁颇好道，晚家南山陲。兴来每独往，胜事空自知。
行到水穷处，坐看云起时。偶然值林叟，谈笑无还期。

出仕与隐居，是古典诗歌中永恒的悖反。王维，字摩诘，号摩诘居士，河东蒲州（今山西运城）人，曾官至尚书右丞，故世称“王右丞”，唐代著名诗人，画家。王维晚年在位于今陕西蓝田的辋川购得宋之问别墅，精心修葺为具有二十余处美景的园林别业，有孟城坳、华子冈、文杏馆、斤竹岭、鹿柴等，在此修禅礼佛，赏玩山水。此诗就是写王维晚年的归隐生活。“中岁颇好道”，指王维中年有好道之心，晚年笃信佛教，在南山安家度日。每当兴起时便独自去山中闲步，此中意趣也只有自己能领会。不知不觉行走到水的尽头，云无心以出岫，鸟倦飞而知还，眼前的景象都与诗人随遇而安的悠然之情相契合。偶然遇见林中的老翁，便一同谈笑而忘记了时间。整首诗语言平白如话，绚烂之极而归于平淡，可谓是自然高妙、天人合一。王维晚年的诗歌多属于这种风格，将禅机、禅理、禅语写入诗歌之中，营造出空明净逸的境界，王维因此被后人称为“诗佛”。

◎终南山云雾/岑岑 摄

## 心灰意冷后的选择

王维并不是一开始就抱着隐居出世的想法的，他青少年时，正处在唐王朝最为繁荣的开元盛世。王维受到这种时代精神的影响与感召，渴望着建功立业，写下大量关于军旅、边塞的诗歌。如《少年行》：“孰知不向边庭苦，纵死犹闻侠骨香。”“偏坐金鞍调白羽，纷纷射杀五单于。”《夷门歌》：“非但慷慨献良谋，意气兼将身命酬。向风刎颈送公子，七十老翁何所求。”诗句里雄浑豪放的气息毫不输高适、岑参等边塞诗人。王维还是个少年天才，十九岁中京兆府试，二十岁就状元及第。这不知要羡煞多少“三十老明经，五十少进士”的人。也有传说是王维得中进士第一，是因为他弹得一手好琵琶，为谋求功名，他假扮成乐工在玉真公主的家宴上弹了一曲《郁轮袍》，受到玉真公主器重与爱慕。明代还有人据此写了戏剧《郁轮袍》。但是传说是不可信的，王维是靠着真才实学考中进士的。

如果现在要评选唐朝好男人，上榜的不一定是李白、杜甫、白居易，而王维就算不能荣登榜首，也至少可以名列前三。王维在诗歌上的成就无须赘言，他的山水田园诗在后世的影响千年不衰，有开宗立派之功。在绘画上，王维被称作文人画与南宗画的鼻祖，《辋川图》《雪中芭蕉》都是传世名作。在音乐上，王维又精通音律，擅于弹奏琵琶。更难能可贵的是他对结发妻子始终如一的感情，妻子去世后，王维不再续娶。有趣的是，史书把王维定为一个笃信佛学的居士，据《旧唐书·王维传》记载：王维兄弟二人信奉佛教，平常只吃蔬菜等素食，不沾荤腥。到晚年更是长期斋戒，穿衣服都没有纹饰图案，在京师时每日与十数位高僧相聚，以谈禅为乐。他的房间里一无所有，只有茶铛、药臼、经案、绳床这些简单的陈设。退朝之后，就开始焚香独坐，念经诵佛。我们不免好奇，这样一个在事业、家庭上双丰收的人，怎么会抛下人世一心向佛呢？这其实也是有着深层的原因的。

唐代的思想较为自由活跃，儒道佛三家愈发有合流的趋势。王维出生在一个佛教氛围浓厚的家庭，他的母亲笃信佛教，并师从北宗神秀的大弟子普寂，即大照禅师。他虽然也怀着儒家经世致用的理想，受母亲与社会风气的影响，加之自身的天资颖悟，富有灵性，对佛理也有着深刻的理解。王维与当时许多高僧大德保持着密切的联系，如当时南宗禅的代表人物、六祖慧能的弟子神会禅师，就是王维的好友，王维经常与他论道说法。禅宗的思想早在他的头脑里深深扎下了根。当时的政局日益腐败黑暗，王维寄予政治希望的贤相张九龄被贬，奸臣李林甫与杨国忠先后独揽大权，王维知道自己的理想抱负再也无法实现，就过着半官半隐的生活。然而对王维最大的打击还是来自“安史之乱”，玄宗仓皇出逃，王维等众官不及扈从，滞留长安被迫接受叛军伪职。王维被拘禁在普施寺时，听说梨园子弟被安禄山逼迫在凝碧宫演奏，写下了《凝碧池》：“万户伤心生野烟，百僚何日更朝天？秋槐叶落空宫里，凝碧池头奏管弦。”因为有了这首对唐王朝表忠心的诗，再加上他的弟弟王缙平反有功请求削籍为兄赎罪，王维得以免罪，后来还累迁中书舍人、尚书右丞。晚年仕途的顺利并不能修补王维心中的伤痕，再加上爱妻亡故，他对世事更加心灰意冷，便完全沉入修禅学佛的世界中了。

如王维自己所说："晚年唯好静，万事不关心。自顾无长策，空知返旧林。"他在晚年只喜欢静居，其他万事万物不再关心。对世事既然已无计可施，不如去山林之间求得心灵的安宁。在风景宜人的辋川别业，王维常与道友裴迪泛舟往来，弹琴赋诗，啸咏终日，在闲暇时各赋绝句，吟咏辋川二十处盛景，共结为《辋川集》。王维的隐居生活有多惬意舒适，我们可以从他的诗里找到答案。如他的《积雨辋川庄作》："积雨空林烟火迟，蒸藜炊黍饷东菑。漠漠水田飞白鹭，阴阴夏木啭黄鹂。山中习静观朝槿，松下清斋折露葵。野老与人争席罢，海鸥何事更相疑。"一场新雨使得山中的空气格外清润，农家在清晨的薄霭里烧火做饭，炊烟开始缓缓升起。白鹭轻巧地飞过水田，黄鹂在树荫里鸣叫着，王维就在这静谧幽美的林间参禅打坐，静观朝槿，或者到松树下采折露葵，作为斋食。人生无常的变幻，世事的纷扰动荡，仿佛都离他远去，他的精神与灵魂已经与终南山的一草一木融合在一起。他看着那一抹夕阳从林梢慢慢渡下，阴暗的深林因此有了一分暖意。返景的余晖，给林间青苔投下斑斑驳驳的光影。黄昏的山中如此寂静，唯有一两声疏钟互为应答，仿佛在向他叩问着宇宙天地之间永恒的、难言的微妙天机。

## 隐居只是途径，做官才是目的

终南山在秦岭中段，长安之南，又称为太乙山、中南山、地肺山、周南山，简称为南山，山势高大险峻。《左传》称终南山是"九州之险"。其距关中平原很近，既有佛家名刹，又有道教洞天。终南山自古是佛教名山，中国汉传佛教有八大宗派，终南山汇集了五个宗派的祖庭，有唯识宗的兴教寺、华严宗的华严寺、律宗的净业寺、净土宗的香积寺、三论宗的草堂寺。终南山又是道家的发源地，相传老子曾在山中，为函谷关令尹喜讲授五千言《道德经》，现在还有遗迹楼观台，为中国道教的重要圣地。有着这种佛、道的历史渊源，终南山便成为古代隐居者最喜欢的一座名山，唐代许多著名的文人曾在此隐居过。然而他们的目的各有不同，有些人是真的忘却尘世隐居在此，而另有一些人则是为了博得一个隐士的高名，作为谋求利禄的一条途径。这就是所谓的“终南捷径”。

“终南捷径”这个典故出自唐代刘肃的笔记小说集《大唐新语》。初唐时有个叫卢藏用的诗人，虽然中了进士，却始终得不到官职。于是隐居终南山中，以等待着朝廷征召，没过多久就被当作高士征召入仕了，当时人嘲讽他为随驾隐士。而另一位真正的道家高人司马承祯也曾被征召，他却只想归隐山中。临行前，卢藏用指着终南山说：“这里真是个好地方啊！”司马承祯却说：“依我来看，这只不过是一条做官的捷径罢了。”后世就以“终南捷径”来比喻谋求官职或名利的捷径。

◎《江干雪霁图》/唐·王维 绘

早在汉代，淮南小山就曾写过一篇《招隐士》赋文。作者在字里行间极写山中生存环境之幽险，用词险怪，以此来劝导久留山中打算隐居的王孙赶快归来。于是一些人靠隐居来博取声名，想要获得统治者的青睐。这种行径很为士大夫所不齿。有一则典故叫“鹤怨猿惊”，出自南朝齐孔稚珪的《北山移文》，写的是一个叫周颙的人，是个俊才，可是偏偏要效法贤士隐居山林。刚开始他连巢父、许由都不放在眼里，可是一接到诏书就手舞足蹈，得意忘形，立马就把道家的书籍、佛家的坐席抛到九霄云外，急忙走马上任，只想着官声政绩。他离开山林，以致夜晚的飞鹤感到怨愤，清晨的山猿也觉得吃惊。这篇文章就是讽刺一些人言行不一，隐居是假，其实真正的想法是做官。后来宋代的大词人辛弃疾在《沁园春·带湖新居将成》中用到这个典故：“三径初成，鹤怨猿惊，稼轩未来”，表示想归隐田园的急切心情。

唐朝隐居之风盛行是有着独特的时代及社会背景的。唐朝统治者姓李，便以道家祖师老子为祖先，道教的地位在唐代是高于其他诸教的，道士、女冠为数众多，其中不仅有平民、文士，还有不少王室成员、世宦子弟。道观多建在山林，环境清幽，是隐士们修道的首选之地。唐王朝对隐士的待遇也很优厚，多次下诏征召隐士，如大诗人李白隐逸深山，声名远播朝野，唐玄宗于是征他为翰林学士。还有历经玄宗、肃宗、代宗、德宗四朝的中唐名臣李泌，也是以隐士之名声被请出山林参与国事，而一旦政治上失势，他能全身而退回归隐士的身份，可谓是“穷则独善其身，达则兼济天下”的典型代表。

# 华清池：此恨绵绵无绝期

## ——唐明皇与杨贵妃的罗曼蒂克消亡史

### 长恨歌

（节选）

唐·白居易

春寒赐浴华清池，温泉水滑洗凝脂。

侍儿扶起娇无力，始是新承恩泽时。

唐宪宗元和元年（806），白居易和陈鸿、王质夫同游仙游寺，说起唐玄宗和杨贵妃的遗事，便写下长篇歌行《长恨歌》，成为长篇叙事诗史上的一座高峰。悲剧的男女主角是唐明皇李隆基和中国历史上四大美女之一的杨贵妃。全诗沉郁顿挫，无限低回；文辞流丽，文采飞扬，“回眸一笑百媚生”“三千宠爱在一身”“在天愿作比翼鸟，在地愿为连理枝”，天生丽质、肤如凝脂、春宵苦短、梨花带雨等众多诗句已成脍炙人口的佳句、成语，因此诗作广为流传。这里选出的四句，描绘的是一幅香艳的杨妃出浴图。第一句说“赐浴华清池”，华清池作为皇家离宫，并不是刚入宫的妃嫔就能够享用的，可见其极为得宠。诗人笔下，杨贵妃皮肤细腻，宛如凝结的脂肪，滑得泉水都留不住，一点点滴落。出浴的杨贵妃娇弱无力，由侍女搀扶，袅袅婷婷向明皇而去。宫外春寒料峭，宫内软玉温香，形成强烈对比。

根据《长恨歌》的描写，杨贵妃的盛宠不但给杨氏家族带来炙手可热的权势，还引得一时社会风气“不重生男重生女”，让早年励精图治的唐明皇“从此君王不早朝”。本诗通过大量景物描绘，写出悲凉情味，虚拟描摹，笔意宕漾。全篇中心是歌“长恨”，但诗人却从“重色”说起，并且以浪漫主义手法极力铺写和渲染，这就使回肠荡气的感情落到实处。当劫难之后劫后波平，阴阳两别人天永隔，远在仙山上的杨贵妃重申前誓时，爱情之“长恨”的主题就足够动人了。

## 华清恩幸古无伦

华清池位于今陕西省西安市临潼区骊山北麓。西安自汉初刘邦取名，直到明初名作长安，意思就是“长治久安”。秦中大地，山川秀丽，风水极佳，又处于中原地区，因而备受君王青睐。这里早在西周时期就已是都城，称“镐京”，是十三朝古都。这里人杰地灵，有无数的历史典故和文化经典。秦岭山脉的重要支脉骊山位于长安东郊。“骊”是青色马驹，据说因山上松柏苍翠，山势绵延，酷似一匹青色的马而得名。周幽王曾在这里留下“烽火戏诸侯”的故事，更成为“红颜祸水”最著名的注脚。其实古今中外、历朝历代，总有些风流君王，爱江山更爱美人，下场惨淡的几位便把罪名推给钟爱的女人承担，沦为笑柄

◎华清池景区

◎骊山景色

和反面教材。

周幽王是周王室衰落的直接责任人，他顺利地断送了西周，剩下一个烂摊子，东周王室也无力回天，从此礼崩乐坏，百家争鸣，直至年轻的嬴政横空出世，一统六国，遂成“千古一帝”，史称秦始皇。秦始皇不止选中骊山作为墓地，还在骊山上引泉入室，起名“骊山汤”。“汤”在《说文解字》中的解释是“热水”，在古代，经常洗澡是一种身份的象征。温泉更是好处多多，而骊山上的温泉算得上天然宝藏。《古迹志》说骊山“三皇传为旧居，娲圣既其出冶，周、秦、汉、唐以来，多游幸离宫别馆，绣岭温汤皆成佳境”。

岁移盛唐，太宗造“汤泉宫”，玄宗时再次扩建，“天宝六载，改骊山温泉宫曰华清宫”。我们这里要注意，唐朝有几个年号，是几“载”而不是几“年”。天宝三载正月初一，把“年”改成“载”。原因很简单，延续着开元盛世的繁华，唐玄宗觉得自己可以与上古的明君相提并论，《尔雅·释天》中说“唐、虞曰载”，唐、虞就是尧舜，唐尧、虞舜的简称。好大喜功的明皇为了彰显自己的功绩和尧舜一般值得称颂，于是旧典新用，目的在夸耀自己的功业。天宝六载（747），此时离“安史之乱”还有八年。

华清宫一共有五个汤池：莲花汤、海棠汤、太子汤、尚食汤和星辰汤，分别是皇帝、贵妃、太子、大臣们的御用浴池遗址，等级森严，故别名“华清池”。唐明皇不仅和妃子、儿子享乐，还赐臣子一块儿泡澡。遥想当年，玄宗便是在这遗址之上同杨贵妃娱情歌舞，相依私语。杨妃在这华清池中，一洗就是八年。

## 舞破中原始下来

《长恨歌》中是如何描写杨妃入宫的呢？“汉皇重色思倾国，御宇多年求不得。杨家有女初长成，养在深闺人未识。天生丽质难自弃，一朝选在君王侧。”唐代虽然文禁不严，白居易在此也直言先皇“重色”，但作为唐朝的臣子，拿着朝廷的俸禄，多少还是有点不好意思直言真相，来了个为尊者讳。而另一位对杨妃明皇情事情有独钟的诗人李商隐，就直白了一些，他写过一首绝句《龙池》：

龙池赐酒敞云屏，羯鼓声高众乐停。夜半宴归宫漏永，薛王沉醉寿王醒。

这个唐人不敢直言、后世文人津津乐道的故事就是：杨玉环是曾

◎《杨贵妃上马图》/ 元 · 钱选 绘

经的寿王妃，唐明皇看中了自己的儿媳妇，横刀夺爱，将其收入后宫为妃。即使在风气开化的唐朝，这也是超大的丑闻。中国诗学的传统是“温柔敦厚”，比如同是强纳儿媳，诗经中讽刺卫宣公和宣姜的几首诗《新台》《二子乘舟》《君子偕老》等，并没有直陈其事。与白居易一同写出《长恨歌传》的陈鸿，就在传奇中直指杨妃来自寿王的府邸，但白居易不这么写，连“好色”的指责都要以汉喻唐，套到汉武帝身上去。无怪乎几十年后的李商隐，又在《骊山有感》中写道“平明每幸长生殿，不从金舆惟寿王”，尖刻地讽刺了这段不伦之恋，这种讽刺才多了几分尖锐。

明皇敢如此冒天下之大不韪，几经波折、几经巧妙运作强纳自己的儿媳妇，足见杨贵妃的倾国倾城、自昔罕闻。自废去王皇后，玄宗并未立后，因此杨贵妃相当于皇后。得来不易，自然珍惜。据《长恨歌传》记载，多才多艺的玄宗亲谱《霓裳羽衣曲》，召见杨贵妃时，令乐工奏此新乐，赐杨氏以金钗钿合，并亲自插在杨妃鬓发上。他曾对后宫人说：“朕得杨贵妃，如得至宝也。”杨妃虽曾因不逊、忤逆两次被贬出宫，但她聪慧，善言辞，才貌双全，让明皇难以割舍，极为宠爱，称之为“解语花”。两人耳鬓厮磨，情笃意真。据《长恨歌传》记载，天宝十载秋，两人避暑于骊山宫中。适逢七夕夜半，长生殿前，唐明皇屏去侍卫，与杨妃凭肩而立，仰天感慨于牵牛、织女的故事，密成誓言，愿世世为夫妇，说完两人便执手呜咽。清代洪昇的《长生殿》就源出于此。“不劳恁玉纤纤高捧礼仪烦，只待小饮对眉山”，是纯然抛下帝妃的身份威仪，想要和平凡恋人一样了。

长生殿之名很美好，可惜就在两人你侬我侬、沉醉太平之际，改变唐代格局的“安史之乱”悄然逼近。这让卓有远见的晚唐诗人杜牧大为惋惜，他在《过华清宫绝句三首》之一这样写道：

新丰绿树起黄埃，数骑渔阳探使回。霓裳一曲千峰上，舞破中原始下来。

在华清宫不远的新丰县已经腾起了马队奔驰的尘土，受了安禄山贿赂的使臣，报告安禄山并无反心。而明皇此时正在骊山峰顶纵情歌舞，居然直到中原失地才猛然惊醒。

梦醒之后，下场是惨淡的。唐明皇仓皇出逃，走到马嵬驿的时候，陈玄礼发动兵变，要求处死杨国忠、杨玉环兄妹，以平天下人的怨气。为求自保，唐明皇赐杨贵妃白绫一条，让她自缢，而自己却又不忍见其死，掩面而去。此后，李隆基被尊为太上皇，养于南宫。足足三年时间，他一听见《霓裳曲》便唏嘘感叹，可见相思之深。适逢有道士西来，说能为他寻见杨妃魂魄，上穷碧落下黄泉，终于在海岛仙山上见到了道号太真的杨妃，两相验证，旧物犹存。杨妃也因此万分悲伤，不得复居上界，只说让明皇保重。她临别时的诺言甚是感人，“复堕下界，且结后缘。或为天，或为人，决再相见，好合如旧。”使节回禀明皇，明皇“震悼”，于其年（762）四月崩，距马嵬驿之变七年。一段销魂蚀骨的罗曼蒂克史至此消亡。

一了心头憾事，便撒手人寰，人类常有这样的执迷不悟。“复堕下界，且结后缘。”宁可堕落，也要延续这段感情，誓言令人心动神摇。直到那时，明皇仍不悔对杨妃之思，可生在帝王世家，半点不由人，只能托付在虚无缥缈的来世。就像李商隐写《马嵬》的后四句：

此日六军同驻马，当时七夕笑牵牛。如何四纪为天子，不及卢家有莫愁。

当时的信誓旦旦，终究敌不过猝然而起的兵戈。堂堂天子却无力保护心爱的人，这不可谓不是一个讽刺。至此，故事的男女主人公都已尘归尘、土归土。华清池的故事，就留待后人继续书写了。

# 秦始皇陵：秦王扫六合
## ——地下宫殿的种种谜团

### 古风·其三

（节选）

唐·李白

秦王扫六合，虎视何雄哉。挥剑决浮云，诸侯尽西来。
明断自天启，大略驾群才。收兵铸金人，函谷正东开。
铭功会稽岭，骋望琅琊台。刑徒七十万，起土骊山隈。
尚采不死药，茫然使心哀。连弩射海鱼，长鲸正崔嵬。

中国最有名的皇帝，当属秦始皇无疑。李白这首五言古诗讽咏秦始皇，前面十句极写秦始皇统一天下之大功，后面写秦始皇求仙不成，又讽刺唐明皇之求仙，整首诗大开大阖，跌宕起伏，很好地体现了李白古诗行笔的特色，限于篇幅，本篇引诗截取前十六句。

诗开头四句写秦始皇一统天下之气势，运笔极重。“六合”指天地四方，用“扫”字形容出兵如风卷残云一般，后接“虎视”更显秦王藐视六国，君临天下之姿态，所以说“何雄哉”，极尽赞美之意。第三句“决”是扫荡、排除的意思，“浮云”比喻纷繁复杂的局势，秦王长剑一挥，六国接踵败落，根本不是“虎狼之师”秦军的对手，故能扫开浮云，使当下之局势趋于明朗，于是各诸侯国都西来归属秦国。这四句二十个字真是掷地有声，写尽了秦王之气魄、手段，同时用“诸侯尽西来”作衬托，使读者不禁也为其所折服。接下两句都是赞美始皇之话，英明果断是上天授予的，雄才大略

◎ 秦始皇陵兵马俑

足以驾驭群贤。“收兵”句是说始皇统一天下后，将兵器全部收集起来铸造成金人，这在《史记·秦始皇本纪》有记载：“收天下兵，聚之咸阳，销以为钟鐻，金人十二，重各千石，置廷宫中。”这么做的目的自然是贾谊在《过秦论》中说的“以弱天下之民”，民众失去了兵器就不敢反抗，秦与中原连接的门户函谷关大门也敞开了。始皇结束了长达百余年的割据分裂局面，功劳如此之大，自然要“铭功勒石”纪念一番，于是在会稽山上记下自己的功绩，又登上琅琊台骋望四方，是何其傲然威武！前十句全力渲染始皇雄才大略，与下文反跌形成鲜明对比。

“刑徒”句开始到结尾是本诗第二层意思，也是诗人想表达的中心思想，即荒淫奢侈，求仙长生终不能长久，最终只能落得“但见三泉下，金棺葬寒灰”的结局。史书上记载，始皇发动七十多万刑徒修建阿房宫和骊山墓地，直到始皇死去这两项工程都未结束。秦二世临时暂停阿房宫的修建，征调刑徒去给始皇陵覆土。始皇不但修建自己的豪华地下宫殿，还向往着长生不老，于是“尚采不死药”。一个“尚”字表现了秦始皇无休止地贪欲无法满足，担心采不到不死药，自己不能与天地同寿，所以“茫然使心哀”。史载始皇非常热衷于求仙，曾经让韩终、石生、侯公求长生不老药。有个燕地人叫卢生，从海上归来，为了鬼神的事，他呈上了宣扬符命占验的图录之书，上面写着“亡秦者胡也”。其实这个“胡”指的是二世胡亥，始皇没有理解意思，还派蒙恬带领三十万人去打北方的匈奴。卢生还劝说始皇要秘密出行，建造的宫殿不能让别人知道，这样才能长生，始皇居然真信了，还说：

“我自己就叫‘真人’，不再称“朕”了。”“连弩射海鱼”两句写的是徐福东去求仙，几年都没找到，于是欺骗始皇说海上有大鱼，所以无法到达，希望皇上派会射箭的人一起去，杀了大鱼就可以继续求仙了，后来果然射杀了一条大鲸鱼。

诗的结尾写道，载着满船童男童女的徐福至今还未回来，而秦始皇的骨灰已经装在金棺终被深埋于地下，“金棺葬寒灰”本来就是一个有着强烈对比的讽刺，再加上前面写徐福求仙根本不会回来，因为没有仙人，始皇到头来白忙一场，这样反跌效果更大。

## 地下宫殿的谜团和神异

秦始皇陵就是我国历史上第一位皇帝嬴政的陵墓，

◎ 秦始皇陵兵马俑 / 孔繁尘 摄

今位于陕西省西安市临潼区骊山北麓，背山朝水。始皇陵修筑规模之大，用时之长，派遣人数之多世所罕有，史载：“始皇初即位，穿治郦山，及并天下，天下徒送诣七十余万人”当初修筑骊山墓的时候动用了七十多万人，连续施工了三十九年，也就是到了秦国快灭亡时才完成这项浩大的工程，正好赶上陈胜、吴广起义，起义军都要打到临潼附近了，章邯说：“盗贼已经来了，他们太过强大，现在调用周边县的兵力来不及，请直接派骊山修墓的刑徒去。”二世准奏，章邯正是带领这些刑徒击退了起义军。秦始皇陵在最后修建阶段因为天下大乱的缘故，不得不草草完工。在秦陵的四周，还有各种各样的陪葬坑和墓葬，以东一千五百米就是震惊世界的第八大奇迹——兵马俑。在古代奴隶社会，以活人殉葬是贵族的一种殉葬制度。到了周朝，各诸侯国开始陆续废除这种野蛮残忍的殉葬制度，秦到了献公时期也废止了这项制度，因此兵马俑也就成了始皇的地下陪葬品。当前有一至四号坑，一至三号坑都有陶俑，四号坑尚未发现。

◎秦始皇陵/孔繁尘 摄

秦始皇陵一大谜团，就是陵墓命名问题。众所周知，秦始皇是个好大喜功的皇帝，在骊山下修建了规模庞大的陵墓。历来的考古发现，引发了对秦始皇陵名的讨论。郦道元的《水经注》中说："秦名天子冢曰山，汉曰陵，故通曰山陵矣。"可见具体开始命名天子的坟墓应该就是在秦汉时期，那么秦始皇陵应该也有专门的名字才对。其实，秦始皇陵内外也曾出土过一些带有文字的陶片，上面有"丽山""丽邑"等文字，于是就有学者认为"丽山"就是秦始皇陵的原名，这种说法是有一定根据的。我们通常所说的"骊山"同始皇陵墓的"郦山""丽山"有什么关系呢？

骊、郦、丽在古代多混用，如《汉书·匈奴传》中说："申侯怒而与畎戎共攻杀幽王于丽山之下。"颜师古作注说："丽读曰骊。"《史记·周本纪》中说："杀幽王骊山下。"幽王就是我们非常熟悉的周幽王，为了博美人一笑烽火戏诸侯，因此，所谓骊山，就是秦始皇陵南面的天然山脉，这里发生过很多历史故事，如"烽火戏诸侯""长生殿盟誓"等，但不等同于郦山、丽山。二十世纪八十年代就有学者指出，《水经注》中记载的是秦始皇陵得名丽山的真正原因，因山阴有金，山阳有玉，始皇贪恋郦山美名，取名的时候以山名为陵墓之名，并取美丽之意，与"郦"区别开来。再看《史记》中所载，"穿治郦山""乃分作阿房宫，或作丽山""复土郦山，郦山事大毕"，郦山或作丽山就是始皇的坟墓了。又有个地名叫郦邑，是秦始皇所置，丽山在郦邑之内，所以这两个混写，把丽山写作郦山。那么丽山或郦山，就应是秦始皇陵坟墓原名，而骊山则是山脉名。当然，现在仍有一些学者对此观点持怀疑态度。

始皇陵的另一大疑团，也是人们最感兴趣的，就是陵内部结构到底是什么样子的。因为到现在为止，受制于发掘技术和文物保护的种种原因，始皇陵一直没有发掘，这埋藏在地底的千年疑团尚待解开，据《史记》记载："始皇初即位，穿治郦山，及并天下，天下徒送诣七十余万人，穿三泉，下铜而致椁，宫观百官奇器珍怪徙臧满之。令匠作机弩矢，有所穿近者，辄射之。以水银为百川江河大海，机相灌输，上具天文，下具地理。以人鱼膏为烛，度不灭者久之。”《史记》中描述得非常详细，这么一看其实就是把地上宫殿搬到地下去了，始皇即使死了还是能做皇帝啊。建设地宫陵寝凿地三重泉那么深，下铜水放置棺材，又造了宫观，把奇珍异宝都搬进去放得满满的。还用水银做百川大河，用机器递相灌送，顶上作天文图像，地下是地理图案，这种待遇恐怕是其他皇帝所不能享有的。后来根据考古发现，秦始皇陵土壤确实含汞异常，那么“以水银为百川江河大海”恐怕就是真的了，只是现在还无法进地宫一探究竟。也不知上具天文是如何，灌送水银的机器真的有吗？

始皇陵中还有些奇异有趣之事，当然也是来源于传说。有一则“地宫飞雁”的典故，说的是项羽入关之后破坏秦始皇陵，派三十万人去盗挖，正在发掘时突然有一只金雁从坟墓中飞了出来，一直向南飞去，不知所踪。令人在感叹的同时，不禁疑问：秦朝时真的有这么高超的工艺水平吗？春秋时期能工巧匠如鲁班已经可以制造出比较复杂的工具了，所以遍招全国能工巧匠修建的始皇陵之巧夺天工可想而知，其中的秘密还有待我们进一步探索呢。

# 曲江：空闻子夜鬼悲歌

## ——『安史之乱』后的无穷哀感

### 曲　江

唐·李商隐

望断平时翠辇过，空闻子夜鬼悲歌。
金舆不返倾城色，玉殿犹分下苑波。
死忆华亭闻唳鹤，老忧王室泣铜驼。
天荒地变心虽折，若比伤春意未多。

“安史之乱”后唐王朝急速转衰，开元盛世辉煌不再，陷入频繁的忧患之中。唐文宗开成元年（836），李商隐来到曲江池边，有感于曲江池今昔巨大的变化，写下了这首诗。“翠辇”指皇帝的车驾，古时以翠羽插皇帝的辇乘上，所以叫作“翠辇”。前两句今昔并提，以之前皇室车驾游池之繁盛场景对比如今一片衰飒景象，只听得夜半冤鬼的哀歌。“子夜”一指夜半子时，一又是乐府《吴声歌曲》名，比如“始欲识郎时，两心望如一。理丝入残机，何悟不成匹”这样的情歌。因为曲江是长安城的士女游玩最好的去处，每年春天到来，无论长安的气候如何，曲江边都有数不清的丽人踏青，这就是唐人的香榭丽舍大道。二联承首联而来，说的是皇帝座驾不返，再难见到倾城之色，曲江池水犹自被玉殿分流而过，此联进一步写出了曲江池寂静、凄凉场景。三联连用两个典故。“华亭鹤唳”用陆机典故，西晋陆机因受宦官孟玖谗言而被诛，他在死之前感慨道：“华亭鹤唳，岂可复闻乎？”

华亭是一个地名，陆机入洛以前常与弟陆云游玩于此。李商隐用这个典故，意在说明甘露之变大臣被宦官大肆诛杀。而“王室泣铜驼”用的是索靖典故“铜驼荆棘”。西晋灭亡前，索靖看到了天下即将大乱，指着宫殿门口的铜驼感叹道：“会见汝在荆棘中耳。”这一联哀叹朝政无人，皇帝已沦为宦官掌中的傀儡，恐怕王室不久也会成为一片废墟，没在荆棘中了。最后一联作者再难抑制住心中的哀感，“天荒地变虽然使人心折，但若比伤春，这哀感尚不算多。”李商隐诗中经常出现“伤春”二字，他眼中的伤春并非仅仅停留在普通文人眼中“伤春悲秋”所谓气之动物，物之感人而引发的心理变化，而是更深层次地涉及国祚衰颓、无可奈何的时代变迁等，因此往往蕴含着更深刻的含义。

整首诗写即目所见之景，由眼前的景象联想到朝政混乱、宦官专权，预见不久将王室荆棘，唐王朝命运不可逆转地迅速衰颓，诗人却不能力挽狂澜，只能眼睁睁地看着这一切，想盛时皇帝游池之场景难再复，在这种情绪的支配下，整首诗写得哀婉动人，一种凝重悲恸的气息扑面而来。

## 曲江池的历史与诗篇

曲江池是唐代一处皇家风景园林，位于唐长安城东南角，拥有悠久的历史，今在唐遗址上翻建新园。早在秦代，秦始皇便在此处修建离宫宜春院，张守节《史记正义》引唐李泰等著《括地志》说秦代的宜春宫在雍州万年县西南三十里，宜春苑在宫的东边。《史记·秦始皇本纪》记载说百姓将二世埋葬在杜南宜春苑中。由此可知秦二世的墓也在曲江边。汉代在这里开挖渠道，修“宜春后苑”和“乐游苑”。到了隋代修筑大兴城，宇文恺凿地为池，名其为芙蓉池，唐玄宗又复其名为曲江池。

曲江池在唐代非常有名，这里不仅是皇帝臣子宴会的场所，每到进士新科及第，皇帝便要在此处赐宴，乘兴作乐。他们会把杯子放在盘子上，让盘子漂流在曲江水中，盘子顺着水流流转，漂到谁那里谁就要作诗畅饮。长安八景中“曲江流饮”就是这么来的。曲江在长安城中独特的景观和丰富的人文内涵，吸引了大批文人墨客在此题咏，留下了不朽的诗篇，还有因此地而衍生出来的传奇故事，如传奇《曲江池》，原名《一枝花》，表现妓女李亚仙与书生郑元和的爱情故事。这个故事在唐代就已经很有名，据说白居易、元稹听艺人说唱这个故事，六个多小时都未说完。

◎ 曲江亭 / 岑岑 摄

大诗人杜甫有数篇名作都与曲江风物有关，他写的《曲江二首》律诗，其中有“何用浮荣绊此身”“每日江头尽醉归”句。另一首和曲江有关的名篇《丽人行》则是对杨国忠兄妹骄奢淫逸的深刻讽刺。起句是：“三月三日天气新，长安水边多丽人。”在中国古代，每年农历的三月第一个巳日为上巳节，在这一天，人们一般都会去郊外游春，水边宴饮，这句“长安水边”即是指曲江池了。所谓“绣罗衣裳照暮春，蹙金孔雀银麒麟”，可见皇帝与臣民、妃嫔游乐盛大绚丽的景象，这时的唐王朝尚沉浸在一片繁荣之中，其实早已危机四伏。果不其然，玄宗与杨氏在曲江的欢乐没有多久，就“渔阳鼙鼓动地来”，安禄山的铁骑一路西下，短暂的开元盛世也迅速被边境狼烟所湮没，徒留一段“白头宫女在，闲坐说玄宗”的悲哀给后人。

## “甘露之变”与风雨飘摇的唐王朝

玄宗往下传了八代到了唐文宗李昂手里。李昂是唐穆宗第二个儿子，他的即位便是被宦官拥立的，但他并不甘心做宦官的傀儡。开元时期繁盛的曲江池在“安史之乱”后一度荒凉冷寂，文宗曾想重振曲江池热闹繁华景象，更欲大展身手，在朝政上有一番作为。可惜好景不长，他在位时期发生了“甘露之变”，朝中大权又落入宦官手中。李昂有心做一个好皇帝，但史书对他的评价十分确切：“有帝王之道，无帝王之才”，即有心，无力。

大和九年（835），即李商隐写《曲江》这首诗的前一年，唐文宗不满朝政大权旁落在宦臣手中，想借机除掉他们。他提拔李训为宰相，又任命郑注为凤翔节度使作为京师外援，以借天降祥瑞甘露的名义，让宦官仇士良、鱼弘志等人一同前去查看祥瑞。李训已经埋伏好兵卒，直待宦官看祥瑞时一并诛杀。不料伏兵暴露，宦官仇士良等人察觉到异常，急忙撤出，之前预谋功亏一篑。仇士良等宦官劫持了文宗，并大肆诛杀朝野臣民，这次事件有千人遭到杀害，和文宗预谋的两个大臣李训、郑注也被害。经过这次事件后，唐文宗彻底回天乏术，被软禁起来，连所立的太子也被宦官废掉。开成五年（840），唐文宗病死在太和殿，年仅三十二岁，至此，唐朝衰灭的大局已经无可挽回了。

◎曲江池畔／岑岑 摄

关于“甘露之变”，史学家有不少评点，大多都认为是文宗所托非人。如《新唐书》所说：“李训浮躁寡谋，郑注斩斩小人，王涯暗沓，舒元舆险而轻，邀幸天功，宁不殆哉。”认为李训、郑注、王涯、舒元舆等人的品行修养都不足以帮文宗成大事，所以最后会失败。司马光也认为：“训、注小人，穷奸究险，为取将相。涯与之比肩，不以为耻；国家危殆，不以为忧。”又强调了李训、郑注等人实际只是为了自己的利益。事实也证明了文宗轻信李训、郑注等人，将所有本钱押在他们身上，导致一场惨败。李商隐还写过《有感二首》影射甘露之变，全诗用典极多，十分隐晦，其一有数句曰：

如何本初辈，自取屈牦诛。有甚当车泣，因劳下殿趋。何成奏云物，直是灭萑苻。

袁绍字本初，汉少帝光嘉元年，大将军袁绍与何进谋诛杀宦官，不想事泄，虽然最后尽诛宦官，但何进也被杀害。李商隐以此作比，谓李训、郑注等人事先没有谋划好，结果和袁绍、何进等人一样，反过来为宦官所制。“下殿趋”即指文宗被宦官劫持一事，“直是灭萑苻”指大臣们被贼人萑苻即宦官杀害。此诗最后说：“鬼录分朝部，军烽照上都。敢云堪恸哭，未免怨洪炉。”“鬼录”即登记死人的名册，“军烽”指太监所率领的军队，“洪炉”指天地间，这登记死人的名册上已经记载了许多当朝为官者的名字，宦官的军队布遍了京城，谁还敢痛哭，只好怨天地不仁罢了。李商隐的诗固然有隐晦的特色，但这首诗句句指实，流露出一股激昂喷薄之气。

相比于李商隐，白居易写得《九年十一月二十一日感事而作》则清晰明了许多，其诗曰：

祸福茫茫不可期，大都早退似先知。当君白首同归日，是我青山独往时。顾索素琴应不暇，忆牵黄犬定难追。麒麟作脯龙为醢，何似泥中曳尾龟？

此诗是白居易听闻“甘露之变”后有感而作。“白首同归”指的是当朝大臣纷纷遇害，而我白居易却能逍遥快活，不涉朝局，独往青山之中，读之多少有点幸灾乐祸的味道。公元835年，即“甘露之变”同年，白居易被任命为同州刺史，辞不赴任后封冯翊县侯，留在洛阳，也直接避免遭受这场灾祸。“忆牵黄犬”用了李斯的典故。黄犬指的是古人打猎用的黄狗，公元前208年，李斯在咸阳被腰斩。《史记》记载临刑前，他对儿子说：“吾欲与若复牵黄犬俱出上蔡东门逐狡兔，岂可得乎！”我还想和你一起牵着黄狗，到老家的东门外猎兔子，这样的日子再也不可能了！太史公轻轻写了一笔“父子相哭，而夷三族”。三族的界定有三种，无论哪一种，都是无辜的族人因李斯不能及时抽身的政治野心而送命，一如“甘露之变”被牵连的人。白居易在尾联看似得意地说：“麒麟和龙好吧？却会被做成肉干肉酱，而乌龟却可以逍遥摇尾于泥中。”典故出自《庄子》。有一次庄子在河边钓鱼，楚国国君派两个人请他去做官，庄子说我如果是楚国神龟，宁愿在泥里摇尾巴也不愿意被终日供奉在庙堂之上。白居易诗正用此意，表达了自己抽身早退，免罹灾祸的庆幸。然而这种事，从个体生命的保全来说，固然是庆幸，却也是士大夫的耻辱：清醒地看着一个王朝走向覆灭，却无能为力。

无论如何，“安史之乱”是唐王朝命运的一个转折点，而自玄宗以后的几代皇帝都没有什么实质性的作为，文宗的奋力一搏反倒使自己身陷囹圄。回过头来，再读杜甫的《丽人行》，诗中描绘的那“肌理细腻骨肉匀”的美女仿佛是曲江池边最后一抹倩影，永远消逝在后人无限怅惘和哀叹中了。

# 大雁塔：高标跨苍天

## ——你向往雁塔赋诗题名吗

### 同诸公登慈恩寺塔

唐·杜甫

高标跨苍天，烈风无时休。自非旷士怀，登兹翻百忧。
方知象教力，足可追冥搜。仰穿龙蛇窟，始出枝撑幽。
七星在北户，河汉声西流。羲和鞭白日，少昊行清秋。
秦山忽破碎，泾渭不可求。俯视但一气，焉能辨皇州？
回首叫虞舜，苍梧云正愁。惜哉瑶池饮，日晏昆仑丘。
黄鹄去不息，哀鸣何所投？君看随阳雁，各有稻粱谋。

一千多年前的唐代，一场著名的诗赛在大雁塔悄无声息地举行。

唐天宝十一载（752），杜甫与几个好朋友，有高适、薛据、岑参、储光羲一同登上大雁塔，他们商量了一下，今天天气这么好，不如作一首登塔诗比试一下。说作就作，杜甫酝酿了一会儿，很快就写下这首有名的五言古诗。那么比试结果如何？

诗开篇两句极写大雁塔高峻，“高标”指高耸特立之物。李白《蜀道难》有“六龙回日之高标”形容山势高耸入云，杜甫这句写塔之高似乎能与苍天相接，一个“跨”字非常生动，仿佛触手可及一样。站在塔顶猛烈的风毫无停歇的意思，写烈风，一方面是说塔之高，另一方面又暗示着当下局势之险恶，为下文登高所感做铺垫。诗人接着感慨道：“唉，我毕竟不是心胸开阔之人啊，登高眺望还是会生出许多忧愁来。”“旷士”指心胸开阔之人。那么诗人到底忧愁什么呢？接下来几句却没有明说，“方知”句至“少昊”句抛开“百忧”转写大雁塔之构造和即目所见之景。“象教”指佛教，“冥搜”指探寻幽静，原来佛教力量如此之大，建这么一座塔，让我足以仔细探幽一番了。接下两句便是对“象教力”的说明，“仰穿龙蛇窟”，形容狭窄向上攀登阶梯；“始出枝撑幽”写从塔内如枝干一般密密麻麻楼阶梁栏中绕出。“龙蛇窟”“枝撑幽”比喻极为恰切，“仰穿”“始出”可知雁塔险峻，攀登困难，所以读杜诗便知道他写的每一个字句都是不浪费的。这时诗人已经站在塔最高层，看那北斗七星仿佛在北窗闪烁，银河流动的声音似乎都能听到，驾驭日车的神赶着太阳迅速向西落去，主管秋天的神送来了清凉秋日。“羲和”“少昊”都是古代神话中的神，诗人在这里写他们也是为了映衬前面两句，这样四句构成一个整体，登上塔仿佛就是与神灵相接，融入茫茫天境中。

下面一大段是全诗重点，也是诗人抒发感慨的一段。登临望向远方，秦地山峦大小不一，高低错落，就像是被切成一块一块，更辨不

◎喷泉后的大雁塔／岑岑 摄

清哪里是泾水，哪里是渭水。泾渭本来是一清一浊很好区分，诗人却在这里说“不可求”，有着深刻的寓意。俯视又茫茫一片，看不清皇州。如果联系时代背景便不难理解，天宝十一载距离“安史之乱”爆发只有三年时间，唐玄宗还沉浸在开元盛世的美梦之中，根本不会想到危险迫近，诗人却敏锐看到问题所在。皇上不理朝政，沉迷声色；大权落入奸相李林甫手中，阻塞贤路，朝野上下一片昏暗，这也是诗人前面提到“百忧”的原因。

“虞舜”指的就是舜，这时诗人不禁思念起虞舜，思念那盛世太平，也有解释说“虞舜”指的就是唐太宗，那时政治清明和当下不可同日而语。舜葬在苍梧，苍梧上的云似乎也在同诗人一样暗暗发愁。这两句写的是昔，转而写今，可惜玄宗还正在与杨贵妃饮宴，时局已经濒临日暮！黄鹄一只只不停地飞走，哀叫着不知向哪里去，你看那些追逐太阳的大雁，各自有谋取稻粱的盘算。“黄鹄”诗人自比，又兼指那些与自己有着相同境遇的贤才，不为所用，遭到排挤而不知去向何地；“随阳雁”指趋炎附势之人，他们只为自己考虑，毫不理会国家前途命运。

整首诗由登临引发感慨，沉郁顿挫，足以压倒群篇。

## 大雁塔和这次“诗赛”

慈恩寺塔，又叫大雁塔，坐落在唐代知名寺院大慈恩寺内，在今陕西省西安市南。贞观二十二年（648），当时还是太子的高宗李治，为了报答其母文德皇后修建了慈恩寺。慈恩寺在唐长安城晋昌坊，占据晋昌坊几乎一半的面积，这里地理位置十分优越，毗邻曲江、芙蓉园、乐游原。

贞观十九年（645），玄奘法师从天竺回国，最初在弘福寺组织译经，直到贞观二十二年，慈恩寺成，玄奘被皇帝从弘福寺请到慈恩寺中。

◎大雁塔前的玄奘像

这次迎送盛况是空前的，京城僧众、文武百官全部出动，太常九部乐置于道路两边，路上围观的群众数不胜数。皇帝带领太子、后宫等，在安福门楼手持香炉，“目而送之”，这些都记载在《大慈恩寺三藏法师传》中，可见当时玄奘影响之大，慈恩寺地位之重要。玄奘法师从此在慈恩寺内翻译经书。这次西行归国，玄奘也带回大量经书和佛骨舍利，怎么安放它们便成了问题，于是玄奘奏请于寺门前方修建一座石塔，用来保存西行带回的经卷佛像，还可以彰显大国之威仪。唐高宗对玄奘的设想做了些改变，石塔难以一下建成，于是改为砖造，另改建塔地址为寺门西院处，塔建成后唐太宗写的《大唐三藏圣教序》与高宗写的《述三藏圣教序记》分列两侧，最初塔有五层，后来增加到七层。

最初慈恩寺塔有很深的宗教背景，后来这层背景渐渐淡化，每到节日时，登塔览胜赋诗成了文人墨客必不可少的活动，杜甫、高适、薛据、岑参、储光羲登塔作诗便是例子。虽然他们这次作诗可能没有比试的意思，但同游名胜留诗，难免会被后人拿来比较一番，也成就了一段佳话。清代的王士祯就非常羡慕地说：“每思高、岑、杜辈同登慈恩塔，李、杜辈同登吹台，一时大敌旗鼓相当，恨不厕身其间，为执鞭弭之役！”

薛据的那首登塔诗现在已经看不到了，其他四家诗都在，这四首诗引发了后来诗评家的讨论。就现有的评论和诗的文本来看，杜、岑二公诗脱颖而出应该没有什么疑问，明末清初著名学者仇兆鳌在《杜诗详注》中就说：“少陵则格法严整，气象峥嵘，音节悲壮，而俯仰高深之景，盱衡今古之识，感慨身世之怀，莫不曲尽篇中，真足压倒群贤，雄视千古矣。”少陵就是杜甫，仇兆鳌认为在风格上杜诗气象峥嵘、音节悲壮，在内容上更是能纵观古今，感慨身世，所以压倒群贤，拔得头筹。也有人不同意，比如明代胡震亨就说：“诗人作诗写佛教题目的，自然应该用佛教中的语义来写，用其他典故补凑，就不是内行。”他在自注中又说：“就拿‘慈恩塔’这首诗举例吧，高适、岑参的诗都是佛教中语，杜甫诗中夹杂着‘望陵寝’‘叹稻粱’，与佛门的事情一点也没有关系。”诚然，杜甫这首诗确实少了佛教用语，但其实用“象教力”一词来说佛门事已经足够，重点是就登高望远而引发的联想感慨，内容充实饱满，具有现实意义，这点是其他诗家不能比拟的。

## 雁塔题名

和大雁塔相关的知名典故是“雁塔题名”，流传很广，指的是唐朝新中进士纷纷于大雁塔内题写自己名字一事，后来就以“雁塔题名”为进士及第的代称了。科举考试兴盛于唐代，在初唐就有进士科，唐代进士录取比例还很低，考中进士非常困难，所谓“三十老明经，五十少进士”，五十岁中了进士也算年龄比较小的，考上之后也值得大书特书一番，因此就有人先想到在大雁塔内留下自己的

◎大雁塔佛像浮雕

名字。据《刘公嘉话录》中记载："慈恩题名，起自张莒，本于寺中闲游而题其同年人，因为故事。"张莒是柳宗元的朋友，《刘公嘉话录》是记载大诗人刘禹锡言论的，刘禹锡与柳宗元也认识，所以对这件事情也该很了解，不大可能出错。张莒是大历年间进士，就此可以推出，雁塔题名最早追溯到唐大历年间。有一种说法出自古代文言轶事小说集《唐摭言》，书中说："进士题名，自神龙之后。"神龙是武则天和中宗李显的年号，则又可以往前推六十多年。值得注意的是，雁塔题名是由文人自发组织的，并没有官方规定。

后来雁塔题名竟变成一种习惯。发榜后，新科进士先去杏园聚会，称为探花宴，皇帝往往在曲江设下大宴，之后进士们再去大雁塔留下自己的名字，这是一件很值得骄傲的事情。《唐摭言》中说："神龙年以来，杏园宴后，都到慈恩塔下题名，在同年中推举一位书法较好的人记录姓名，倘若等以后这些人中有人成为将相了，则用红笔书写一遍。"雁塔题名中最有名的要数白居易，白居易及第时只有二十七岁，相比于那些五十多岁才中进士的人年轻不少。少年得志，意气风发，于是挥笔写道："慈恩塔下题名处，十七人中最少年。"

雁塔处既可以赋诗，又能题名，怪不得令众多文人墨客心动不已。

# 乐游原：乐游原上清秋节

## ——古原上的眺望感慨多

### 忆秦娥

无名氏

箫声咽，秦娥梦断秦楼月。秦楼月，年年柳色，灞陵伤别。

乐游原上清秋节，咸阳古道音尘绝。音尘绝，西风残照，汉家陵阙。

一般认为，词产生于中唐，但传为李白创作的《忆秦娥》（箫声咽）、《菩萨蛮》（平林漠漠烟如织）应是后人假托李白的作品，现在这一观点应该能被多数人认同。

词开篇从箫声写起，因箫声呜咽，十分凄楚，就塑造出一种冷清悲凉之感。这缠绵悱恻的声音一波波地穿过楼宇，透过窗纱，惊醒了寂寥独处女子的梦。“秦娥”指的是秦地女子，“梦断”，梦醒之意，睁开惺忪睡眼，听着这呜咽的箫声，眼前一片蒙眬，只有那残月挂在天角，流泻出淡淡的光芒，洒在窗台床头，让人倍觉孤寂。这两句虽然只有短短十个字，却将景色与人物心境合为一处，不用“愁”“苦”等形容词，读者只须自己联想，便能体会到那种黯然、衰飒的情境，似与秦娥融为一体。至于秦女梦的内容，读者自然也可以发挥想象，是在那生机盎然的春天与有情人的约会，还是在暮春时节与情人兰舟分手？我们接着读下去就容易找到答案。下面转入女子的回忆，秦楼上的弦月啊，只有你陪我度过了这么多时光，我依稀记得年年春日的柳色染遍了灞

◎乐游原青龙寺樱花

陵，那恰好也是我与情人分手的时节。灞陵在今陕西西安市，是汉文帝的陵墓。在灞陵有一座桥叫灞桥，“灞桥折柳”就是指这座桥，因此这里也是伤心之地，见证过无数南北行人的分离。上片至此结束，仿佛是一个女子的内心独白，她是那么执着地等待着，慢慢消磨着宝贵的青春。

如果说词的上片仅写个人的恩爱缠绵离情别苦，下片就转入更大场景的描写，并将个体放在古今变化之中，故语言变得尤为苍凉。乐游原是唐代长安城的最高点，为登高览胜之佳地，曾留下许多动人诗篇。清秋节即重阳节，在这一日登上古原，向远处眺望，此时的长安城早已不是昔日繁华的景象。当然这也可能是词人产生的联想，并未登原。因为世变兵乱，通往咸阳故道的音信早已阻断，即目所见之景，只有那和着西风的残阳，照着汉家陵墓宫阙。诗人只用最平凡的字眼将此写出，在这样壮阔的景象之下，让读者看到历史的消亡，美好事物的毁灭，不由得睹物伤怀。后人最欣赏这结尾八个字，例如王国维就曾在《人间词话》中说：“以气象胜。‘西风残照，汉家陵阙’，寥寥八字，遂关千古登临之口。”气象是什么，就是词人笔下的气度、气概，王国维认为这首词中“西风残照，汉家陵阙”所表达出来的气象正是词人胜于常人之处。历来对这首词的解读各有看法，周汝昌就认为上下片的变化是“由秦娥一人一时之情，骤然升华而为吾国千秋万古之心”；俞陛云则认为这首词是词人抒发心中积郁已久的情感，借闺怨表达出来。无论如何，这首词表现出的是一种阔大的意境，风格雄浑，手法也极为高妙，无论作者是谁，允为千古名篇。

## 千年古原上的风光

乐游原是一个有着悠久历史的古原，在今西安市南。早在秦代，这里就因为其秀美的风光而被王室贵族定为踏青游猎的场所，称为宜春苑。《三辅黄图》一书中说：“乐游苑，在杜陵西北，宣帝神爵三年春起。”到了汉宣帝时期，在这里建了乐游庙，于是就叫做乐游原或乐游苑。“原”和“塬”字相通，指顶上平坦的高地。汉宣帝死后葬在杜陵，离乐游原很近。

到了唐代，乐游原成了贵族士女们经常游乐的地方。乐游庙在当时还存在，依稀能在唐人诗句中找到踪迹。乐游原的南面是曲江、芙

◎乐游原青龙寺樱花

蓉园和大雁塔，站在乐游原上向下望去，长安城的美景一览无余，三月上巳、九月重阳正是郊游的上佳时节，这时的乐游原欢声笑语一片，车水马龙，热闹非凡，让人流连忘返。乐游原上有一处寺庙不得不说，那就是青龙寺。青龙寺在隋唐两代都很有名，隋朝时青龙寺叫灵感寺，当时隋文帝到了西安后迁徙城中的陵墓，移到郊野，就立寺以“灵感”为名，后来被废弃了一段时间。唐高宗龙朔二年（662），李世民的女儿城阳公主病愈后又奏请立为观音寺，这是因为当时公主病得很重，苏州有个和尚念诵《观音经》并祈福，公主病愈后有感于此，故立观音寺。景云二年（711）更名为青龙寺。唐武宗会昌五年（845）发生了全国性灭佛事件，青龙寺也未能幸免。到了宋代，寺院更加破败不堪，荒草丛生。现在所见的青龙寺是在原遗址基础上复原后建成。青龙寺还是日本佛教真言宗的祖庭，唐代时有不少日本僧侣于此学习，空海在青龙寺授经，回日本国后创立真言宗，因此青龙寺也成为日本佛僧的心中圣地。从二十世纪八十年代开始，青龙寺引进大量日本樱花，如今每到阳春三月，樱花在青龙寺中盛开，品种繁多，香气馥郁，踏春赏花之人络绎不绝。

除了佛寺外，乐游原上还有大批唐代文人显贵的住宅、观池，因为年代久远，这些住宅的遗迹都没有了，如今只能在诗里一窥大概。韩愈有一篇《游太平公主山庄》这样写道：

公主当年欲占春，故将台榭压城闉。欲知前面花多少，直到南山不属人。

太平公主是武则天的女儿，利欲熏心，又和母亲一样野心勃勃。她在乐游原上修观池、山庄，招达官显贵游赏。首句“欲占春”直言太平公主无法满足的欲望，想要将春天都占为己有。第二句紧接首句，修了很多亭台楼阁，使城阙也黯然失色。一个“压”字用得极好，显示出太平公主骄横贪婪的一面。第三句诗人重游此地，不问当年亭台楼阁，偏偏问花，委婉曲折。尾句，南山指终南山。太平公主事败后，她的山庄被朝廷收回赐给其他王族。这两句和首句形成鲜明对比，山庄都不能留下，何况春色！对“欲占春”的行为毫不留情地嘲讽一番。

## 文人登高感慨多

自古文人登高，大多会大发感慨，尤其是在乐游原这个地方。乐游原在唐人心目中有很强的文化象征意义，这里绝不单单是游乐场所，四周还有帝王陵墓，而这些陵墓也象征着一代文治武功伟业的逝去，或一个朝代的背影。唐代诗人杜牧有一首写登乐游原的绝句，最后两句是：“欲把一麾江海去，乐游原上望昭陵。”当时杜牧将要离开长安到吴兴任刺史，“欲把一麾江海去”正是说此事，又暗示在朝廷无容身之地。昭陵是唐太宗李世民的陵墓，登乐游原望昭陵，则是期待另一个盛世的到来，以衬对现世的不满。登上古原，也可以发发牢骚。

提到乐游原，还有一首不得不说的诗，那就是李商隐的《登乐游原》：

向晚意不适，驱车登古原。夕阳无限好，只是近黄昏。

这首诗从字面上看非常简单，却很有名，有名就在最后两句，历来解释颇多。一天将尽，诗人感觉心情不适，于是一人驱车登到乐游原上，只见原上一抹夕阳格外灿烂，却是临近黄昏了。仔细品味这首诗，有着很深刻的哲理。首先“夕阳无限好”，喻示着事物总是在最后关头，临近毁灭的时候才呈现出最美丽的一面。这句轻轻收住，“只是”句一转，流露出淡淡的哀伤，夕阳虽是美丽

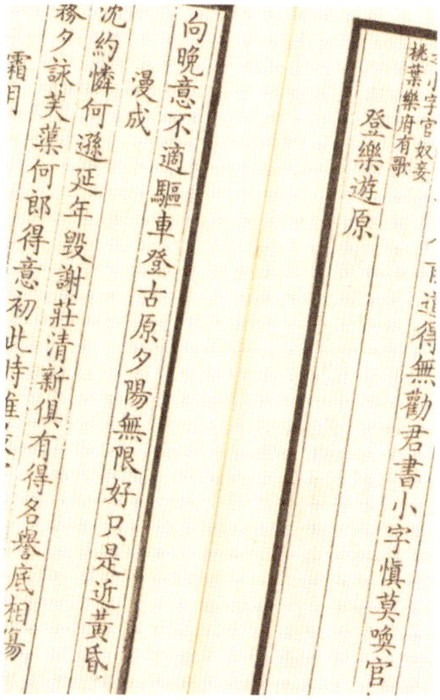


◎《登乐游原》书影（清）

的，然而美丽终将逝去，我们竟无法挽留。李商隐心思细腻，又有着与生俱来的忧郁气质，读李商隐的绝句，经常能被诗中尾句散发出来的深沉感慨和无与伦比的“诗人魅力”惊艳到，李商隐的绝句最出彩的多在收尾两句，如“如何肯到清秋日，已带斜阳又带蝉”，极写柳树衰飒神貌；又如“莺啼如有泪，为湿最高花”，开在最高处的花，也象征着春天最后的花，它是如此美艳动人，在将要飘落时留下对世界的最后一瞥。莺鸟啊，如果你感叹春天的逝去，请用泪水滴湿它吧。对“最高花”的同情其实也是自怜。李商隐一生漂泊，位居下僚，在风雨飘摇的晚唐时期，在牛、李党争的政治斗争漩涡之中，他多才却不得用。这多舛命运与“最高花”何其相似。花有人怜，又有谁能理解他呢！

在《登乐游原》诗中，诗人将自己的身世与国家衰亡的前景融合在一起，写到伤心处戛然而止，“只是近黄昏”意味绵长，令读者也觉无可奈何，正如清代姚培谦在《李义山诗集笺注》中所说：“销魂之语，不堪多诵。”古来对这首诗的评价，也多集中在后两句，以为是“唐祚将衰”。不过近来有学者提出反对意见，如周汝昌就认为，这两句其实是被后人误解了，主要是在对词语“只是”的理解上。“殊不知，古代‘只是’，原无此义，它本来写作‘衹是’，意即‘止是’‘仅是’，因而乃有‘就是’‘正是’之意了。”倘如先生所说，那么这句就变成“正是近黄昏”，没有转折，意思就逊色很多，想必许多人不认同。

# 阿房宫：大业沙崩固不难

## ——楚人一炬，可怜焦土

### 咏史诗·阿房宫

唐·胡曾

新建阿房壁未干，沛公兵已入长安。
帝王苦竭生灵力，大业沙崩固不难。

如果喜欢读历史演义小说，对胡曾这个名字应该不陌生。胡曾是唐代诗人，他写了一百五十首咏史诗，都是七绝，其中不乏议论精警而语言平易的句子。这首诗是他咏秦代著名宫殿阿房宫的。首句意谓刚建的阿房宫粉刷的墙壁还未干，据《汉书·五行志》中记载：“秦复起阿房，未成而亡。”《汉书》是班固所写，被后世研究者推为信史，因此现在主流观点认为阿房宫在秦灭亡后仍未建成。当秦二世还在谋划修建阿房宫的时候，刘邦已经带兵进入咸阳了。沛公即刘邦，因刘邦起兵在沛，故称为沛公。前两句交代了一个事实，即当秦统治者为了满足骄奢淫逸，大肆修建富丽堂皇宫殿时，起义兵已一路攻进国都。秦二世胡亥当上皇帝后，在宫中尽情享乐，朝政大事都落入赵高手中，直到各路军马就要打进咸阳才发觉，可惜为时已晚。三四句诗人发表议论，帝王劳苦穷竭百姓，这样也怪不得国祚覆灭。诗人直指秦朝的灭亡和统治者极力兴修宫室，劳苦下层人民群众有关。阿房宫修建得金碧辉煌，炫人眼目，而普通的劳动人民日复一日辛苦劳作，被榨干血汗。统治者的骄奢残暴，引起了人民的反抗，国事日颓，因此始皇嬴政只传到二代，秦帝国就灭亡了。

关于阿房宫的文学作品，最有名的要数杜牧的《阿房宫赋》。这篇赋文中在前两段大篇幅地描写阿房宫的壮丽和帝王穷奢极欲的生活。第一段先写“覆压三百余里，隔离天日”“盘盘焉，囷囷焉，蜂房水涡，矗不知其几千万落”，远处看去宫殿如密集的蜂房，又如同旋转的水涡，高高耸立不知道有几千万座；接着第二段写“朝歌夜弦，为秦宫人。明星荧荧，开妆镜也。绿云扰扰，梳晓鬟也。渭流涨腻，弃脂水也”。意谓六国妃嫔王子王孙变成了秦宫中人，他们从早到晚唱着歌，妃子们打开梳妆镜子，镜子泛光就像星星一样晶莹闪烁。早上梳着头发，绿色云朵一样纷纷扰扰，她们丢弃的胭脂让渭水都泛起了油脂。

作者毫不吝惜笔墨，使用铺陈的手法，细致地将一幅“阿房宫图”展现在读者面前。在古代典籍中，并没有如此细致地写阿房宫的整体构造和宫中王侯妃子生活的资料，杜牧也未生在那个时代，这两段文字多出自臆想。前面大肆铺垫，为后面转折议论埋下伏笔，作者在最后一段写道：

鸣呼！灭六国者六国也，非秦也。族秦者秦也，非天下也。嗟夫！使六国各爱其人，则足以拒秦。使秦复爱六国之人，则递三世可至万世而为君，谁得而族灭也？秦人不暇自哀，而后人哀之。后人哀之而

◎阿房宫遗址／天淡云闲 摄

不鉴之，亦使后人而复哀后人也。

所谓殷鉴不远，在夏后之世，一代应当吸收前一代之经验教训，避免覆国。作者提出一个大胆的看法，灭六国是六国自己的人，而不是秦国人；导致秦国覆灭的也是秦国自己，而不是天下人，而原因都是“不爱人”，即不爱自己本国国民。倘使秦统一全国后，能做到善待六国遗民，不大肆杀戮，不驱使之劳苦之，那么人民在和乐安详的环境里，自然也不会起义叛秦了。杜牧看似是写阿房宫，其实是想借兴建阿房宫之事来警喻后人，避免“楚人一炬，可怜焦土”式的悲剧重演。“不爱人”导致灭亡，这点和胡曾这首咏史诗是同一主题。阿房宫是秦代著名宫殿，历代吟咏阿房宫的作品大多有着警示意义。阿房宫是秦代修建，距今已有两千多年，文献记载颇不充分，所以对这所宫殿就有多种多样的看法，阿房宫也因此蒙上一层神秘的面纱。

## 迷雾中的阿房宫

围绕阿房宫的争议历来不少。阿房宫遗址位于陕西西安，是一个面积非常大的建筑群，据考古发现，它的范围应当是北起新军寨、后尾寨，南接和平村，东到皂河，西到纪阳村，总面积大约十五平方公里。阿房宫修建于秦代，这点毫无疑问，问题是阿房宫始建的具体时间，有人认为是从秦始皇年间开始修建，有人认为是从秦惠文王时候就开始修建了，这可以在史籍中找到答案。《三辅黄图》记载说：“阿房宫，亦曰阿城，惠文王造。宫未成而亡，始皇广其宫。”《汉书·五行志》中记载：“秦惠文王初都咸阳，广大宫室。”可见阿房宫具体修建时间应当追溯到秦惠文王即位年间，是秦惠文王都咸阳时想要扩大宫室而修建的。嬴政即位后又进一步扩大宫室面积，如果从秦惠文王算到秦始皇，这中间也有一百余年时间，阿房宫在这百年修建过程中，至少应该完成了一部分。

《史记》中又说秦始皇三十五年（前 212）开始营造新朝宫，原因是秦始皇觉得咸阳人太多，先王宫殿太小了，于是先在渭南上林苑中修建了前殿，将前殿暂时命名为阿房宫。秦朝统治者本来打算在建成后再改名，但阿房宫没有建成秦朝就灭亡了。仅前殿建设就是极为浩大的工程，东西长五百步，南北长五十丈，上面可以坐万余人，把终南山作为这座宫殿的南大门，动用了七十万刑徒，一部分修建骊山始皇陵，一部分修建阿房宫。公元前 210 年，秦始皇病死，秦二世胡亥调人去给始皇陵覆土，阿房宫也就停工了。公元前 209 年，胡亥继续调人修建阿房宫，直到公元前 207 年二世被赵高所弑，这段时间阿房宫的主体建筑前殿都在修建过程中。如果算上从秦始皇开始修建到秦二世之死，总共有五六年之久，如果再追溯到秦惠文王时则时间更长。

根据史料记载，阿房宫确实没有建成，确切地说连前殿都没建完，更别说杜牧赋中所写"覆压三百余里"的大型宫殿群了。近代、当代一些学者根据《魏书》《晋书》《旧唐书》中记载，推断阿房宫建成确实没有太多依据。首先，项羽进秦都后放火烧了咸阳宫，等到刘邦定汉又重新营造未央宫，并没有提到阿房宫。如果据一些史学家推测，项羽并未烧阿房宫，且阿房宫一直用了很久的话，何以在距秦不远的汉代典籍里没有提到阿房宫的使用呢？且刘邦进咸阳后也没有进驻阿

◎《阿房宫图屏》/ 清 · 袁江 绘

房宫，足见阿房宫建筑工程尚未结束。有一种可能就是，汉武帝时期在秦基础上扩建上林苑，供帝王休息游乐，这部分主体建筑将阿房宫包含在其中。阿房宫究竟是修葺还是拆了另做他用，这点无从而知，不过就以后史籍中频频出现“阿房”一词，可以推测阿房宫应该是得以修葺了。

另外，阿房宫的读音和名字来源在千百年来都备受争论，莫衷一是，“宫”字没有争议，最受争议的是“阿房”二字。一般认为“阿房宫”读音为“ē páng gōng”，这也是认同最多最传统的一种读法。

## 项王烧的是阿房宫吗

谈到阿房宫，最受关注的话题之一就是项羽究竟有没有放火烧过阿房宫。就目前来看，主流看法渐渐倾向于项羽没有烧阿房宫，由于对历史的误读，让项羽背负了火烧阿房宫的罪名。

“火烧阿房宫”在史料典籍中没有记载，《史记》中说：“居数日，项羽引兵西屠咸阳，杀秦降王子婴，烧秦宫室，火三月不灭。”项羽兵屠咸阳城，杀了秦王子婴，放火将秦宫室烧了，大火烧了三个月不灭。可是这里并未提项羽烧的是阿房宫。而杜牧在《阿房宫赋》中清清楚楚写道“楚人一炬，可怜焦土”应该是对史籍的误读。再加上汉代贾山写过一篇献给汉文帝的《至言》，借秦为喻，言治乱之道，里面提到了阿房宫修建后的壮丽场景，让后人误以为阿房宫已经建好并被项羽一把火烧掉，其实项羽烧的应当是咸阳宫。咸阳宫是秦代宫殿，也是自秦定都咸阳后历代君主主持朝政的地方。在当代考古发掘中，于咸阳宫遗址发现了大量焚毁的痕迹，而阿房宫遗址区仅仅发现了数片烧过的土块，这就说明阿房宫被火烧的可能性越来越小。

《阿房宫赋》毕竟是文学作品，赋中遣词造句用了夸张手法，有可能是杜牧之前读到贾山上汉文帝的《至言》里关于阿房宫富丽堂皇

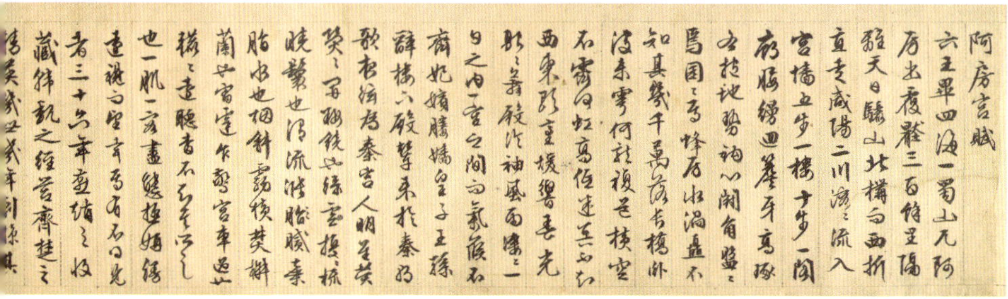

◎《阿房宫赋》（局部）/ 明 · 文徵明 书

景色的描述，再加上之前史籍对阿房宫建筑情况的记载，想象出阿房宫内宫殿的具体场景，又读到《史记》中写项羽烧秦宫室，就以为项羽连阿房宫一并烧了，这样写也确实达到了讽喻的效果。

看来阿房宫被楚人烧成焦土一堆并不能全信呀。然而想为项羽翻案也没那么容易，项羽毕竟烧了秦朝的其他宫室。《史记》中说“火三月不灭”虽是略带夸张的表述，但也足见损毁之大。至于杜牧的《阿房宫赋》早就成为千载名篇，文学创作并不能等同于史学研究，因此无论如何，这篇精彩赋文的价值不会被抹杀。

# 茂陵：茂陵刘郎秋风客

## ——求仙和文章：哪种可以永垂不朽

### 金铜仙人辞汉歌

（节选）

唐·李贺

茂陵刘郎秋风客，夜闻马嘶晓无迹。
画栏桂树悬秋香，三十六宫土花碧。
魏官牵车指千里，东关酸风射眸子。
空将汉月出宫门，忆君清泪如铅水。

诗歌中的汉武帝刘彻是个挺悲摧的皇上。穷兵黩武有他，好大喜功有他，就连珍爱生命延年益寿也成了罪状。因为喜好求仙，汉武帝在宫中用铜铸造了手捧露盘的仙人，成为古诗中的著名典故。造这个有什么用呢？原来汉武帝以为喝了承露盘中的露水就能长生不老，每日“和玉屑服之”，可是到了最后汉武帝还是死了。这个铜仙人历经风风雨雨过了三百余年，魏明帝曹叡下令把它从长安搬往洛阳，将要拆盘装运时，铜仙人竟然潸然泪下。李贺写的这首诗正是咏此事。

茂陵是汉武帝刘彻的陵墓，刘郎指的就是汉武帝刘彻。武帝曾写过一篇《秋风辞》：“欢乐极兮哀情多，少壮几时兮奈老何？”所以称他为“秋风客”，又暗示刘彻求仙想要长生不老其实是一场梦，他还是如同秋风过客一般飘然而逝。第二句是说在夜里曾经听闻汉武帝的坐骑嘶鸣，天亮就杳然无踪，同样也喻示着生命、时间之短暂，像是昼夜更替一般，补充说明“秋风客”意。诗人特地选取了夜这个场景，呼应前一句的“秋风客”，更是塑造出一种凄凉、冷清的氛围，也为全诗定下基调。汉武帝化为一抔尘土，宫殿尚在，物是人非，那画栏边的桂树依然散发着深秋的香气，长安的三十六宫已失去往日的鲜丽壮阔，覆盖上一层厚厚的碧绿苔藓。这两句，诗人继续写周边场景，为下文金铜仙人出场作铺垫，用嗅觉感受“秋香”和视觉感受“碧”相结合，选取的词汇又是偏于冷色调，将读者又拉近一层，仿佛置身于荒寒寂寥的汉宫中。

写到这里铜人便出场了，铜人历经百余年沧桑变化后，终于要被魏国官员载着远离故乡，东往洛阳，“牵车”身不由己，“千里”路途之遥远，更何况此时东关霜风凄紧，直射双眸。诗人巧妙地用“酸”这种味觉词与风组合，搭配出一个新的物象，“射”这个动词也用得非常好，说明风与箭一样，急促劲烈。铜人被迫去国离乡，不能用言语表达内心伤感失落之情，伴随着百年来始终照随的明月，慢慢驶出宫门，滴落如铅水般的泪珠。在“月”前面加一个“汉”字，万象有变，而月始终不变，月既是历史见证者，又是经历了世事沧桑的亲历者，抒发了今昔衰变之感。至于铜仙人流泪自然是诗人之想象，但在如此处境中，读者也情不由己地相信铜仙人已经变成了人，会因伤感而哭泣。“铅水”一词也是出自诗人的独特搭配，因仙人是用铜铸的，流下的泪也应该是铅水，这里，铜仙物象与人像结合，似真似幻。

这首诗当作于唐元和年间，李贺因病辞职赴洛阳，目睹唐王朝由盛转衰，藩镇割据严重，又联想到自己的身世，所以“寄悲于金铜仙人”，“金铜仙人辞汉”既指自己现下离开长安，前途不明之困境，又预示日后国鼎迁徙无可奈何之痛，身世与国事融为一体，整篇诗也显得格外沉郁。

后来“茂陵刘郎”一词也在诗句中被广泛运用，或只用“刘郎”一词指代汉武帝。

## 武帝的求仙梦

茂陵是汉武帝刘彻的陵墓，在今陕西省咸阳市兴平县，也是汉代所有帝王陵墓中规模最大的一个。公元前 87 年，汉武帝驾崩于五柞宫，享年 70 岁，同年即下葬茂陵。据《西京杂记》载，武帝下葬时口含玉蝉，穿着金缕玉衣，卫青墓、霍去病墓、李夫人墓等环绕周边作为陪葬。

◎汉孝武帝茂陵碑／天淡云闲 摄

不可否认，刘彻是一位有着雄才大略的皇帝，但对他的争议也颇多。他一方面罢黜百家，独尊儒术，使得儒学地位大大提升，君权神授、君臣之义成为统治千年的思想，这种阶级分明的观念也是我国封建社会赖以维系的核心所在。他又大兴武功，命卫青、霍去病主动攻击匈奴，使昭宣两朝匈奴逐渐衰弱，汉朝也彻底扭转了因匈奴进犯造成的不利局面，这对维持国家边疆的稳固、促进国内经济持续发展大有裨益。但另一方面，他穷兵黩武以致掏空国库，文景时期的积蓄在他手中肆意挥霍。晚年的刘彻也愈发昏聩，宠幸奸佞，致使太子刘据起兵自保，最终兵败身死。这就是著名的“巫蛊之祸”。他又迷信鬼神，求仙访道以求长生，可谓无所不用其极。这些都为后人所诟病。在这里不妨接着铸造金铜仙人一事来谈汉武帝的求仙梦。

中国古代很多皇帝都有“求仙梦”，想长生不老，与天地同寿，因此他们执着追求，至死不渝。汉朝之前秦始皇派徐福东去求仙。汉武帝时期，“求仙”风愈来愈热，刘彻对此可谓颠倒痴狂。

《史记·孝武本纪》中记载，刘彻一即位就特别重视对鬼神的祭祀，自从初到雍县祭祀五位天帝，以后每隔三年都要郊祀一次。风气使然，也就多了些自称会长生不老、辟谷不食之人。有个叫李少君的人，没什么本事，却很会吹嘘自己，他隐瞒年龄，说自己七十多岁，能驱赶鬼神，周围人对他深信不疑，不断给他财物，本来一贫如洗的他就这样靠骗成了一个大土豪。但他还不满足，想接近皇帝获得更大的权利。于是有一次就跑到武安侯田蚡府上，找了一位九十多岁老人与他串通好，大谈和这位老人祖父曾一起游玩涉猎之事，让在座的人大惊。后来终于有机会拜见汉武帝，他骗汉武帝说用朱砂可以炼黄金，用黄金作碗筷使用就能延年益寿，寿命长了就可以见到蓬莱岛仙人，再举行封禅之事就可以长生不老。汉武帝对他的话深信不疑，正准备按照他的法子办，就在这时李少君因病死了。汉武帝却自我欺骗说他得道飞升了。沿海的一些方士看到李少君的成功以为有机可乘，也纷纷效仿。

汉武帝求仙之心不死。李少君死后，又来了个齐人少翁。齐人少翁说自己能招引鬼神。恰巧这时候汉武帝宠爱的王夫人去世了，少翁就用方术在夜里让王夫人的形貌出现。汉武帝隔着帷幕看见，大喜，封少翁为文成将军，还给了他很多赏赐。后来汉武帝觉得少翁方术不灵验，有些怀疑。少翁为了证明自己，在一块布上写了一些字，让牛吞进肚子，自己装作不知道，开肚取字给汉武帝看。汉武帝发现是少翁的笔迹，大怒之下就把他杀了。

又有个叫公孙卿的术士告诉汉武帝一个故事，说是黄帝采集首山铜在金山铸了一座大鼎，铸好之后，天上就有一条龙飞了下来迎接黄帝，黄帝骑上龙，群臣后宫之人都纷纷骑上去，有些小臣骑不上去就攀住龙的胡须。龙一飞升，胡须就断了，百姓看着黄帝远去，就抱着遗落下的弓和胡须哀号，所以后世就把这个地方叫作鼎湖。汉武帝听了这一番话倒是很向往，还说："哎，要是我能像黄帝那样，那我看离开妻子女儿不过像是脱掉鞋子罢了！"可见他对成仙之热衷。李白写过一首《登高丘而望远》，尾句说：“穷兵黩武今如此，鼎湖飞龙安可乘。”汉武帝这样穷兵黩武的行为，就算龙来了你也乘不上，可谓是对统治者修道成仙行为的深刻讽刺。

汉武帝的求仙梦做了很久，只是一直没有实现。

## 卧病茂陵的司马相如

说到茂陵，除了墓主人汉武帝以外，另一个不得不说的人就是司马相如了。司马相如是汉代著名的辞赋家，凭借狗监杨得意递上的一篇《子虚赋》为汉武帝所赏识。“狗监”就是替皇帝掌管猎狗的官。当时汉武帝读罢，感慨道：“我为什么不与此人在同一时代呢？”之后知道司马相如就是本朝人，大惊，急忙召见。司马相如又作了一篇《上林赋》献给皇上，汉武帝再看过，就封司马相如郎官。这两篇赋现在仍能看到，是汉大赋的代表作。大赋有个鲜明的特点就是“劝百讽一”，意思就是说一百句好话，讽刺只有一句。司马相如作《上林赋》本来是想反对帝王奢侈，但在赋文里却大篇幅描绘天子打猎场景和宫观壮丽景象，让汉武帝高兴。

司马相如晚年过得并不好。有人上书告司马相如出使时接受了贿赂，因此他丢掉了官职，在家待了一年多，又被招回做官，后因病免官，住在茂陵。《西京杂记》中说司马相如的病是消渴疾。用今天的医学

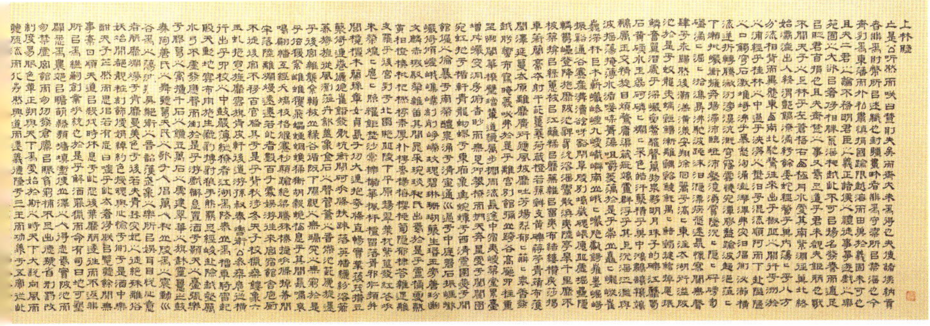

◎《上林赋》/明·文徵明 书

术语来说就是糖尿病，加上贪恋卓文君的美色，引发这个本来就有的老毛病。他还写了一篇《美人赋》来规劝自己，然而他终究改不了对卓文君的迷恋，最后还是死在这个病上。《汉书》上说：“相如口吃而善著书，常有消渴病。”汉武帝听说司马相如病得不行，就赶紧派人去取他作的书，生怕相如一死，他写的书就找不到了。派的人到了相如家中，相如已经死去，询问他的妻子被告知，相如并没有什么书，他时写东西就时被人取走，只有一卷书，并且遗言说如果有使者来拿就让他们取走。这部书上写的都是些封禅的事，武帝得知情况后很是吃惊。

我们读古典诗词时，时常见诗人引用茂陵这个典故，除了和墓主人刘彻有关外，有很大一部分和司马相如有关。诗人们在引用这个典故时也多以相如自比，诉说自己困窘的处境，如李商隐有一首七言绝句《寄令狐郎中》这样写道：

嵩云秦树久离居，双鲤迢迢一纸书。休问梁园旧宾客，茂陵秋雨病相如。

这是李商隐在会昌五年（845）闲居洛阳家中时，回寄给长安旧友令狐绹的一首诗。令狐绹是李商隐旧恩人令狐楚的儿子，此时官任右司郎中，而李商隐却是仕途不顺。诗人在诗中没有任何谄媚讨好之意，用语平常却很动人，最后两句是说不要再问我这梁园旧客，现今只如司马相如一般，病卧在秋雨茂陵中。梁园是汉梁孝王刘武的私人宅院，当时司马相如等文士都曾在梁园做幕僚，用在此处是指昔年客居令狐楚幕下，表达了怀恋之情。诗人自比相如，也是当下穷困、多病、寂寞的真实写照。

武帝的求仙梦消散在厚厚的黄土中，司马相如的赋却正如曹丕在《典论·论文》中说的那样“盖文章经国之大业，不朽之盛世”而永垂不朽。

# 昭陵：可要昭陵石马来
## ——皇帝的坐骑也留名

### 复京

（节选）

唐·李商隐

虏骑胡兵一战摧，万灵回首贺轩台。

天教李令心如日，可要昭陵石马来。

一个王朝的衰落，未必尽有与前代一致的轨迹。唐德宗建中四年，叛唐的淮西节度使李希烈发兵围攻河南襄阳。唐德宗为解襄城之围，诏令泾原节度使率五千士卒抵长安。这些泾原籍的士兵却只想着得到朝廷的封赏，没有达到目的便聚众发起兵变，拥立朱泚为主帅，攻入长安，史称“泾原兵变”。唐德宗逃亡到奉天。半年后，大将李晟击败叛军，朱泚逃亡途中被部将杀死，长安城遂得以收复。李商隐于是写下这首诗，表达对李晟匡扶唐室的赞扬与对唐王朝复兴的期盼。“虏骑胡兵一战摧”，指李晟率领唐军将叛军击溃，万千黎民百姓都在庆贺朝廷的胜利。轩台即轩辕台，指皇帝所在之处。第三句写李晟对朝廷的忠心就像太阳一样。“昭陵石马”用了一个典故，是说在“安史之乱”中唐朝军队在潼关惨败，忽然见到有黄旗军数百队与叛军将领崔乾祐交战，过了一会儿又消失不见，不知所踪。后来昭陵的官员上奏，就在那一天，灵宫前的石人石马都流汗了，人们认为是唐太宗的英灵不忍看到唐朝灭亡，便派遣石兵石马来与叛军作战。李商隐虽以朦胧缥缈的爱情诗蜚声后世，但他的骨子里更是一位忧国忧民的士子。他生活的时代，唐王朝已是日薄西山、摇摇欲坠了，但他一直渴望着朝廷能够奋发图强，重现贞观之治的盛世辉煌，然而这样的希望终究没有实现。

## 昭陵——唐代人心中的圣地

昭陵是唐太宗李世民的陵墓，由唐代著名艺术家阎立德、阎立本兄弟设计，历时十七年完成，是陕西关中“唐十八陵”中规模最大的一座，也是我国帝王陵园中面积最大、陪葬墓最多的一座。昭陵建于陕西礼泉西北六十里的九嵕山上。九嵕山风景秀丽，挺拔奇绝，与关中平原南部的秦岭山脉遥相对峙，前后有群山环卫，山后是滔滔的泾水，山前便是沃野千里的关中平原，浩浩汤汤的渭水由东西横穿关中平原，可以说，这是一方极适宜建设陵墓的风水宝地。

关于唐太宗李世民，历史早已给予他“千古一帝、一代明君”的高度评价。李世民是唐代开国君主，唐高祖李渊的儿子，也是唐朝第二位皇帝。他在在位的二十三年中，虚怀纳谏，励精图治，开创了中国历史上著名的“贞观之治”。在唐代乃至后世的许多个朝代，“贞观之治”都是政治清明、安居乐业的理想社会的代名词。每当国家朝政陷入危机，从朝廷百官到黎民百姓，他们心中都会浮现出唐太宗时期的盛世，无时无刻不在企望着回归到“贞观之治”的

◎ 李世民像

景象中去。杜甫在长诗《北征》的末尾就长歌当哭地叹道："煌煌太宗业，树立甚宏达。"唐太宗的归葬之地——昭陵，也成为寄托唐代文人中兴之梦的圣地。如杜牧的《将赴吴兴登乐游原一绝》："清时有味是无能，闲爱孤云静爱僧。欲把一麾江海去，乐游原上望昭陵。"杜牧虽想着远游江湖不问世事，但是当他登上乐游原，远远眺望夕阳中的昭陵时，心中再次唤起对唐朝中兴的希望与信念，也就不舍得离开朝廷去独善其身了。韦庄的《闻再幸梁洋》："兴庆玉龙寒自跃，昭陵石马夜空嘶。"诗人联想到昭陵的石马在寒冷的夜空中发出凄厉的嘶鸣，进而映衬出他对唐朝目前局势的心灰意冷与中兴之梦破灭的无可奈何之情。

对于后来的唐朝人来说，昭陵是寄寓着他们家国情感的圣地。然而对唐太宗来说，昭陵却是时时触发他伤心与思念的地方。按照古代的传统，帝王往往从即位不久就开始修筑陵墓，唐太宗尚在世时，陵墓早已修成。而昭陵的建设不同于前代皇陵，它是依九嵕山峰，凿山建陵，据说这是因为长孙皇后临终前的意愿。长孙皇后，又称文德皇后，是中国历史上少有的贤后，她以女性的善良、坚韧、聪慧全力辅助唐太宗的事业。长孙皇后素来节俭，贞观十年，重病之中的长孙皇后叮嘱唐太宗，在她死后，陵墓要"因山而葬，不须起坟"。据《新唐书》记载，长孙皇后归葬于昭陵之后，唐太宗非常思念她，于是就让人在苑中搭建了一座楼台，可以常常登楼眺望昭陵。

有一天，唐太宗邀请魏徵一起登楼。唐太宗问魏徵："贤卿看到了吗？"魏徵回答说："臣年纪大了，老眼昏花，看不到。"太宗指着昭陵的方向让他看。魏徵说："这是昭陵吗？"太宗说："是。"魏徵说："原来皇上是在说昭陵，老臣以为皇上眺望的是献陵呢。如果是昭陵，那老臣早就看到了。"太宗听后十分惭愧，于是命人将楼台拆去。献陵是唐太宗的父亲唐高祖李渊的陵墓。魏徵以此来讽刺唐太宗不该沉浸于儿女私情而忽视了国家大事。魏徵虽然以敢于直谏闻名青史，但在这里未免有些不近人情。李世民是一世英主，也是一位深爱妻子的丈夫，结发妻子去世后，也免不了如常人一般陷入久久的思念与哀悼之中。

## 昭陵六骏的浮沉漂泊

在隋末战争的风烟之中，唐太宗李世民的沙场征战生涯有着六匹骏马的陪伴，它们是“拳毛䯄”“什伐赤”“白蹄乌”“特勒骠”“青骓”“飒露紫”。这六匹骏马都是马中的良才，从西域波斯与突厥马种中精挑细选而来，它们如英勇的士兵一般出生入死，身中数箭而毫无畏惧，伴随着李世民经历了最为凶险的六大战役，留下许多动人的传说与故事。如在征讨王世充的战争中，李世民与军队失散，他乘坐的“飒露紫”也中箭了。部将丘行恭为“飒露紫”拔箭，“飒露紫”前腿直立，身体后倾，忍受着巨大的痛苦仍配合拔箭。这感人至深的一幕被镌刻在昭陵前的石雕中。为了纪念这六匹优秀的战马，唐太宗请工匠根据阎立本的绘画手稿，将六骏形象刻成浮雕，置于陵前。并亲作《六马图赞》，由大书法家欧阳询书写，如对“飒露紫”的赞是：“紫燕超跃，骨腾神

◎《昭陵六骏图》（局部）/ 金 · 赵霖 绘

骏，气詟三川，威凌八阵。”对“青骓”的赞是：“足轻电影，神发天机。策兹飞练，定我戎衣。”表达李世民对亲密战友“昭陵六骏”的深挚思念。

◎现藏于西安碑林的“昭陵六骏”之青骓

“昭陵六骏”不仅是唐太宗文治武功的体现，更是盛唐昂扬向上时代精神的代表。后世有很多题咏“昭陵六骏”的诗歌，如宋代大诗人苏轼赞美“昭陵六骏”道：“艰难济大业，一一非常才。维时六骥足，绩与英卫陪。功成锵八鸾，玉辂行天街。”此外还出现许多关于“昭陵六骏”的主题绘画，其中艺术水平最高的要数昭陵前的六骏浮雕，它是唐代留存下来的最为精美的石刻，简洁有力，刚柔并济，栩栩如生，体现了盛唐时期阳刚壮美的艺术精神。鲁迅就认为昭陵上那只“带箭的骏马”，体现了唐朝的闳放深远，简直是前无古人，后无来者。

然而，这样的国宝级的艺术珍品，却并没有得到妥善的保护，以致支离破碎，流落异国。1914 年，正值中国内忧外患、风雨飘摇的时

候，陕西督军陆建章勾结商人，以十二万五千美元的高价将六骏中的“飒露紫”和“拳毛弱”盗卖给美国人。1918 年，美国人又勾结陕西督军陈树藩之父，盗运其他四骏石雕，幸好被民众发现阻拦。不法商人为了便于运输，已将四骏打破。中国近现代政治家、教育家，同时也是陕西三原人的于右任得知此事后悲愤不已，写下了一首《昭陵石马歌》：“噫吁嘻，陵前晚照红复红，凤翥龙翔剩闷宫。太白山头君休望，龙媒一逝群为空。英卫英灵呼欲起，风云会合连钱骢。长驱铁骑数十万，蹴踏大陆除群雄。呜呼！安得长驱铁骑数十万，蹴踏大陆除群雄。”于右任不禁想到当年李世民带着“昭陵六骏”驰骋沙场，创下荡除群雄的绝世功绩，而今华夏大地却是军阀割据、国运衰靡，而不知何日才能像李世民那般带着十万铁骑逐鹿中原，统一全国。

如今，“昭陵六骏”仍分散于国内国外两地，“飒露紫”和“拳毛弱”藏于美国费城宾夕法尼亚大学博物馆。昭陵六骏中的其他四骏“什伐赤”“白蹄乌”“特勒骠”“青骓”，则存于西安碑林博物馆。流离于异国他乡的国宝文物，何止于“飒露紫”和“拳毛弱”！我们期盼着“昭陵六骏”重新聚集于故乡中国，聚集于它们曾经的主人唐太宗李世民的陵墓之前。

# 五丈原：中原逐鹿不由人——鞠躬尽瘁的最后一站

## 经五丈原

唐·温庭筠

铁马云雕久绝尘，柳营高压汉宫春。
天晴杀气屯关右，夜半妖星照渭滨。
下国卧龙空寤主，中原逐鹿不由人。
象床宝帐无言语，从此谯周是老臣。

与西方叙事文学的源头古希腊戏剧相比，中国少有不成功的英雄。诸葛亮算一个。诸葛亮第五次北伐，率众达陕西眉县，于渭水南岸的五丈原处扎营，和魏军相持三个多月，最终病死。唐代大诗人温庭筠经过五丈原时，有感于诸葛亮“出师未捷身先死”的遗憾，提笔写下这首有名的七言咏史诗。

开头两句写蜀军进军、安营扎寨的场景，景象阔大，令人读之不禁肃然：铁马嘶鸣，云雕唳空，车毂滚滚，绝尘而去。这一幕幕生动地浮现在眼前。“柳营”一词用周亚夫典。汉文帝时，大将周亚夫曾驻扎在细柳营以备匈奴。周亚夫的军队纪律严明，连皇帝到了营门前都要下马，故后世以细柳营指纪律严明的军队。在这里，诗人用周亚夫军队比蜀军，“高压”一词形容蜀军气势磅礴，不可阻挡，直指长安。诸葛亮屯军正值秋季，所以说“天晴杀气”。“杀气”一词两指，一是说天气肃杀、萧瑟，二是说战场之紧张气氛，古人以西为右，故关右即指函谷关以西之地。就在诸葛亮谋划如何攻破魏军防线，打败老对手司马懿时，灾难却悄然降临，公元 234 年八月，诸葛亮因积劳成疾，最终病死在五丈原。《晋书》上记载“会有长星坠亮之垒”。古代人迷信，认为将星一旦坠落，就会发生不测，或出师不利，或主将身死。长夜之中，将星坠落于渭水之滨，暗示着诸葛亮去世。这两句有飞腾之势，才言驻军，便在下句说去世，运笔简洁跌宕，用“夜半妖星”对“天晴杀气”不但营造出战时氛围，更隐隐流露出诗人感情，“妖星”不祥之物，为诸葛亮突然去世而感到遗憾。

如果说前四句抓住了景物、场面描写，后四句诗人就开始发表议论。“下国”指蜀国，因有魏国占据中原，蜀国偏于西南一隅，故称其为“下国”。“卧龙”指诸葛亮，“寤”字也有其他版本作“误”字，故而有人解释为其隆中对决策进而统一全国的规划没能实现。但观全诗，诗人是对诸葛亮没能实现宏伟规划而抱憾，如果用“误”字的话，似有指责之意，当作“寤”字更合理一些，原指睡醒的意思，还可以理解为醒悟。诸葛亮忠心耿耿，却难以使后主刘禅觉醒，所以这里又用

◎五丈原诸葛亮庙

了个“空”字，卧龙一死，大势已去，逐鹿中原完成统一大业竟由不得人啊。“逐鹿”意即争夺天下，这两句包含着诗人的无限感慨，再鞠躬尽瘁又有何用呢！终唤不醒昏睡的后主，一切只能依凭天意，不仗人事，“不由人”三字既痛心，又无可奈何，包含着诗人复杂的情感。尾两句历来被诗家称赞，后主刘禅昏庸，空居象床锦帐之中，不发表一言一语。谯周是蜀国大臣，当邓艾大军逼近成都时，他力排众议劝后主投降，刘禅没有主见，听从谯周的话。诸葛亮死后蜀汉命运落在谯周这样的人手上，还让他得到“老臣”这样的评价。一面是鞠躬尽瘁、死而后已的丞相，另一面却是屈膝投降、卖国求荣之“老臣”，两相对比，极具讽刺意味。

## 出兵五丈原实是无可奈何之举？

五丈原在今宝鸡市岐山县，南靠秦岭斜谷口，北临渭水，地势颇为险要。诸葛亮第五次北伐从褒斜道“斜谷”之北口出，驻扎在这里。至今五丈原上还有诸葛亮庙，始创于元代。历史上，人们对诸葛亮这次进军线路颇有质疑，还源于司马懿的一番话。

◎《清代京剧人物图谱》中的诸葛亮

司马懿在看到诸葛亮出兵后，曾说：“亮若勇者，当出武功，依山而东，若西上五丈原，则诸军无事矣。”武功县在五丈原之东，从骆谷道北上即能入武功，是进军长安的另一条线路，一旦兵进武功，离长安就非常近了，武功向东几乎再无地形阻挡，若魏国发兵拒之，可以说就是一场生死决战，诸葛亮若是顺利的话，不到几天就可以打到长安。如果上五丈原，就是打算北渡渭水占领岐山，再由陈仓为囤粮根据地，一步步向东打到长安，这样却费时费力。“亮若勇者”，勇就是勇敢、有勇气的意思，从武功入向东攻打长安却需要一定的勇气，如此一来，后方没有屯兵、粮草支援，相当于孤军深入，大有决一死战的架势。司马懿老奸巨猾，算得很准，料定诸葛亮小心谨慎，必定不会冒这么大的风险，屯兵五丈原才是他最有可能做的决定。果然诸葛亮没有循兵以东，而是屯兵五丈原。其实这么做也是无可奈何。

翻看诸葛亮五次北伐经历，不难发现，仅仅六年时间，就五次出军，这对当时经济实力并不强大的蜀国来说，是个不小的负担，朝中也有许多反对的声音。诸葛亮为了完成“先帝遗志”，一次又一次进攻魏国，就结果来说，只得到了些许小利，并没有任何实质性进展，最接近成功的一次可能就是第四次北伐，但也因为粮草不济而被迫撤军。

在第五次出师时，诸葛亮已经五十四岁，他可能也知道自己时日无多，因此制订了详细的作战进军策略。首先，绝不能轻进，以防失败，所以出武功这条线路就被他否决了，又不能像前几次一样，西出祁山，这样绕太远了，若是被魏军拖住，任其由褒斜道攻汉中的话，蜀汉危矣。思来想去，从褒斜道出，占五丈原，这条路既不冒进也不保守，是最稳妥的一种办法。其次，粮草得跟上，不能打到关键时候断了粮，那又得重来。渭水以北百姓聚集，便于储粮。再次，蜀国国力弱，前四次出兵几乎将蜀国几年的储蓄消耗殆尽，日久难免会引发矛盾。干脆自给自足，在这里屯兵储粮，一步步打进长安，不需要后方大量接济。

从以上看，兵出五丈原真是一个详细周密的计划，然而确也是不得已为之。究其原因，还是蜀国国力偏弱，不能应付这么长时间的作战，同时，又没有条件迅速进兵与强大的魏国一决雌雄，只能这样一步步走，打下一个地方靠这里储备积粮，再朝下一个地方前进，甚至连兵出几路的条件都不能具备。

可打持久战需要有坚强的后盾，最重要的是，得有健康的领导，可惜诸葛亮在五十四岁就将星陨落，第五次出师也以失败而告终。

## 知其不可而为之

公元234年，诸葛亮出兵斜谷口，驻扎在五丈原，他或许没有料到，这将是他最后一次指挥蜀军作战，仍在不紧不慢地稳扎稳打，步步为营。魏诸将得到消息后打算驻军渭北以待。司马懿说："百姓、粮草积聚都在渭南，这是必争之地。"于是背渭水扎营，阻诸葛亮过河。当时蜀魏互通使节，司马懿问蜀国使节："你们丞相起居怎么样，能吃多少饭。"答曰："三四升米。"又问政事，答曰："凡是罚二十杖以上的均亲自处理。"司马懿认为这样诸葛亮太过操劳，是活不久了。

诸葛亮数次诱战，司马懿就是坚守不出，打算耗尽蜀军粮草，不战而自胜。诸葛亮还派人送给司马懿女子头饰、衣服，暗讽他像女人一样，窝着不敢出来。司马懿可不吃这一套，任你怎么挑战我自岿然不动。终于，到了这年八月，秋风涌起，五丈原格外萧飒，诸葛亮拼尽最后一点气力工作，一病不起，溘然长逝。

诸葛亮病逝后，蜀军陆续撤退，司马懿率军追赶。《晋书》中记载说："帝以穷寇不之逼，于是杨仪结阵而去。"意思是司马懿认为穷寇莫追，蜀军得以结阵而退。在演义中写姜维推着诸葛亮木雕像把司马懿吓跑，应是出于小说情节的需要，故作离奇，达到吸引读者的目的。不过"死诸葛走生仲达"这个民谚在史籍中确有记载。后来，司马懿到了蜀军营垒，看到留下来的图书，听闻遗事，不由感慨道："诸葛亮真是天下的奇才啊。"

出师未捷，夙志难成，伐魏之功，毁于一旦，诸葛亮一直撑到最后一刻，也的确符合他在《出师表》中说的"鞠躬尽瘁，死而后已"。后代诗人当中，大量吟咏这位丞相的要属杜甫了，除了名作《蜀相》外，还有一首《咏怀古迹·其五》后面两联写道：

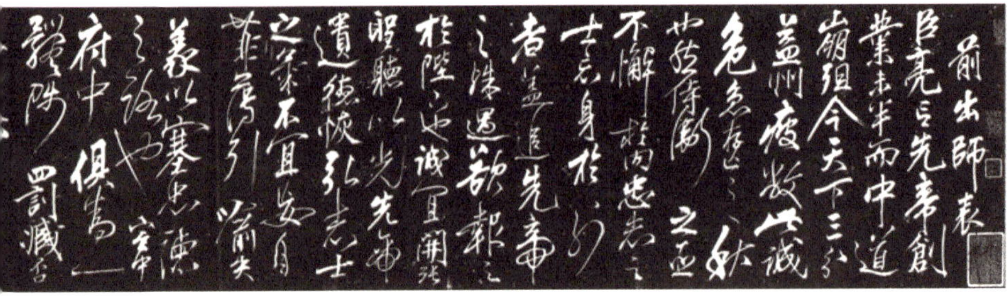

◎《前出师表》（局部）/ 宋 · 岳飞 书

伯仲之间见伊吕，指挥若定失萧曹。运移汉祚终难复，志决身歼军务劳。

诗人盛赞诸葛亮人品、气节与名臣伊尹、吕尚比肩。伊尹是商代开国大臣，吕尚是辅佐周文王、武王灭商的有名大臣。诸葛亮从容的指挥让汉开国名相萧何、曹参都黯然失色，只可惜蜀汉气运已终，诸葛亮也因过于劳累殉职。诗句中无不流露出惋惜之情。

诸葛亮一生的悲哀不是英雄无用武之地，而是夙志不成，抱着飞蛾扑火般坚定的信念前行。大厦将倾，独木难支，注定是悲哀的。先主刘备死后，蜀国不可避免走向衰落。好在丞相没有看到蜀国灭亡的一日，或许是上天对他的怜悯吧！

# 陈仓：定是陈仓碧野鸡

## ——神鸡传说与古道迷云

### 西南行却寄相送者

唐·李商隐

百里阴云覆雪泥，行人只在雪云西。

明朝惊破还乡梦，定是陈仓碧野鸡。

生离与死别哪一种更苦？唐宣宗大中五年（851），李商隐妻子王氏病逝，这给诗人以沉重打击。李商隐仕途不顺，经常在外游历，四处奔波，与妻子聚少离多，不想这一别竟是永远。这年秋天，李商隐应四川节度使柳仲郢邀请，南下梓州入幕，这首诗是写于南下途中将过陈仓道中。陈仓是现在的宝鸡。也有些学者如清代冯浩考证说，这首诗当作于开成二年赴兴元时，是李商隐年轻时候的作品。然而这首诗表现出来的黯然情绪，去国离乡之感与当时入离家不远的兴元幕背景很不相符，所以此诗应作于大中五年。题目中的“却寄”，是辞人送别，反寄以诗的意思。

诗的前两句写冬日阴冷景象，这百里阴云广阔低迷，盖住了雪后的泥路，渲染了一种凄凉氛围。“百里阴云”也喻示着前途曲折不明，如阴云一般，层层迷离。下句笔锋一转，视角转换，从相送者视觉入手，只见那远行之人，即诗人自指，已渐渐向西方离去，遥遥相隔，这一别不知何时能见。第三句又转回自身，设想明朝过陈仓时，梦见自己还在故乡中，却被这异乡的鸡声惊醒，才晓得自己已如萍踪飘絮，去往远方谋求生计，偏偏这种怅恍迷离的况味，就在这似醒非醒之时，最令人不能自已。

整首诗的重点落在“还乡梦”上，以“碧野鸡”反点出离别的情绪，梦与现实、迷茫的前景结合起来，故能浑融一片，又明白晓畅。此诗确实是李商隐七绝中的佳作。“碧野鸡”用典，来源于当地的一个传说，这在下文会提到。

## 神鸡传说与陈仓更名

陈仓是宝鸡古时之称。据《元和郡县志》所载，陈仓是在唐至德二载更名为宝鸡的。因为昔日有陈宝鸡鸣的祥瑞，至德是唐肃宗的年号。那么陈仓这个地名是如何演变成宝鸡的呢？从现在掌握资料来看，这一名称变化颇为复杂，主要是来源于两个名词：“若石”“陈宝”，以此衍变出各种传说。

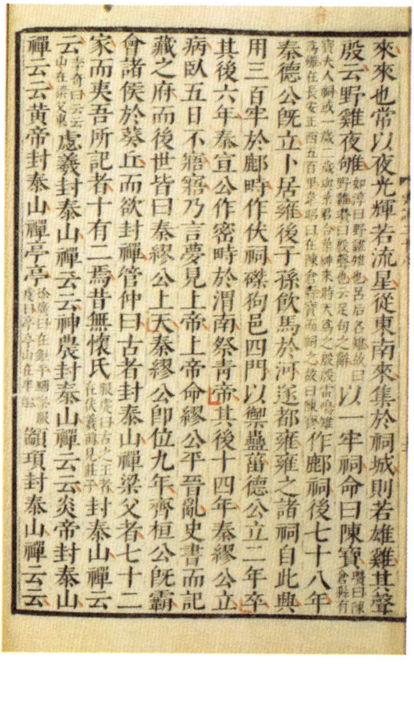
來來也常以夜光輝若流星從東南來集於祠城則若雄雞其聲
殷云野雞夜雊以一牢祠命曰陳寶
秦德公既立卜居雍後子孫飲馬於河遂都雍雍之諸祠自此興
用三百牢於鄜畤作伏祠磔狗邑四門以禦蠱菑德公立二年卒
其後六年秦宣公作密畤於渭南祭青帝其後十四年秦繆公立
病臥五日不寤寤乃言夢見上帝上帝命繆公平晉亂史書而記
藏之府而後世皆曰秦繆公上天秦繆公即位九年齊桓公既霸
會諸侯於葵丘而欲封禪管仲曰古者封泰山禪梁父者七十二
家而夷吾所記者十有二焉昔無懷氏封泰山禪云
云虙羲封泰山禪云云神農封泰山禪云云炎帝封泰山
禪云云黃帝封泰山禪亭亭顓頊封泰山禪云云

◎《史记·封禅书》书影（清）

《史记·封禅书》上最先记载了这样一条轶事：“文公获若石云，于陈仓北坂城祠之。其神或岁数不至，或岁数来。来也常以夜，光辉若流星，从东南来，集于祠城，则若雄鸡，其声殷云，野鸡夜雊。以一牢祠，命曰陈宝。”是说秦文公获得一块若石，在陈仓城北立了一个祠堂祭祀。这位神说来也奇怪，有时几年都不来，有时一年来好几次，而且一般都选择在夜里来，散发的光辉如

◎宝鸡金台观玉皇殿/天淡云闲 摄

同流星一样，从东南面落到祭祀地方，貌若雄鸡，在夜晚发出叫声。于是秦文公就用牲畜来祭祀，又名这位神为“陈宝”。“若石”是什么呢？《史记集解》引苏林注云：“质如石也。”这个“若”可以理解为“像”的意思，不知道是什么，像是一块石头，而且这块石头是从天上而来。古人比较迷信，认为这是神的旨意，总要暗示些内容，所以就把它供奉起来。“陈宝”的意思，我们也可以从这段叙述中推演出，“陈”应指陈仓，或可理解为陈放，“宝”就是指这块像石头的宝物。

我们再看这条传说，引人注目的不是“若石”，也不是“陈宝”，最精彩的部分当是夜晚神来集于祠城变成像雄鸡一样的东西，于是这则传说愈传愈奇。到了魏晋时期的《列异传》及《晋太康地志》书中，都增加了内容，而且说得差不多：有一个陈仓人抓住一只奇怪的动物准备献上，路上遇到两个童子，童子告诉这人，这个动物叫作媦，它藏在地下，专门吃人的脑子。媦一听不高兴了，立马反驳说：“这两个童子叫作陈宝，得到男的可以封王，得到女的也能称霸。”那人一听，赶忙去抓童子，童子变为野鸡跑了。后来秦穆公捕猎，果然抓了一只

◎宝鸡金台观石刻/天淡云闲 摄

雌鸡，就立了祠庙，而那只雄鸡飞到了南阳。百余年后，南阳出了一位帝王，就是汉光武帝刘秀。

陈仓改名宝鸡是至德二载的事，即公元 757 年。改名既与传说有关，也与当时形势有关。至德二载是唐肃宗即位的第二年，“至德”就是最高尚的道德，此时“安史之乱”已经持续两年，肃宗李亨在天宝十五载到灵武后擅自称帝，这一举动其实并未经过父亲玄宗同意，玄宗也这样莫名其妙地当上了太上皇。也许是为了讨个好彩头，也许是因为这样即位不光彩，所以定这样一个年号告诉天下人我是有很高德行的，足以继承皇位，肃宗一上来就将年号改得这么大气上档次。

肃宗在公元 757 年到了如今的宝鸡，是想通过集结周边部队一举夺取被叛军占领的长安。他到了这里之后，就将陈仓改为宝鸡。《旧唐书 · 地理志》中说：“初以陈仓为凤翔，乃改为宝鸡县。”各种史书上记载得差不多，主要是宝鸡名并不是一下子从陈仓改过来的，而是先改名为凤翔，再改名为宝鸡。在古代，凤其实与德是紧密联系在一起的，比如《论语》中楚狂接舆唱着歌从孔子车前经过，说：“凤兮凤兮，何德之衰？”因此凤德也就成了一个词语。肃宗把陈仓改为凤翔，多少有点照应他的年号“至德”的意思，可是立刻又将凤翔改为宝鸡。史书上没有记载这次改名的缘由，不过我们不难推断出，改宝鸡名是与当地“鸡鸣祥瑞”有关，而“宝”指的就应该是陈宝，“鸡”就是传说中的夜里会叫的那只雄鸡，因此宝鸡这个地名是由陈宝与神鸡连缀而成的。

再来看李商隐的这首诗，“定是陈仓碧野鸡”用的就是《史记·封禅书》中所载的这条典故，只是陈仓这个地名非常传统，根深蒂固，所以诗人就直接写作陈仓而不写宝鸡了。

## 明修栈道，暗度陈仓

陈仓道是南接大散关、汉中，北到陈仓的一条古道，因这条道的北口直达陈仓城，所以称其为陈仓道。“明修栈道，暗度陈仓”即和陈仓道有关，不过也有学者提出质疑，因为正史上没有陈仓道的说法。

秦朝灭亡以后，项羽分封有功的各路将领，把刘邦封为汉王，领巴蜀、汉中地区，在南郑建都；又封秦朝投降的三个将领各自为王，章邯为雍王，司马欣为塞王，董翳为翟王，这三个王所占之地将关中分为三块，现在说的“三秦”之名也就是这么来的。项羽的目的是让这三位王坚守这块地方，阻塞刘邦东进之路，以免刘邦和他争夺天下。

战后，诸侯王前往各自封地，刘邦也回去了。项羽不放心，还派了三万士兵随从。刘邦也知道项羽的用意，于是从杜县往南进入山谷

◎ 宝鸡金台观三清殿／天淡云闲 摄

后，就把陡壁上架起的栈道全部烧毁。烧的这条栈道应该就是褒斜栈道，也是向项羽表个态，我刘邦是没有东进之意，和您争夺天下。到了封地南郑后，许多士兵在中途偷偷逃跑了，因为刘邦是在沛县起兵，沛县在徐州，离南郑很远，这些士兵想回到家乡。韩信见此情景，劝说刘邦道："项羽分封各诸侯将领，偏偏把您放到南郑去，这和流放没有什么区别。这些跟随您的士兵大多都是崤山以东的人，他们日夜踮着脚尖，想要回到故乡，不如趁此建立大功，如果等到天下都安定了，大家也没心气了，现在应该立即挥兵东进，与诸侯争夺天下。"刘邦一听这个建议不错，就从故道返回，悄然无息地出现在陈仓，雍王章邯率军迎击，被打了个大败。刘邦一路东进，拿下咸阳、长安，塞王欣、翟王翳纷纷投降，就这样，刘邦平定了陕地。

我们读史书不难发现，暗度陈仓这件事确实存在，不过没有具体说明行军路线，而"明修栈道"就比较可疑了，难以在史书上找到出处。《史记》上记载的是刘邦前往南郑途中放火烧掉栈道，但也没说是修栈道。至于"明修栈道"一说，当出于历代笔记小说与戏文之中，因此也有人否定"明修栈道"的真实性。不过文献史籍散佚的情况也有可能发生，况且章邯是秦朝著名将领，不可能不设防备让刘邦突然出现在面前，所以我们不妨做一个大胆设想，"明修栈道"应该存在过，是韩信故意设下的疑兵之计，目的是转移章邯等人的注意力，以便刘邦能出奇兵直捣陈仓。

"明修栈道，暗度陈仓"后来也就成了成语，指的是故设疑云迷惑敌手，以掩盖自己的真实意图，从而出奇兵制胜。

# 大散关：铁马秋风大散关

## ——最可怕的是壮志被消磨

### 书　愤

（其一）

宋·陆游

早岁那知世事艰，中原北望气如山。
楼船夜雪瓜洲渡，铁马秋风大散关。
塞上长城空自许，镜中衰鬓已先斑。
出师一表真名世，千载谁堪伯仲间。

陆游才华富瞻，一生创作了九千多首诗，大多数诗与报国、抒发壮志有关。这首诗写于宋孝宗淳熙十三年（1186），这时居住在山阴的陆游已经是个六十一岁的老人，任严州知州。他在回忆中年入蜀驻军南郑的场景后，联想如今，不禁发出了“塞上长城空自许”的感慨。

首联诗人便直写自己早年的凌云壮志。早年时候哪里知道世事如此艰难呢，北望中原以图收复，尚有气吞山河之概。陆游童稚时，金人铁骑就已踏破汴京，二帝蒙尘，宗室渡江南迁，陆游也随父亲逃回了老家山阴。自小经历了如此大的变故，看到金人在宋朝旧疆上横行无忌，这让他长大后怀有一颗收复故土的决心。颔联分写两事，楼船指有高楼的船，瓜洲渡在长江边上与镇江相对，是当时宋重要的防线。公元1161年，金主完颜亮率大军南下侵宋，谋由采石矶渡江，时督视江淮军马府参谋军事虞允文挺身而出，以一万八千军大败金人十五万军，完颜亮退到扬州后又打算于瓜洲渡江，但见宋军防守严密，最终放弃了计划。后金人内讧，完颜亮被部属杀死。1163 年宋孝宗以张浚为都督，主持北伐。张浚曾以楼船来往于建康与镇江之间。陆游见北伐有望，曾上书张浚。“铁马秋风”句指的是乾道八年（1172），陆游入王炎军幕，前往南郑，亲临抗金前线大散关之事。这两句对仗工整，单用意象、地名拼接，显得浑然而成，境界极大，夜雪、瓜洲，楼船交战，秋风、散关，铁骑厮杀如在眼前。随着王炎被调回京城，幕府解散，陆游军旅生涯也就到头了，自许为塞上长城又有什么用呢！再看镜中那两鬓已经斑白了。“塞上长城”用檀道济典故。南朝刘宋时期，宋文帝要杀檀道济，檀道济张目怒喝道：“你破坏掉了自家的万里长城。”从自许为里长城来看，青年时的陆游是颇为自负的，想要为北伐收复中原建功立业，可惜有心无力。晚年的陆游回到家乡再回顾之前的雄心壮志已化为泡影，徒然哀叹英雄老矣。尾联转笔写诸葛亮。诸葛亮伐魏时写的《出师表》真是名不虚传，千百年间谁可与之相提并论呢？诸葛亮在五丈原病死时仍在伐魏，陆游还想为国家效力却被放归家乡，故追慕先贤，表达崇敬、歆羡之情。如今朝野小人当道，对恢复中原事业不作为，这空有一腔热血竟不知向何处洒了。

整首诗围绕着“愤”来写，以理想和现实巨大的落差深化愤恨的内在意蕴，千百年来读之令人心潮澎湃。

大散关作为宋金之界限，也是宋抗金前线，为兵家必争之地，见证了无数战士的厮杀。

## “川陕咽喉”大散关

大散关置于陕西省宝鸡市西南的大散岭上，故而得名，自古就有“川陕咽喉”之称。大概设置于秦汉年间，在明朝末年基本被废弃。大散关在古代发生过数次战争，曹操灭张鲁即从陈仓出散关，诸葛亮也曾

◎古大散关遗址碑/天淡云闲 摄

率军从此处入陈仓伐魏。

宋金时期，大散关更是一个重要的关隘口。南宋建炎四年，金军于富平大破宋军，几乎占领了宋陕西全境。吴玠与弟吴璘收残卒保蜀，在大散关一带击退金军。绍兴年间，宋对金战争取得了数次胜利，岳飞率军接连打败金军主力后，夺取郑州、洛阳等城，直逼旧都开封。这时高宗十二道金牌召回岳飞。绍兴十一年（1141），宋与金签订绍兴和议，将之前岳家军收复的失地拱手出让给金国，并约定以淮水——大散关为界。从此，大散关也成了宋金疆域的分界线。

历来以大散关入诗的，最为有名的当是陆游的《书愤》了。其实陆游写到大散关的诗作还有很多，大多表现一心报国、壮志难酬等情怀。比如在《观长安城图》尾联中写道：“三秦父老应惆怅，不见王师出散关。”当时大散关以北的陕境都在金人统治范围内，诗人从陕地宋朝旧民角度着想，日日盼望着王师即宋军能收复故土，但希望一次次落空，所以说“应惆怅”。又如《睡起》一诗，颈联说：“索虏尚凭三辅险，散关未下九天兵。”“索虏”代指金人，古代北方少数民族有发辫，故称。“三辅”指三秦，金人尚凭借三秦设险，大散关还没有宋朝军队到来，表达了诗人急切同王师出大散关收复故地的愿望。

唐代也有不少涉及大散关的诗篇，比如李商隐的《悼伤后赴东蜀辟至散关遇雪》：

剑外从军远，无家与寄衣。散关三尺雪，回梦旧鸳机。

这首诗是李商隐在赶赴蜀中路上写的，悼念自己去世的妻子王氏。“剑外”指的就是蜀地，即剑阁之外。前两句是说要去遥远的剑外任职了，可惜再无家人能给我寄衣服。诗人行至大散关看到的是茫茫大雪，足足有三尺厚，在寒冷的夜晚，不禁想到王氏为自己织衣服的场景。鸳机即刺绣、织衣服的工具。诗中只是把大散关作为入蜀离开家乡的标志地点，很巧妙地把它同当初家中妻子给自己织衣服的场景结合起来，对比反衬强烈，写得凄绝动人。

## 被逐渐消磨的英雄壮志

陆游的仕途从一开始就颇为不顺。《宋史》记载："锁厅荐送第一，秦桧孙埙适居其次，桧怒，至罪主司。明年，试礼部，主司复置游前列，桧显黜之，由是为所嫉。"在绍兴二十三年（1153），陆游去参加锁厅试。什么是锁厅试呢，南宋徐度的《却扫编》解释得非常详细："有官人在官应进士举，谓锁其厅事而出。"意思是已经当官的官员参加这个考试，把他办公厅门锁上让他来考，所以叫做锁厅试。陆游之前因为恩荫被授予登仕郎一职，这次来考试却非常不幸，正好碰到秦桧的孙子秦埙也来考试，更为不幸的是锁厅试陆游排在第一，压了秦埙一头，这让秦桧非常不高兴。第二年陆游去礼部应试，秦桧看到陆游名字又在前面，立刻就把陆游黜落了。就这样，直到秦桧死了陆游才得以出头，中间过去了整整五年。

到了绍兴三十二年（1162），宋孝宗即位。宋孝宗是南宋朝的第二个皇帝，也是个比较有作为的皇帝。孝宗即位第一年就为岳飞平反，第二年隆兴元年就开始筹划北伐，任命张浚为主帅。陆游看到这个场景自然非常高兴，还写了《贺张都督启》上书张浚，以为"熟讲而缓行"，就是计划长远些，慢慢来行动。隆兴北伐前期还比较顺利，宋军一路推进，李显忠攻克灵璧、宿州，邵宏渊攻克虹县，北方人民也纷纷响应，孝宗大喜还升了两个人的官。可惜好景不长，李与邵不和，宋军出现内讧，在符离（今安徽宿州）之战中被金军打得大败。孝宗迫于压力降张浚为江淮宣抚使，又与金签订隆兴和议，和议的内容仍然是对宋不利的，每年依旧要向金供岁币，还割让出不少土地。

隆兴北伐的失败让主和派又活跃起来。宋孝宗在经历了这次打击后，进取的热情明显没有开始那么强了，思索应当韬光养晦一段时间，积攒实力再来。这时的陆游显然还对北伐抱有坚定的信心，在和议达成之前，陆游上书说："江东自吴国以来，都是以建康为国都的。临安靠近海边，运粮不方便，且容易遭受意外袭击，驻扎临安只是权宜之计。合约签订之后，皇上应该驻扎在建康。"这段上书很明白，建康就是南京，靠近抗金一线，就在长江边上，皇上应该在这里待着，而不是长时间驻扎在临安。陆游还为不驻扎临安找了个理由，其实真正目的是不希望皇上在临安偏居一隅，彻底忘却恢复之志。且在书中，陆游均是用"驻跸"一词，"驻跸"的意思是皇上外出短时间停留，显然陆游的目光是长远的。朝廷当然没有听从他的建议，还因为其攻击曾觌、龙大渊滥用职权将其免职。

后来陆游入蜀到王炎幕，应当是他最为快活的一段时光，因为这段时间陆游随军驻在南郑，靠近抗金一线，还曾亲自到大散关附近巡逻，并写成了《平戎策》详呈收复中原的战略计划。可惜这段时间还不到一年，朝廷召回王炎，陆游的计划也就付之东流了。

◎山腰上的古大散关遗址／天淡云闲 摄

这以后，陆游还做过不少抗金努力，但是一直没得到重用。范成大为四川统帅时陆游为参议官，他们相互之间不拘礼法，时人讥讽他，陆游就干脆自号“放翁”。“放”是放诞的意思。而在晚年，陆游被皇帝召见却是因为他写诗好的缘故，上谕曰：“严陵山水胜处，职事之暇，可以赋咏自适。”意即严陵是个有山有水的好地方，你在这里当官吧，闲的时候还可以吟咏诗词。一心想建功立业、恢复河山的陆游没有在政治军事上大展抱负，反倒被皇帝安排了闲差，真是一件可悲可叹之事。

元代刘一清曾在《钱塘遗事》中这样评价：“高宗之朝，有恢复之臣而无恢复之君，孝宗之朝，有恢复之君而无恢复之臣。”这段话有一定根据。倘使岳飞、韩世忠等人为孝宗效力会怎么样呢？或许能收复疆土。我们也应看到，孝宗虽然有恢复之志，但多是凭借其年轻时一股初生牛犊不怕虎的勇气促成隆兴北伐，失利后也陷入消沉。而且朝中主和派的余波在秦桧死后并未快速消散，和议之后甚嚣尘上，仍表现为主和、主战两大派的对立。在这种情形下，孝宗也决不能凭借一己之力彻底扭转朝政走向，金人虎视眈眈也使得孝宗明白了一下子恢复旧土是一件天方夜谭的事，于是像陆游这样强烈主战的臣子不见容也是可以想到的了。陆游在去世之前仍写《示儿》表明心迹：

死去元知万事空，但悲不见九州同。王师北定中原日，家祭无忘告乃翁。

死去了才知一切空幻，所悲哀的事情是不见九州统一。如果王师真能平定中原，儿孙们在祭奠我的时候一定要将消息告知。可惜陆游死后南宋也逐渐走下坡路，孝宗以后也再无如此魄力之君主，于是又勉强支撑了不到九十年，南宋就在蒙古铁骑的践踏下轰然坍塌了，空留众多文学艺术的遥缈芳华让后人追思遐想。